U0133464

满族口头遗产传统说部丛书

东海窝集传

傅英仁 讲述

宋和平 王松林 记录整理

吉林人民出版社

图书在版编目（CIP）数据

东海窝集传 / 傅英仁讲述；宋和平，王松林记录整理 . -- 长春：吉林人民出版社，2019.5

（满族口头遗产传统说部丛书）

ISBN 978-7-206-16903-8

Ⅰ . ①东… Ⅱ . ①傅… ②宋… ③王… Ⅲ . ①满族—民间故事—中国 Ⅳ . ① I277.3

中国版本图书馆 CIP 数据核字（2019）第 293275 号

出 品 人：常　宏
产品总监：赵　岩
统　　筹：陆　雨　李相梅
责任编辑：李　锌　门雄甲　王　斌
装帧设计：赵　谦

东海窝集传
DONGHAI WOJI ZHUAN

讲　　述：傅英仁　　　　　记录整理：宋和平　王松林
出版发行：吉林人民出版社（长春市人民大街 7548 号　邮政编码：130022）
咨询电话：0431-85378007
印　　刷：吉林省优视印务有限公司
开　　本：720mm×1000mm　　1/16
印　　张：11.25　　　　　字　　数：190 千字
标准书号：ISBN 978-7-206-16903-8
版　　次：2019 年 5 月第 1 版　　印　　次：2019 年 5 月第 1 次印刷
定　　价：55.00 元

出 版 说 明

满族口头遗产传统说部是具有较高社会价值和文化价值的满族文化的百科全书。整理发掘满族说部的项目工作被文化部列为中国民族民间文化保护工作试点项目，并被国务院批准列入第一批国家级非物质文化遗产名录。

"满族口头遗产传统说部丛书"是千百年来满族各氏族对祖先英雄事迹和生存经验的传述，一代一代口耳相传，保留下来的珍贵的满族遗存资料。经过近三十年抢救整理，从二〇〇七年到二〇一七年的十年间，根据整理文本的先后，我社分四次陆续出版了五十部说部和三本研究专著。此套丛书无论从社会价值和文化价值来看，都是一套极具资料性、科研性和阅读性融为一体的满族文化的百科全书。

此次出版对以下两个方面做了调整：

一、在听取各方专家建议的基础上，对原丛书进行了筛选，选取最有价值、最有代表性的四十三部说部，删去原版本中与文本关系不紧密的彩插，对文本做了大幅的编辑校订，统一采用章回体表述方式，并按照内容分为讲述萨满史诗的"窝车库乌勒本"、讲述家族内英雄人物的"包衣乌勒本"、讲述英雄和历史人物的"巴图鲁乌勒本"、讲述说唱故事的"给孙乌春乌勒本"等，突出了说部的版本特色。

二、保留研究专著《满族说部乌勒本概论》，作为本丛书的引领，新增考古发掘的图片和口述整理的手稿彩色影印件。

特此说明。

吉林人民出版社

编 委 会

序

冯骥才

任何民族的文学都包括两大部分。一是个人用文字创作的、以书面传播的文学，一是民间集体口头创作的、口口相传的文学。后一部分文学是前一部分文学的源头，是根性的文学。中国作为东方文明的古国，口头文学的历史去之遥远。就像西方文学始于古希腊罗马的神话故事，我国文学史上第一部作品是《诗经》，即民间口头文学集，这表明口头文学是一个民族文学的源头。在漫长的历史中，这两部分文学一直同根并存，相互滋育，各自发展，共同构成一个民族文化与精神的极为重要的支撑。

中华民族有着巨大文学想象力和原创力。数千年间，各族人民以口头文学作为自己精神理想和生活情感最喜爱和最擅长的表达方式，创作出海量和样式纷繁的民间文学。口头文学包括史诗、神话、故事、传说、歌谣、谚语、谜语、笑话、俗语等。数千年来，像缤纷灿烂的花覆盖山河大地；如同一种神奇的文化的空气在我们的生活中无所不在；且代代相传，口口相传，直到今天。

我们的一代代先人就用这种文学方式来传承精神，表达爱憎，教育后代，传播知识，娱悦生活，抚慰心灵；农谚指导我们生产，故事教给我们做人，神话传说是节日的精神核心，史诗记录文字诞生前民族史的源头。它最鲜明和最直接地表现中华民族的精神向往、人间追求、道德准则和价值取向。中国人的气质、智慧、审美、灵气、想象力和创造力，充分彰显在这种口头的文学创造中。

这种无形地流动在民众口头间的口头文学，本来就是生生灭灭的。在社会转型期间，很容易被忽略，从而流失。

满族口头遗产传统说部丛书　序

特别是在这个现代化、城市化飞速推进的信息时代，前一个历史阶段的文明必定要瓦解。口头文学是最脆弱、最易消亡。一个传说不管多么美丽，只要没人再说，转瞬即逝，而且消失得不知不觉和无影无踪，所以联合国教科文组织把口头传统和表现形式，包括作为非物质文化遗产媒介的语言列为非物质文化遗产之一。

在中国，有史诗留存的民族并不很多，此前发现的有藏族史诗《格萨尔王传》、蒙古族史诗《江格尔》、柯尔克孜族史诗《玛纳斯》、苗族史诗《亚鲁王》。作为满族民族历史和文化传统的重要载体——"说部"，是满族及其先民世代相传的极其宝贵的精神财富。它最初用"乌勒本"（满语 ulabun，为传或传记之意）指称，后受汉文化影响，改称为"说部"或"满族书""英雄传"。说部最初用满语讲述，至清末满语渐废，改用汉语并夹杂一些满语讲述。在漫长的历史进程中，满族各氏族都凝结和积累了精彩的"乌勒本"传本，如数家珍，口耳相传，代代承袭，保有民族的、地域的、传统的、原生的形态，从未形成完整的文本，是民间的口碑文学。"满族说部迥异于其他文类，不仅涵盖了口头传统，也吸纳了民俗学中多种民间文艺样式，包容性极强。"

我以为，对于无形地保留在人们记忆与口口相传中的口头文学，抢救比研究更重要。它是当下"非遗"工作的重中之重，要清醒地认识到文化和文明于人类的意义。当社会过于功利的时候，文化良知就要成为强音，专家学者要在抢救非物质文化遗产中勇于承担责任，走进民间帮助艺人传承与弘扬民间艺术，这也是知识分子的时代担当。

让人感到欣喜的是，经过吉林省的专家学者近三十年的抢救、发掘和整理，在保持满族传统说部的原创性、科学性、真实性，保持讲述人的讲述风格、特点，保持口述史的原汁原味的基础上，将巨量的无形的动态的口头存在，转化为确定的文本。作为"人类表达文化之根"的满族说部，受东北地域与多族群文化的影响，内容庞杂，传承至今已逾千万字。此次出版的《满族口头遗产传统说部丛书》为四十三部说部和一本概论。"说部"分为讲述萨满史诗的"窝车库乌勒本"、讲述家族内英雄人物的"包衣乌勒本"、讲述英雄和历史人物的"巴图鲁乌勒本"、讲述说唱故事的"给孙乌春乌勒本"四大部分。概论作为全套丛书的引领，从学术研究的角度对乌勒本产生的历史渊源、民族文化融合对其的影响、发展和抢救历程等多方面深入思考。

多年来"非遗"的抢救、保护、研究和弘扬，已取得卓越的成就。但未来的路途依然艰辛漫长，要做的事情无穷无尽。像口头文学这样的文化遗产的整理和出版，无法立即带来什么经济利益，反而需要巨大的投资和默默无闻的付出，能在这个物质时代坚守下来，格外困难。

文化传统和传统文化不是一个概念，我们的终极目的不是保护传统文化，而是传承文化传统。传统文化是固定的、已有既定形态的东西。我们所以要保护它，是因为这些文化里的精神在新时代应以传承，让我们的文化身份不会在国际资本背景下慢慢失落。

现在常把文化自觉与文化自信并提，这两个概念密切相关同时又有各自的内涵。文化自觉是真正认识到文化的重要性和自觉地承担；文化自信的关键是确实懂得中华文化所具有的高度和在人类文明中的价值。否则自信由何而来？

对传统文化的抢救与整理，不仅是为了传承，更为了弘扬。我们的民族渴望复兴，复兴的重要精神支撑在我们的传统和文化里，让我们担负起历史使命，让传统与文化为民族的伟大复兴发挥它无穷的力量。

冯骥才

二〇一九年五月

目录

《东海窝集传》版本与流传 ………………………………………001

第一章

长白二祖争上下　东海双王联姻缘 ………………………001

第二章

祭神树男女成婚配　老萨满跳神道玄机 …………………005

第三章

首次出征卧楞部　万岁楼前险丧生 ………………………011

第四章

万路妈妈救二孙　兄弟大破万岁楼 ………………………018

第五章

胜利归来大封赏　兄弟打虎救姑娘 ………………………024

第六章

四位姑娘奋力救知己　正义女奴战败遭杀戮 ……………028

第七章

大格格带病出征　二兄弟临阵失踪 ………………………032

第八章

回东海献策兴大业　护女权阴谋害忠良 ···036

第九章

强制活人殉葬　阿哥死里逃生 ···039

第十章

焚火林丹楚遇险　母女河二次招亲 ···043

第十一章

白雪滩头四人被困　万路妈妈再指迷津 ··051

第十二章

熊岩洞二兄弟归顺　蛇盘岭梅赫勒投诚 ··056

第十三章

五人大战母猪河　丹楚被俘受磨难 ···062

第十四章

群雄误入兴安部　傻胡楞嫁野格格 ···068

第十五章

虎头岭前收服他斯哈　兴安部落备战大练兵 ··································075

第十六章

帝乌豪出师东大海　他斯哈率虎立头功 ··079

第十七章

爱坤王挂帅亲征　乌苏城丹楚被擒 ···082

第十八章

囚丹楚重举大丧　猛石鲁力救新王 ··················085

第十九章

隐仙山上拜军师　苦读军书再出征 ··················090

第二十章

对头崖九虎迎客　双石寨三女遇夫 ··················095

第二十一章

一十八路英雄聚会　三十二路阿哈从军 ··············101

第二十二章

整寨营兵分四路　竖大旗立誓出征 ··················107

第二十三章

连夺三城十八寨　女王败兵提条件 ··················113

第二十四章

萨满跳神来参战　双方比武决雌雄 ··················117

第二十五章

比高低老女王败北　设埋伏智取东山城 ··············122

第二十六章

女超哈奇袭新政权　新王朝击败女儿兵 ··············128

第二十七章

女王投降东海归顺　母子夺权再起纷争 ··············132

第二十八章

先楚三让亲生母　护女权老母丧身 ┈┈┈┈┈┈┈┈┈ 135

第二十九章

举大军横扫宇内　定乾坤四海归附 ┈┈┈┈┈┈┈┈┈ 141

第三十章

东海大业成一统　父系王位定乾坤 ┈┈┈┈┈┈┈┈┈ 145

傅英仁小传 ┈┈┈┈┈┈┈┈┈┈┈┈┈┈┈┈┈┈┈┈┈┈ 147

《东海窝集传》版本与流传

宋和平

　　《东海窝集传》是傅英仁老先生五十五年前收集并保存的长篇说部，曾在宁安地区的满族中流传。据傅英仁先生讲：在宁安的宁、吴、许等姓中都会讲述，在赫哲族中也有人会讲这个故事。二十年前，即1985年7月，傅英仁先生在宁安市的家中，向我讲述了《东海窝集传》，并录制了二十盘磁带，带回了北京。由于忙于其他手稿，拖至今日。为此，笔者很内疚，不过还好，傅英仁老先生多年盼望，久已期待的心血劳动，历经磨难的长篇说部《东海窝集传》，今天终于问世了。

　　傅英仁先生是著名的满族故事家，已是与世长辞之人了。他几十年来孜孜不倦地为满族及民族文化的研究，辛勤耕耘着。他老人家不辞辛苦，跋山涉水，在宁安地区的山山水水、村村寨寨，调查访问，搜集了内容丰富的长篇说部和神话故事。

　　这次出版问世的《东海窝集传》，是傅英仁先生根据二十年前，抢救出来的内容提要，并以他三爷傅永利的讲述内容为蓝本，又吸收关墨卿等人的讲述内容，自己进行认真整理的，所以《东海窝集传》综合了三种版本。正像傅英仁先生在录音前言中所说："这次录音是根据我当时的提要记录整理的，有些人物和风俗，是关老（关墨卿）给我讲的，但有些错误，我作了修改和补充。有些是清朝末年的事，我也把它剔出去了。"这说明了傅英仁对此说部的艺术加工。前言中又说："这部说部还是比较准确，全面。当然，由于四十年来未正式讲过这个故事，有些生疏，这次讲时常有间断，还需要认真地进行整理。"笔者依照此意，不仅认真整理，而且还依据四条原则。这四条原则笔者曾与傅英仁先生商量过，他很同意。第一是忠实记录所讲述的内容，对情节结构保持不变。第二是保留说部中所用满语、东北地方口语和习惯用语等，如"乌克伸玛法"等满语词汇和"马达山"（东北方言，意为走迷路了）等东北口语。第三是只修改文理、句子不通顺的地方和错别字。第四是尽量保留傅英仁先生所讲故事的特色，即原汁原味。笔者就是按照上述原则整理《东海窝集传》的。

这三种版本的外形、书写等方面，都有各自的特点。首先是傅英仁先生的三爷傅永利老人的讲述本，使用纸张是"库存材料明细账"装订而成，全本共有42页，仅使用纸张26页。全本不仅记录了《东海窝集传》故事，而且还有满文字母6个元音和21个辅音。字迹像是傅英仁先生的笔迹，但不知什么时候写的。纸的背面还有音谱等内容。这一版本的封面上写有《东海传奇录》、原名《东海窝集部》。在写有（一）的数字下文是用毛笔写的《东海窝吉传奇》，共有三个名称，都是傅英仁先生所写，并在封面上用圆珠笔书写了傅永利讲述等内容，以注明讲述人。此本都是用圆珠笔书写，其章节内容共有三十二回。

第二种版本无封面，第1页开头就是人物介绍。笔者怕损伤，故加一页封面和底页，在封面上注明了《东海窝集》。傅英仁先生告诉我，这个版本是关墨卿、关振川、关德玉的讲述提纲。这本提纲所用纸张是白色新闻纸，用圆珠笔书写，共33页，是三十四回的章节内容。笔者在封面上又注明了1999年5月18日，傅先生送给我的。

第三种版本同样也无封面，笔者为了保存也加了封面和底页，所用纸张，署名为"宁安市财贸经济贸易总公司"，是三百字为1页，共14页，其中还有两张图画纸，用毛笔书写，只有第六、七、八、九、十和十一回内容提要，共六回。

这三种版本都是16开的纸张，内容大概相同，具体情节和各章回的名称有些不同，各有特点。其内容简单介绍如下。

我们出版的《东海窝集传》是在这三种版本的基础上，互相补充内容而形成的，共整理了二十九回，并糅进了关墨卿等老人讲述的所有版本内容。笔者与傅英仁先生商讨后，定为三十回，即今天出版的《东海窝集传》版本。

第一种版本，即傅永利讲述的版本。前面已讲明，傅英仁先生是以此本为蓝本，所以此本与我们出版的《东海窝集传》内容完全相同，就连每章回的题目都相同。在章回的开头前面有一段"故事来源"，记述说："1940年，我在官地教书时，有一位姓关的老人，名叫色隆阿，当时已78岁。"这部东海窝集部的一些内容就是当年冬季他所讲的，后来于1946年时，又见到色隆阿的弟弟关隆棋，他也讲述了一些内容，我根据关氏兄弟的讲述"做了一些补充"，才形成1957年前的记录本，当然，该版本"主要是三爷讲述的内容"。

这本提要的第一回"说长白二主争上下，讲东海双王联婚姻"，第二回"祭神树男女成婚配，老萨满堂上道空玄"，第三回"首次出征窝伦部，三探乌苏险丧生"……与所记录的录音稿的章回题目完全相同。出版的《东海窝集传》题目是经过微小修改，但其意思未变。提要本在每一个章回题目中还有内容提要，如第一回中共列出5项要点：1.长白山描写；2.佛多妈妈和乌克伸（握伸阔一笔者）玛法交代；3.两人展开争论；4.游七十二部看风情（其中也查看了中原风貌）；5.双方发誓分道扬镳，各自以自己理由到人间物色人物……从第一回到第二十六回都有提要内容，提要有多有少，有详有略。从第二十七回到三十二回只列出了章回题目，无内容提要了。

更应提及的是在该版本的第1页上，写的是《东海窝集传》的内容，只是从第一回开始，到第八回就结束了，文笔形式与出版的版本却完全不一样，自然也与傅英仁先生所讲的形式不同了，开头是"各位达爷阿哥格格们"，下面注明"第一回"，题目为"万水千山都有源"。内容是"大鹏飞千里也有个起脚之地，诸位落座，听我给大家讲讲东海窝集争权记，我的乌春说起来。"

下面列出从第二回到第八回的全部回目，为：

第二回：喜鹊乌鸦怎么也不能成婚配，美鹿仙鹤怎么灵也不能成夫妻。

第三回：说什么祖传法制不能改，到什么河里行什么船。

第四回：小燕虽小飞千里，人在智多不在人多。

第五回：恶习出鬼，出鬼动干戈。

第六回：都说打仗靠兄弟，我看也不然，情投意合也能两肋插刀。

第七回：人生事总是真真假假，假似真来，真似假；虚虚实实，虚中实来实中虚。

第八回：要想成大业，必须有大智本领，真本领苦中来。

以上八回，全部抄录于第1页上的内容。这八回内容更富有民间趣味和韵律感，傅英仁先生说："原打算像那个前八回的形式写下去，后来我病了，写不下去了，那八回是唱的，是我三爷说唱的本子，也是1957年我被打成右派后烧毁的提纲所记录的文学形式。因为我不会唱，只会讲述，所以才写成现在出版的文学形式。"这样看来，《东海窝集传》的确是满族的说唱说部，这在第一回的开头已明确指出："我的乌春说起来。""乌春"是满语，意为"歌曲"，进一步说明《东海窝集传》是说唱民间文学作品了。以下就是章回的开头，其内容是叙述"故事来源"，紧接着是第一回，第二回题目，与前几回第1页上题目不同。

第二种版本，即关墨卿、关振川、关德玉讲述的提要本。该本的特点：第一部分先把章回的题目列出，再列出提要内容。第一回题目是"说东海两王成姻戚，娶女婿双王显威风"；第二回是"神树祭男女成双配，老萨满堂内道姻缘"；第三回是"首次出征窝伦部，三探乌苏险丧生"……这个版本的第四回有两种表述方式，一种是"万路妈妈救二主，兄弟大破万水楼"；另一种是"兄弟双双立战功，姊妹双双生妒心"。傅先生在讲述第四回时，采用了前一种。这个版本直到第三十四回都清清楚楚地列出了题目名称。后边还有"三十五回，三十六回"，用圆珠笔划掉了，其内容：三十五回是"保赤拥兵战日珠，老军师计服拂涅部"，三十六回是："东海大业成一统，父系王位定乾坤"，现在出版的《东海窝集传》已把上述内容包含进去了。

该版本的第二部分是内容提要，第一回内容提要是"订婚。长白山两位神主闹分歧。……东海无儿，拂涅无女。儿子武艺很高，两下定亲……"。这是提纲式内容。第二回是"神树祭，神树祭情景，杀鹿、摆牲、火把、跳皮子、插羽、幽会……"。第三回是"介绍窝伦部，女酋长是女王表妹，因偷去托力（铜镜）宝，闹分裂……"。提示内容有多有少，有详有略，直到第三十四回都有揭示性内容。此版本的第一页是东海窝集部和拂涅部的主要人物表，并标明姓名。

第三种版本，无名氏讲述。应是傅英仁先生为前两种版本内容的补充。此版本是从第六回到第十一回的内容，全无章回题目，如第六回，是"人头大祭，二位公主有病，高明萨满集会诊病、抢魂、杀女奴……"。第七回是"出征木伦，大格格挂帅出征，假败阵前，兄弟失踪"。第八回是"太白山恩都哩指玄机，石龙洞授新技艺"。还有乌伸克的九大弟子的神名表，丹楚兄弟的献计表，等等。

总之，《东海窝集传》的三种版本，内容大概如此，看来，这次出版的《东海窝集传》是傅英仁先生综合了几家讲述本的内容，进行严肃认真的整理，是他多年来心血劳动的结晶。我们应庆幸此书的出版。无论如何，这部直接反映母系氏族社会向父系氏族社会过渡时激烈的部族斗争，是中华民族文学史上少有的内容。

据傅英仁先生讲，这部满族古代英雄史诗的说部是宁安地区"巴拉人"的作品。"巴拉人"在《清文总汇》中，与此有关的内容是："胡乱、胡行、妄、放肆，等。"意思是不很文明的人们。傅永利老人与巴拉人有亲戚关系，关振川本人就是巴拉人，这是他们会讲《东海窝集传》的由来吧！宁安地区的"巴拉人"都住在宁安地区周围的大山里，也正是"窝集"所存在之地。"巴拉人"也就是"窝集人"。"窝集"是"稠密森林之处"，或是"密密森林之处"的意思，也就是历史学界常称作的"林中之人"，即"野人女真"等。满族共同体的组成主要是建州、海西、东海三部女真人所组成。东海女真的部落就是窝集部，应属"野人女真"的范畴。《东海窝集传》中所说"野人女真"是生活在原始森林深处，宁安地区的边缘。在大山里的"林中之人"，即"野人女真"，也是"巴拉人"。他们在满族民族共同体未形成之前，这部分明代的"野人女真"仍过着文明社会之前的、原始人类的"野蛮时代"的生活，传说中有的还是处于"蒙昧时代"的人类社会。所以，《东海窝集传》传说产生的年代应是在满族民族共同体形成之前，明代野人女真族的作品，距今已有几百年的历史。那么《东海窝集传》为什么流传至今呢？

首先，产生《东海窝集传》传说的"巴拉人"是深居窝集里。进入父系社会后，虽与清代朝廷有联系和来往，但他们仍是"朝贡不常"或是从未"朝贡"过的那部分"野人女真"，未受到外界文化的影响。所以《东海窝集传》保留并流传至今。

其次，《东海窝集传》仅流传于宁安地区的深山老林之中。宁安四周环山，中间是盆地和河谷平原，历史上交通很不方便，又与外界来往很少。解放后，经济文化发展缓慢。更何况居住宁安周围的"林中之人"，与外界来往更少。所以为满族古代神话、传说、故事以及中、长篇说部的保存和流传，提供了客观条件。《东海窝集传》就是其中之一。

最后，满族的先民——女真人，主要是由黑龙江的北岸，或是沿岸向南迁徙（南迁的原因，历史学界自有公论，不赘述）与汉族人接触后，使得他们的社会飞速发展，由氏族社会很快飞跃到人类文明社会，努尔哈赤就是从黑龙江三姓起兵到辽沈地区的。在短短的几十年的时间里，由狩猎经济迅速跨进农猎兼有的经济，它的飞跃条件就是明代女真人"居住地域的转移"。[①] 可以说，"满族从努尔哈赤起兵，发展本族奴隶制，到采取封建制仅有四十年历史时间，对于社会的发展无疑是一次飞跃"。这也是中国其他少数民族少有的社会现象，这种飞跃使民族文化沉积深

① 滕绍箴著：《满族发展史初篇》，天津古籍出版社1990年。

厚，深含了人类社会的各种层面的文化内容，其中自然会有远古时代文化层面。

满族的先民女真人的部分南迁，使它的社会由原始氏族社会飞跃到人类文明社会，这是一个历史事实。世界上任何一个民族在经济和生产技术方面，可以有突飞猛进的发展，可以接受和引进世界先进生产水平和科学技术的使用和管理，人们的生活也可以有很大的提高；人们的思想意识和文化也能随之变化发展和提高。但是在人们的思想意识的深处，在它们传统文化的深底层次里，仍然保留着他们认为是神圣、庄严、不能丢掉和忘记的东西。忘记就等于背叛祖先，这是任何一个民族都确信和牢记的。满族的先民女真人正是这样的民族，它既是一个由于南迁，社会文化、经济生活飞跃发展和变化的民族，又是一个在统治阶级力量薄弱，其治理还深入不到边远地区里，所以，仍有一部分人保留着古老的传统文化的民族。在部分满族及其先民女真人的深层意识中仍是"根基"，是本族的"生命"，是他们的精神支柱。他们通过"讲古"，弘扬祖先的英雄业绩，传播生存、生产等文化知识，以成为鼓励子孙后代奋进的精神食粮。也正因为如此，我们才能在今天的部分满族中，还能搜集到稀世珍宝，满族萨满手抄本(萨满神本)、萨满手册及中长篇说部、《天宫大战》和神话等珍贵的民间文学故事。《东海窝集传》就是如此。

《东海窝集传》这部长篇说部，是由于满族的特殊社会背景和宁安地区的特殊地理环境，才保留至今的。并且又在宁安密密森林中的"巴拉人"中，所创作并流传的民间文学作品。因此，在一定的历史条件下，地理位置和环境是起着保留和流传民族文化的决定作用。

《东海窝集传》在"野人女真"中流传，是作为他们祖先神圣的业绩而传颂的。傅英仁先生向我讲述："我三爷，每讲唱《东海窝集传》时，首先洗手、漱口、上香叩拜后，才能讲唱。因为是满族的祖先之事，又有许多满族崇拜的神灵。"再一次证明满族说部的神秘性和神圣性。

满族古代英雄史诗《东海窝集传》，内容丰富，它是研究人类学、民族学、东北民族关系史的珍贵素材。它又是研究满族传统说部，满族民间文学发展规律、表现方式、文学体裁、人物性格、文学价值的珍贵材料。同时也是研究满族原始思维、宗教信仰、审美观念、民俗学等方面的活化石。

二〇〇六年三月于北京

第一章　长白二祖争上下 东海双王联姻缘

满族的先人住在长白山，也叫太白山。那里是翠林葱秀，林海茫茫，无边无际，到处都是鲜花绿草，环境幽美，好不宜人。尤其是五大峰、七大岭、十三道大川，都是从太白山上延伸出来的山碴子，遍布了东北各地。所以满族人有句俗话：我们发源于太白山，繁衍于大漠北。

那是很古很古的时候，还是阿布卡恩都力造人时，只造出两个人来：一个是男的，叫"乌克伸玛法"；一个是女的，叫"佛多妈妈"。两人被造好后，繁衍了一些后代。他们两人在太白山上修身养性，平素间凡是满族的一些子孙，有些什么困难和遇到灾难的时候，都要向他们寻求帮助。他们总是积极想办法去搭救。这样，满族人的生活就一天天好起来了。人们怎么用火，怎么吃熟食等，都是两位祖先传授下来的。

但是，他们二位繁衍的男人，不知为什么总是待不住，成天在外面到处走，很少在部落里照料子孙，他们不像女的那样能守在部落里。所以部落里的事情都是由佛多妈妈照料。这样，她所安排的人也都是些女的，如当时的波吉烈额真，或者葛山达额真和穆昆达等都是女的。女的掌握一切权力，女的当家管理得也很好，但相比之下发展要缓慢一些。中原一带的部落已经使用了铁器工具耕种、狩猎了，而这里还是用石头、木头的，如石头刀、石头斧、石头碾、石头磨，吃饭用木头盆、木头勺子，等等。这样一来，满族的生产便落后了。当时靠近尼堪人的一些部落，已有些进步，但东海窝集部还相当落后。乌克伸玛法周游了72个部落和中原大片国土回来，经历多，见识广，从知识到技术都比佛多妈妈要高明得多。他对佛多妈妈说："咱们还是女人当家，用的还是石头、木头，这哪行？女人是治理不好天下的，她们不敢大力发展。"他这一说，佛多妈妈可就不高兴了，就说："你说的不对，人类从来都是女的当家做主，你在什么地方看到过男人当家做主呢？由男人当家，那天下不就大乱了吗！那不就成天互相争斗吗！你也打，我也打。男人不懂人情，没有人味，非闹事打仗不可；还是女的当家稳妥，可以联合，可以商量，还是女的当家做主好。"这两位神灵这么一争论，互不相让，谁也说服不了谁。乌克伸玛法说："这样吧，如果你不信，我可以领你到外边去看看，那时就会知道，到底是咱们这种搞法和风俗人情好呢，还是像外边那样男人当家好？"佛多妈妈说："我不去，我就是坐镇太白山，看着我的子孙能够过得好、吃得好，不受外人欺负就行了。你说那里好，你愿意去，自己去好了，我不拦你，也不过问。"夫妻俩越争论越激烈，越争论越来火，乌克伸玛法主张男的当家，佛多妈妈则主张女的当家。后来两人实在争执不下去了，佛多妈妈就说："这样吧，你也别说男的能行，我也不强调女的能干，就依你这一次，咱俩下去看一看，如果大家都愿意女的当家，那你就得服从我；如果大家愿意男的当家，我就听你的。"

于是这两人便下去转了一圈，因为下边都是女波吉烈额真，女的葛山达，当然都是拥护佛多妈妈的主张了，一听说要换男的当额真，一个个都急眼了，齐声说："不干！"这时乌克伸玛法一看这个阵势也着急了，但他哪肯罢休！回来后，乌克伸玛法知道，从现在的势力来看是斗不过佛多妈妈的。于是他对佛多妈妈说："这样吧，咱俩分开，你走你的路，我过我的桥。你干你的，我干我的。我是坚决主张改变这种生活，照你这样搞下去，咱们的子孙享不了福，得不到好处的。要想好，还得按我的道儿走。你说女的当家好，你就安排女的，我安排男的当家，咱们俩比赛，看谁输谁赢。"佛多妈妈一想，你一个男的有多大本领，从古至今都是男的在女的指挥下过来的，你们男的能有什么作为？便高兴地说："好吧，就这么的吧！"这样两位恩都力打鼓击掌，各自分开，培养自己的力量去了。

于是，他们来到了东海窝集部，使东海窝集部展开了一场大的斗争。他们又争论了一番，佛多妈妈主张以多为胜，她说："我这儿女的掌权的多，管事的人也多，你男的没有管事的，你非输无疑。"乌克伸玛法寻思，别看你的人多，我的人少，我是以精为胜。我培养十个、二十个出类拔萃的男人，就可以胜过你，打倒你。乌克伸玛法说："我培养精明能干的，但是不能一下让他们享福。"佛多妈妈说："不，我培养的人，先让她们享福，叫她们知道我对她们的好处，她们自然而然地就同我一心一意地努力干。"乌克伸玛法说："不对，我先让他们受苦受罪，没有苦中苦，难知甜上甜啊！我得好好锻炼他们，叫他们都能够吃苦耐劳，能够有能力、有耐力，使他们得到大家的认同，自觉地听从他们的领导，这样的人当起家来，总能挺得起，站得稳。"两人越说，思路越远。就这样，他们终于分手，到下面去培养各自的力量了，这就引出了东海窝集部男女争权的一场大战。

话说东海窝集部，当时势力很大，它的版图南到豆满江，东到东海，北到外兴安岭，一直到北海的海峡，真是广袤无边。那里住着的都是阿布卡恩都力的两个徒弟——乌克伸玛法和佛多妈妈的后代。这些人以渔猎为生，过着简朴原始的生活。当时东海窝集部有个总头领，叫阿木巴波吉烈额真，她是个女王，叫爱坤沙德，快50岁了，很有能力，统辖了东海窝集部九川十八寨。所有的部落王都由她统领。老女王很有魄力，每年九月初九都要召集各个波吉烈额真，到她的府上开一次全体东海窝集部祭神树大会，并一起商量部落中的一些军政大事。

爱坤沙德女王有两个姑娘，没有儿子。当时都是女的继承王位，谁家有了姑娘就是事业有了传人，都很高兴。大姑娘叫爱坤巴哲，二姑娘叫沙德巴哲，两个姑娘已长到十五六岁，到了订婚娶女婿的时候了，老女王就到处挑选得意的女婿。

在东海城的西南部有一个佛涅部落，除了东海窝集部外，最大的就是佛涅部落了，也在东海窝集部统辖之内。佛涅部老女王的名字叫塔斯丹德，她的男人叫伯克兹，他俩都是近五六十岁的人了。跟前没有姑娘，只有两个儿子，谁来继承王位，她很犯愁，儿子将来是要嫁出去的，所以总是得不到安慰。长子叫先楚，二子叫丹楚。这两个儿子从小就玩弓弄箭，打鸟狩猎，长得一表人才，远近部落众口称赞。

有一年在神树大会上，这哥儿俩被东海窝集部老女王看中了，于是就备了厚礼，赶着二十头猪，拿着鹿皮制的衣物，到佛涅部求婚去了。可是，伯克兹不同意，在后房对塔斯丹德说："人家是阿木巴波吉烈额真，咱们是一个小部落，和人家结亲不合适，孩子们嫁过去，会受苦的。"塔斯丹德女王却不这样看，她说："咱们能够和人家结亲，是件求之不得的好事，对我们部落也有好处。"

夫妻俩虽然意见不一致，但当时是女人当家做主，人家把礼物一送，塔斯丹德就很高兴地答应了这门亲事，并返送了很厚的回礼。就这样，塔斯丹德就领着两个儿子，带着礼物去朝见东海老女王。两位阿哥不知去干什么，也只好跟着母亲去了。

到了佛涅部，两个孩子给东海老女王行了抱见礼，东海老女王很高兴地说："好吧，这门亲事就说定了，到明年祭神树时，就正式娶你们过门。"

事情偏不凑巧，北部地区有一个穆伦部落，穆伦部落王有四个姑娘，她们不但长得好看，而且也是习文弄武的女干将。穆伦部离佛涅部不远，每次先楚和丹楚带人狩猎时，穆伦部的四个姑娘也在狩猎。这样一来，四个姑娘和两个小伙子就成了好朋友。这六个人不但长的一表人才，而且都会武艺，狩猎、马上功夫都很高超，射猎真是百发百中。经过多年的戏耍他们也逐步有了感情，他们六人十二三岁时就在一起骑马射猎，到了十五六岁自然产生了爱慕之心。姑娘有心，小伙子有意，只是谁都没有言明罢了，因此双方母亲都被蒙在鼓里，他们也就不敢吭声。

从东海窝集部回来，两位阿哥才知道，他母亲要把他们嫁到东海窝集部去，两人很不高兴，当时就拜见母亲，说："我们不愿意到那里去当女婿，因为东海老女王的两位格格娇生惯养，听说她们喜怒无常，动气时就杀人取乐，我们去后，不会有好下场。能不能让我们与穆伦部的那四个格格成婚？"塔斯丹德听了很生气地说："好啊，你们竟敢违背祖命，你们也违背了东海窝集部老女王的旨意啊！额娘我既然答应了，就不能反悔！"但伯克兹却同意儿子们的意见，说："就让他们和穆伦部落的四个格格结婚吧，因为穆伦部落同我们地位相当，而且听说这四个格格也是很能干的，何必非去东海窝集部呢！"可是他们的母亲说啥也不干，便说："一是我已经答应；再说，我们的孩子嫁给东海窝集部当女婿，名声也好呀。"就这样，这两个孩子和丈夫怎么说也不成。无奈，这两个儿子和四个格格就私下去商量计策。哥儿俩说："这样吧，明年祭神树时，我们偏不找她俩，单找你们四个人，那时你们四个也别找别人了，这样咱们就顺势在神树前宣誓结婚了。我看老女王她也不敢违背古传风俗的！"正当六个人商量时，听树林那边哗啦一声，出现了二三十个火把，一批人马直奔这边而来，不分青红皂白，立马将四个格格绑起来，逃了个无影无踪！两个小伙子拼命追也追不上，后来就不知去向了。哥儿俩急得团团转。究竟这四个格格被抢到什么地方去了，且听下回分解。

第二章 | 祭神树男女成婚配
老萨满跳神道玄机

上回说的是先楚、丹楚和四位姑娘，商量在明年祭神树将计就计举行结婚大典时，说得正高兴，忽听林外马蹄阵响，火把通明，来人把四个姑娘掳走不知去向，这下把两个小阿哥吓得不知如何是好。追也追不上，哥儿俩没法就只好垂头丧气地回了家。回府后，茶也不喝，饭也不想，每天都到外边去寻找四位姑娘下落，结果还是杳无音信。要说是被哪个部落抢去，也不可能呀，哪个部落胆敢抢穆伦部女王的格格呢？再说，历来有抢男的，从来没有发生过抢女的呀！为什么突然来了一帮人，把四位姑娘抢走了呢？哥儿俩整天闷闷不乐，不吃不喝，这样下去，人渐渐瘦下来了，也无心出去打猎了。其母女王一看心疼了，就问两个儿子："先楚啊，你是长子，为什么你们天天不乐，愁眉苦脸？有什么心事可以跟额娘说说，我可以帮你们解决。"哥儿俩说："额娘，我们不能说，我们就是说了，您老人家也不会同情我们，就这么的吧，反正我们俩也是命里注定要死的人了，死就死了吧！"老女王一听更不放心，心里更急了，说："不！你们还是说给我听听。"哥儿俩无奈才把如何同四位姑娘商量抗婚对策之事，一五一十地讲了出来，并说："额娘，你真要是同情孩儿的话，你就不该答应东海老女王那门亲事。"其母一听，说："好个不肖之子，我早就对你们说过了，已经把你们许配给东海老女王的格格为婿，如果你们不去，那我就是抗旨不忠，我的性命也难保呀！再说了，我们和东海窝集部结亲可以一步登天，你们就是死了我也不能反悔退婚，你们就死了这条心吧。"尽管其母这样威胁他们，哥儿俩还是不死心，他们打听来打听去，终于获知四位姑娘是被东海窝集部给掳去了，哥儿俩就决定去东海窝集部探听消息。后来一想，不行，东海窝集部兵强马壮，不用说咱俩，就是带二百人也是进不去的。四位姑娘在东海窝集部到底是真是假呢？一定是十有九成假不了。

原来东海窝集部下属各部落到处都有他们的人，他们听说穆伦部落四位格格吵吵嚷嚷要同先楚、丹楚结婚，这事情早被信眼①知道了，很快通报给东海老女王，东海老女王一听，生气地说："好哇！这个穆伦部老鬼，竟敢抢我的女婿！"就吩咐部下去盯梢，看他们六个人是否在一块勾结。并派信眼时刻跟随，还有马队跟着。那天忽见六人正在树林内商量抗婚对策，就不由分说，把四位姑娘掳回到东海窝集部去了。四个姑娘被抢回，严刑拷打后扔进后院做了奴隶，也不许见人，每天是非打即骂。四位姑娘被折磨的上天无路，入地无门，每天哭哭啼啼，也不知为什么被抓进来。她们完全与世隔绝，与其母王穆伦达根本通不了信。这可怎么办？没有办法，每天唉声叹气地给人家当奴隶。第二年九月初九那一天，按照东海窝集部祖传的婚俗，不管双方父母是否同意，男方女方必须在神树下自由结合才行，要不然的话，婚姻大事谁说了也不算数。

这一天，在东海窝集部的不远处，选择了一棵最大的神树，召集各部落举行祭神树招亲仪式。事先东海老女王就派出大批人马到处狩猎。这一天，东海老女王拿出了最丰盛的招亲礼品，有天上飞的，地上走的，水里游的，样样俱全，几百个撮罗子②，几千支火把，照得夜间如同白天一样。祭神树所用的活鹿就是八十一只③。老女王的两个格格也趁此与先楚、丹楚成亲，事先就派出探马送信给各个部落。这天东海所属各个部落都率领自己部落子女蜂拥而来，一是看看老女王两个格格和两位阿哥结婚的热闹场面，二来也趁此机会完成自己子女择偶仪式。

在神树祭祀正式开始之前，有二十七位女萨满戴着虎皮帽子，穿着鹿皮裙子，点燃八十一盆祈年香，香烟缭绕，显得神圣肃穆。神树周围升起篝火，接着东南西北四路大篝火也升起来了。他们击鼓跳神，高声颂唱着祭神歌。之后由关锅头开始宰杀，摆放在木架上，共有八十一只鹿，鹿的四条腿吊在架子上。各部派出的八十一个锅头，拿着石刀单腿一跪，将鹿脑袋割下来，把鹿头挂在早已搭好的神架上。各部落带来的神器，木筒大鼓、小鼓敲打起来，然后将鹿头放在祭坛上，全场一片欢腾。所有带来的牲畜都一律剥皮，忙坏了各部刀斧手。待祭品摆好后，全体人员跪下向神树祈祷，祈求全年幸福安康。

第二遍祭神树开始了，二十七位萨满又开始跳神颂唱神歌，接着是众人跳舞。当祭神树完毕，外边人群早已围成一圈，从各部落中出来八

---

① 信眼：暗中打听消息的人。
② 撮罗子：住人的帐篷。
③ 八十一只活鹿：九只为一排，计八十一只。

个男的八个女的，他们随着木鼓声四起，翩翩起舞，像蝴蝶飞舞似的，那么轻盈好看。这时候乌苏里部和萨哈连部跳的是宣舞，有的是跳皮子，就是把牛皮绷起来，在上面跳，跳九张皮子，即从这张皮子上，跳到另一张皮子上，连续跳九张，跳的花样那就更多了，跳到一定的时候，各部落的牛角号手，随着东海老女王的牛角号声，吹起来。这时人们就明白了，择婚选偶时辰开始了，这时男的找女的，女的找男的，找各自心目中情投意合的伴侣，双方一对对都到东海老女王面前去跳，意思是让女王认同。这样一来，有些男女平时相互看中，就自然而然地凑到一起；有的是临时看中的，也到东海老女王面前给她请安磕头、跳舞。老女王也都一一赏赐，给点钱或给点物品，如鹿角、小刀、玉石等，每人都能得到一份。

此后，就由已经安排好的四个男的和四个女的，陪着东海老女王的两位格格出场了，平时老女王的两位格格爱坤巴哲和沙德巴哲很少露面。这时先楚和丹楚的母亲也领着两个儿子，朝东海老女王和两个格格走来。这两位格格打扮得倒挺好看，穿是鹿皮紧身衣、鹿皮紧袖，用羽毛拼成的五颜六色的披肩，凡是袖口上、鞋口上、裤口上都嵌有非常好看的羽毛，脚上带着脚铃，手上戴着手铃，双手上戴着双骨镯，头上梳的是双七辫子，盘在顶头，戴的是羽毛花①。她俩一出来，众人立刻让开。格格虽说穿得好看，但是身体瘦得像刀条似的，面黄肌瘦，一点没有血色，精神很不好，还要几个人扶着出来。先楚和丹楚一看心里就凉了，真想不到额娘竟然把我们许配给这两个被微风就能吹倒的姑娘，身体如此虚弱，也不能长寿呀，哪能比得上我们自己找的那四个姑娘呢。没有办法，只好认啦。按照祖规，男的要戴白羽毛花，女的要戴红羽毛花，而且只有他们四人才能戴花，别人都不允许戴花的。这样，爱坤巴哲和沙德巴哲直向戴白羽毛花的先楚和丹楚走来，塔斯丹德女王赶快向两位格格请安，感谢两位格格。两位格格一看两位阿哥长得这般英俊，就主动要求和他们一起跳舞。每一个格格跟前都有四个阿哈②握着火把给他们照明。这时东海老女王亲自将四个火把交给两位阿哥和两位格格，意思是叫他(她)们和大家一起去跳舞吧。两位阿哥与两位格格跳了一阵舞以后，火把烧完了，篝火也灭了，这时候跳舞就更加紧张热烈了，所有的鼓声响

① 羽毛花：结婚时男的不能戴红的，只能戴白的。

② 阿哈：即奴隶，奴才之意。

成一片，不分个数，此时男男女女、双双对对，都到各自选定的地方成婚去了。第二遍火把烧起来，锣鼓一响，男男女女都戴着帽花出来了，说明都结婚了；此时萨满第二次出来给大家咏唱喜歌，这些成婚的男男女女向天、向地、向父母磕了头，随后女的领着男的回到野外帐房，过新婚之夜。这样祭神树就结束了，同时也是两个阿哥受苦受难的日子。

两位阿哥回到东海老女王府里闷闷不乐，两位格格心里就更不满意了：你们俩本来是小小部落的阿哥，嫁到我们这里来，等于一步登天，你还不高兴，想必是有外心。这两位格格忌妒心特别强。有一天，吃完晚饭，两位阿哥本想回到自己房间休息，两位格格却不让走，并叫来四个彪形大汉把驸马绑起来，命令他们跪下。两人只好跪下，格格问："为什么结婚之后，你们闷闷不乐？如果说了实话，我就原谅你们，若不说实话，你们是知道的，我是杀人不眨眼，小心你们的狗命！"两位阿哥不愿意撒谎，只好如实地把认识四个姑娘的事说了一遍，说："我们几个人已订下了蛤蟆之婚，而你们是天鹅似的人儿，我们蛤蟆怎么能配嫁你们天鹅呢？蛤蟆应找蛤蟆，不应该吃天鹅肉，恳求两位格格把我们放回去吧？"两位格格冷笑说："你们还想做梦，那四个蛤蟆正在我府上当阿哈奴隶呢，你们想走，那比登天还难！"这时两个人一看也没法子了，只好忍受煎熬吧。四个彪形大汉把两位驸马打得遍体鳞伤，并且说："你们如果回心转意还好，不回心转意，我们还有更厉害的刑罚等着你们呢！"

相传，两位老女王知道这事以后，也很难为情，怎么办呢？虽说是有王命吧，但总不能代替夫妻感情呀。这时候，东海老女王想出一个招儿，叫来了塔斯丹德，并对她说："你能不能开导开导，让两个阿哥回心转意？"塔斯丹德说："行啊！"老女王让摆上了香坛，跳神乞请神灵降临。神来了，请的是哪路神呢？是专门解决婚姻大事的神，叫撒林色夫神。撒林色夫一来，不管是哪一族的男的女的都跪下了，萨满戴着神帽坐在那里，两位格格和额驸跪着，萨满就代表撒林色夫说话了："我们长白山的子女应该要听从神的旨意，今天两个格格娶了两位阿哥，这是天意，任何人不能违抗，如有谁违抗了，会有天灾病瘟，会天打五雷轰！你们能不能对我发誓？"两位格格抢先发誓说："我们一定要很好地照顾两位阿哥，绝不会有二心。"两位阿哥说："我们尊重神的旨意，可是我们都有自己的打算，我们愿意两位格格身体很快好起来。"当时锣鼓响得很厉害，他们声音小，两个萨满一听祝愿两位格格身体健康，这是好事，也就稀里糊涂过去了。撒林色夫临走时嘱咐道："你们两人以后对格格要好，不能出现差错。"就在这个时候，听到外边"啪"的一声巨响！响了一个震天雷。闪电后，天空亮了，当时就下了一场雨。雨过之后，飞进了两块木牌，上有八个大字，写的是："各有其命，各有其份。"老萨满一看，吓得魂不附体，不知道这"各有其命，各有其份"是什么意思，也就只好将计就计地说："你们看看，这是感动了神灵，告诉你们，你们都得听天由命，你们两位格格和两位阿哥就得各有其命，各有其份。这两个木牌给两个阿哥，一人一个。"两位阿哥也很惊奇，是怎么回事呢？为什么突然飞进两块牌子呢？他们觉得这是神的显灵，没有办法，只好打掉牙往自己肚里咽吧！这个苦果也只能吃了，因为神已经规定了，各有其命，各有其份嘛！但两位阿哥不知道这"各有其命，各有其份"还有另外的意思，他们不懂得，就这样草草率率地过日子了。

结婚几天后，东海窝集部女王召见两位额驸[1]，款待一阵子，还请了其他部落的葛山达、穆昆达作陪，然后告诉两位阿哥三件事：第一，应该好好侍候两位格格，不能惹她们生气，如果一旦惹她们生了气，本王对你们可不客气；第二，你们两个必须安分守己，不许勾搭其他女人，发现你们有不轨行为，就斩首示众；第三，听说你们有武功，必须领兵马去打仗。如果你们能够做到这些，还可以很好地生活，不然的话，你们是难以逃生。从现在开始，履行你们进门的基本义务，就是在这一年内，过好四道关。过了这四道关，你们就成了正式的女婿，才正式地属于这个家族的成员。当时的风俗是：每道关是三个月，一年共十二个月，是四道关。第一道关是房道杂役关，学会打杂活，学会本族的礼节，怎么侍候两个格格；第二道关是喂猪关，不会养猪是不行的，马也是很要紧的，它是出兵打仗用的，所以喂猪、喂马都得会干；第三道关是砍柴、挑水关；第四道关是把守门庭关，看宫、看屋、看寨。就这样，两个阿哥接受了这些条件，苦干了一年。两个阿哥是很聪明的人，做啥会啥！管得上上下下有条不紊，不管是阿哈也好，家人也好，都能和睦相处，很有人缘。至于喂马、喂猪那更是行家里手，猪圈打扫得干干净净，猪养得膘满肉肥，真是大猪年年养，小猪月月生，肥猪满圈，马也毛亮体壮，至于砍柴担水那就更不在话下了。把守门庭关是最难闯过的，他每天得记录出入人数，检查宫内有哪些失礼的人，还有生杀之权，是非常厉害的。但是两位阿哥当检管，即使有失礼的人，也耐心教他们，只有教好

---

[1]　额驸：即女婿，格格的丈夫。

后，哥儿俩才让这些人进去侍候，所以在他俩把门这三个月当中，没有杀一人；而其他人把门期间，为了显示自己的威风，往往会误杀了一些人，当时杀人那是家常便饭。

到了第二年的正月，老女王把他们叫到殿上，特恩赐他们一个官位，叫骑都额真，并赐白宝马各一匹，可以领兵打仗了。另外也允许他们去探望自己的父母。这天，两个人高高兴兴地骑着白马回来了，塔斯丹德女王一看自己的儿子当了大官非常高兴，可是两个儿子却是闷闷不乐，在父母身边待了一天，第二天就走了。回到东海窝集部正在后房休息，忽听有人来报说，老女王叫他们赶快上殿。他们去了一看，有两个外部落人，说是从南边过来的，满身穿着翻毛衣服，鼻子上都穿着鼻环，满头长发，不像这里的人，剃着留郎圈，都是半发，穿戴是猞猁皮靴、皮帽，外边都是猞猁皮裤、皮袄、皮围裙，挎着一把外罩桦皮鞘的青石刀。老女王对两位阿哥说："你们来了，正好，我叫你们来看看，这是卧楞部我表妹派来的人，她是卧楞部的波吉烈额真。因为头年她来了之后，我一个最贵重的托力宝被偷走了。另外卧楞部每年理应来这里进贡，现在也不来了，把我气得不得了。所以我就宣召表妹进京，她却派了两位使者来。"来的这两位使者出言不逊，说："我们卧楞部不归你们东海窝集部管辖，每年给你们进点贡也就差不离了，那还是看在你是她表姐的份上呢。"东海老女王一听，气不打一处来，非要杀掉这两个人，杀了后再出兵，两个阿哥忙说："母王，不应该杀他们。"老女王问："为什么？"他们说："两国交兵不斩来使嘛！他们也只是传达旨意，把他们杀了不太好。"老女王难解心头恨，说："来人，把他们俩的耳朵给我割下来。"这样就真把两个人的耳朵给割了下来，老女王对这两个人说："回去！报告你们女王，三个月之内，不来进贡我就出兵处置。"来人走了之后，别说三个月，等了五个月，人家卧楞部也没有来进贡！气得东海老女王当即就委派了大阿哥先楚为先旗督，二阿哥丹楚为尾旗督，率三百兵马征讨卧楞部。究竟能否打败卧楞部，且听下回分解。

第三章 | 首次出征卧楞部 万岁楼前险丧生

两个阿哥的父亲伯克兹，年轻的时候曾经南征北战，与塔斯丹德一起打下了江山，建立了佛涅部，妇人当了波吉烈额真。哥儿俩自小跟父亲学了一身好武艺，尤其是射箭和使刀，学会了东海刀法。东海刀法是九九八十一路，刀法有几个秘诀，这就是你来我躲，你弱我攻，你成套打，我乱打，反正我让你摸不着头脑。上下左右不讲路数，让你措手不及，厮杀起来也有一番气派。

这一天，两个人带了三百兵马，不到一天就进入到卧楞部所在地，这里离乌拉①很近，两岸山高林密，三天三夜你都走不出林子，要是骑马，你干脆就休想进去！这个卧楞部还不太会使刀，仅仅有几口刀还只在波吉烈额真府里，其他的只使用木棍子、石头棒子做武器。但是他们有一种绝招是石雷，石雷就是用五种毒药与水混合起来，把石头放在水里浸泡很久。只要打在你身上，沾着皮肤就没治，人就会活活烂死。卧楞部只发了两路兵马：一路是前路先锋军，领着三百兵马；第二路是卧楞部女王亲自带领的五百兵马，一共是八百人马迎杀东海窝集军来了。卧楞部的第一路领兵元帅是一位女将，这人身高六尺左右，大个子，黑脸膛，骑着一匹大黑马，手拿一把四十多斤重的青石战刀，说话声音洪亮，像男人一样，黄色头发似钢针，两眼像牛眼那么大，她领的这些兵个个精悍。而东海窝集部由先楚和丹楚领的三百大军，也都是事先经过训练的，都是双马双铠，那时的铠叫牛皮大铠，两层牛皮铠甲。南边卧楞部的兵则是赤臂，光着膀子，都穿着皮坎肩，赤臂上阵。这两路敌对军马，相距二十里处扎下营来，扎营后支起牛皮帐篷，用砍下的两棵松树搭起了军门，插了根杆子挑着豹子旗，表示大营立成和必胜的信心。

安排好之后，双方约定在中间线上放一张桌子，各拿来三碗酒，各

---

① 乌拉：满语，即江河之意。

方出来九个人，由牛录头共同请安，宣读双方战表。先由主方东海窝集部按照老女王的旨意叫战，卧楞部也不示弱地出来宣读战表，随后各自回营。双方擂起豹皮战鼓，经过三阵木鼓，号角四起，这时两方才开始了正式的兵箭相戈。当时打仗还有个"三不"规定，一是不准抄后路，必须直上直下，直冲直上；二是对掉下马的人不能在马下刺杀；三是凡是战败的不能再追杀，只要跑出去一箭地，即使站着不动，你也不能伤害他了。战斗一开始，卧楞部人高马壮，骑着马，光着膀子就冲了过来，打了两个多时辰，厮杀得天昏地暗，不分胜负，双方撤兵回营。回营后，东海窝集部两位阿哥召集下属将领商议说："若这样僵下去，等他们的二路兵马上来时，我们就难打赢了。"大家说："只有回朝再调五百人，咱们也得八百人才行，不是一对一，战斗很难取胜。"这时丹楚说："我常听阿玛①讲汉人作战不是这样，他们是什么方法有利，就用什么方法打。其中有一种叫'偷袭'法，就是乘敌人睡觉时，我们出其不意，攻其不备，冲上去杀他个片甲不留，这样才能以少胜多。"大家一听都摇头不赞成，说："因为咱们的战术是祖宗传下来的，如果去偷袭人家营寨，那是无能之辈干的事。"丹楚又说："你们都听说过置敌于死地吧，打仗本来是毫不留情的。"有的说："是啊！打仗本来就是拼命嘛。"丹楚说："既然是这样，我们对敌人还讲什么礼节嘛？只要战胜就是目的，所以我们今晚应该偷袭敌人才是。"因为丹楚是领兵头子，他这么一说大家也就不再吱声了。丹楚最后说："不论胜败，和你们无关，今晚一定要冒这个险！"那时大家都不懂怎么偷营。丹楚下令埋锅做饭，说："晚上行动不能有响声，到敌营后等牛角号一吹响你们就冲杀上去，见人就砍。"

到了半夜三更，丹楚带着兵马就摸上去了。敌人毫无防备，卧楞部的先锋军女首领还动员大家说："今晚好好睡觉，明天要用一切力量战胜东海窝集部，如果明天打不败东海窝集部，我就拿你们的脑袋试问。"说完她也睡了。正在半夜的时候，忽听牛角号四起，呐喊声震天动地，东海窝集部的人马直冲进卧楞部的各兵营，杀的犹如切西瓜似的。这时有部分卧楞部的士兵在先锋军女首领的率领下，拿了几把刀，跨上马，杀了一些东海窝集部士兵，领了一百多个残兵败将突了围。天亮后，东海窝集部人一看，这个战术真好，不费什么劲，就把敌人杀个大败，我们仅仅死伤十几个人。回来后就欢天喜地杀猪宰羊庆贺一番。

① 阿玛：满语，即父亲。

再说卧楞部先锋队一百多残兵败刚退到半路，就遇到她们的女王带着第二路军队上来。女王一看，她的军队如此败象，心里十分恼火，领兵先锋女将，下马跪下痛哭流涕地说："不是我们打败仗，是他们不讲信誉，竟然偷袭我们的军营。"女王一听就气得眼睛发直，手指着东海窝集部说："你们简直欺人太甚，打仗还有这样打的吗？用偷袭办法取胜是可耻的，就是胜了也不算胜！"女王带着五百人马进了营地之后，与东海窝集部摆开了决战的架势。这次是女王新到的五百人马与东海窝集部战斗，而且女王领的五百人马比先锋领的三百人马还厉害，都是冲锋陷阵不怕死的勇士。双方再一开战，东海窝集部就没有顶住这五百人的进攻，后退了四十里，这时部下就问二位元帅先楚和丹楚："咱们怎么办呢？还有什么招儿呢？"丹楚左右寻思都想不出来，大家就七嘴八舌，有的说还得回去调兵遣将，有的唉声叹气。

丹楚派人回去调兵后，晚上就下去巡视。因为他知道对方也可能偷营进行报复。当他走到西北角时，隐隐约约看到有一个小陀螺似的东西，他就信步向前走去，只见这个陀螺也似乎向前移动，怎么回事呢，他很疑惑，这个陀螺怎么会走动呢？算了，我也不撵你了，撵你也没用。他就坐下思索下步如何应付敌人的进攻；奇怪的是当他一坐下时，这个陀螺就慢慢向他蹭来，离他有五六步远时，他在月亮光下才看清楚了。噢！不是陀螺，而是眼睛通红的大黑瞎子，丹楚毫无畏惧地拔出黑宝石砍刀时，黑瞎子将皮一扔，出现的是一个闪着金光的、长着长毛的彪形大汉，大汉说："我知道你是没有招数对付卧楞部的五百兵马，我是献策来的。想当年你的阿玛救过我们全家性命，从你到此后，我就步步尾随着你，这次我是来助你一臂之力的，我手下有一百五十多只训练多年的野猪，它们身上都涂有松油等保护层，任何兵器都射不进去，只要听到我的口哨，它们即可勇猛地用大獠牙杀向敌人，敌人只要碰到就没命了！"丹楚一听，非常高兴说："只要能帮助我们打败敌人，我回去一定禀报东海女王给你加官晋爵。"这位大汉听了就乐了："我也不当官，也不晋爵，如果今后再需要，我还会来帮助你们的。实话告诉你们，我是女王手下的一个兽奴，因实在受不了那个罪，才跑到野猪沟来的。"说完他就吹响了鹿角号，山沟里窜出了黑压压一片长着獠牙的大野猪，它们冲到大汉跟前，规规矩矩地排好队等候着，主人又吹了一声哨，头前的三个大公猪"吼吼"长叫了几声，就率领野猪群直向对方营垒冲去。丹楚的士兵看到一群野猪冲上来，吓得四处逃散。丹楚讲："你们不要怕，它们是帮助我们打仗的。"大家一听才安静下来。此时，兽奴马上又吹了一声口哨，野猪才停止进攻跑了回来。大家急忙采了些野味请这些猪兵猪将饱餐了一顿。

第二天早晨，双方开始叫战，东海窝集部的先楚、丹楚两位将领，穿着铠甲向前，向女王施礼，并说："请女王安，因是双方作战不能行大礼，特请女王谅解。"女王不看也罢，一听气不打一处来："好你们两个混蛋东西！不讲信誉，自古以来打仗没有偷袭的，你们竟敢违背祖制，背信弃义，竟然偷营袭寨？"先楚、丹楚冷笑说："我们两家是互相拼杀，不是互相礼让，拼杀的目的是看谁能最后取胜。祖宗传下来的作战方法，今天不适用了，我们可以偷营，你也可以偷我的营嘛！你们想一切方法把我们战胜，那我们无话可说，心服口服。"女王听后气得无话答对，说："好吧，我们今天就决一死战！"说完用黑宝石刀向前一指，五百人马如下山猛虎般地冲向东海窝集部阵营。先楚和丹楚哥儿俩看着五百人马冲来，却不慌不忙地用青石刀晃了两下，他部下的三百兵马不但没有向前冲，反而退了下去。这时一百多头大黑野猪冲了上来，每只野猪都有一尺多长的大獠牙，红着两只眼睛，把女王的五百兵兵冲得不知东南西北，死伤了百八十人。女王一看不好，领兵倒退了四十里。那时打仗不管你败了多少次，只有递了投降书才决定输赢。丹楚随后就带着大兵往前追了四十里，双方重新在相距十里附近扎下营。东海方面几次叫战，卧楞部女王也不出来，于是哥儿俩就披挂上马，到了女王帐前说："我要找你们女王出来讲话。"哨兵回去禀报女王。女王一看不出来也不行，只好出了营帐。两位东海额真先楚和丹楚赶快下马施礼说："我们两家明枪明刀相战，为什么你不出来呢？"女王说："我不出来并不是我认输，我们是人跟人打仗，而你们是用野兽打仗，那哪能算你们赢？"两位阿哥讲："我不是说过吗？我们这是打仗，不管用什么方法，只要把你们打败了，那就是我们赢了。如果女王现在还是执迷不悟，那我还是不择手段要战胜你们，那时休怪我不讲情意。"女王确实害怕了这群野猪，她说："这样吧，今天我算认输，但是我不投降，我也不能向天发誓，但你必须答应我一个条件。"先楚说："什么条件？"女王讲："你们不是说我拿了东海老女王镇国的托力宝吗？我现在把它放在万岁楼里，你们有什么本事，九天之内把它偷了去，我就愿意投降，向你们纳贡。"尽管先楚和丹楚也不知万岁楼是什么样，但毕竟血气方刚，心想你就是刀山火海我也敢上，万岁楼算什么？于是哥儿俩说："那好！一言为定。"于是双方举起左手对天发誓，事情就这样定下来。单说先楚与丹楚回营正商量办法，这时来帮助打仗的黑大汉说："看来我也无能为力了，我得走了，我的野猪也帮不了忙了，咱们后会有期。今后你们用得着我，我会随叫随到。"哥儿俩怎么也挽留不住，大汉领着野猪群往深山老林走了。先楚和丹楚与大家商量到万岁楼偷托力宝的办法，大家听了后，都傻了眼，有的说："二位恩主只凭一时勇气，便把此事应了下来。我们只知万岁楼在西北六十里的山里，具体地方谁也不知，何况更不知道这万岁楼里有什么埋伏，我们怎能偷回国宝呢？"哥儿俩一听，觉得也对，什么情况都不掌握，怎么能瞎摸呢？说："这样吧，因为我们已经与女王对天发过誓，我们把兵权交给你们掌管，你们要守住营、不出寨，防止对方偷袭营地。我们哥儿俩宁死，也要想尽一切办法把托力宝取回来！"大家一听也只好这样了，于是答应哥儿俩的安排。哥儿俩准备了一下，骑上马就往西北方向去了。

哥儿俩心里还是没底，心想谁知他们要什么花招，在这深深的窝集里，若遭到了卧楞部女王毒石暗算，性命定是难保。两人走了几天，饿了就休息一会儿，吃点儿肉干，此时突然发现还是在原地打转转。哟！马达山①啦！两人正在犯愁，忽听林里有石斧砍木头的声音。那时的人们都用石斧砍木头的节奏传递消息。哥儿俩细心侧耳听着石斧的节奏，说的是："哥儿俩不用愁，我可指点你们破万岁楼。"石斧的声音反反复复老是这一句话。哥儿俩就朝着声音的方向走去，没走出二百步，果然看到一位花白胡子老者，脸像青铜似的发亮，穿了一身狍皮大衫，尽管是十月深秋天气，老者连帽子也没戴，手中也未拿刀，而是精神抖擞地握把石斧。哥儿俩上前请安："我们听到了您老的传话声音，非常感动，您老能不能指点这万岁楼在何处，如何能够进去？"老者讲："俩娃子呀！你们真是初生牛犊不怕虎！你们知道要进万岁楼有多大危险吗？"哥儿俩讲："我们实在不知道，只怪一时求胜心切，才应了此事。如今正是走投无路，还望您老指点。"老者坐了下来，慢慢拿出五粒像山里红那么大的羊骨头，乌黑油亮，一看便知是多年的存货。老者说："小伙子，你们先把这五粒羊骨头拿上，到必要时能用得上。"又说："万岁楼可不是一般的楼，是经过卧楞部五代人精心修建的，还有高人设置了一道一道机关，不单是你们的托力宝放在里边，他们自己的国宝也都放在里边。保护之严，不用说就你们两个人，就是千军万马进去也难上加难。这万岁

---

① 马达山：迷路的意思。

楼在北山上，共有四道关。第一道关叫乌朱关^①，这道关是两山夹一沟，中间只能走一匹马，你进去不出一百步，哗地一下就自动滚下无数个涂着毒药的石雷，这些石雷只要触及人身那是非死不可了。你就是再有能耐躲过石雷，你也躲不过那万箭洞，只要一靠近洞就自动射出千万只利箭，根本无法脱身。"这两个小伙子一听，不由得倒吸了一口凉气。老者说："这还不算什么，第二道关是夹汲沟，里边有四十八处洞口同时往一处向外喷水，喷出碗口般的水柱，就是石头碰到也得粉碎，何况人呢？"哥儿俩一听，又傻了眼，真是难呀！老人瞅了瞅哥儿俩说："咳！还有第三道关呢，它有十八道大石闸，闸与闸之间相隔一二百步，都在空中悬着，每道闸有两千斤重，只要你进去不出五步，轰隆一声，闸就会自动按顺序落下，砸你个稀巴烂。"两人一听，你看看我，我看看你，心里说，我的妈呀！甭说是三道关，就是一道关我们也难以通过呀！老者接着说："两位阿哥先不要急，这第四道关是万岁楼的楼门，我没有进去过，据说这门内有各种暗卡。遇到哪一道卡也会把你砸得粉身碎骨。"哥儿俩一听没招儿了。老者又说："我给你们两件衣服，这可不是平常物件，它是护体大衫。你们穿上这两件衣服后，可以躲过毒雷，也可以躲过毒箭，因为这两套衣服都是用松子油泡过的，已经泡过几十年了，是我们祖传的，今天送给你们。"两位阿哥赶忙站起来，向老者磕头感谢，问老者姓甚名谁，老者把他俩扶起来说："不要多说了，至于我姓什么、叫什么，等你们从万岁楼回来，再到此处找我，那时我再告诉你们。这五块羊骨头球自有用处，你们可千万不要丢了，把它揣在怀里可以逢凶化吉，遇难呈祥。"

哥儿俩赶忙穿好衣服，揣上羊骨球，就向万岁楼奔去。走到西北深山口处，一看山势险要，两山矗立，有的山砬子还瞪着眼，张着大口，伸着头，像要吞掉人似的。两山夹着一道五尺多宽的深沟，兵马难以通行。若不从这里走，又别无他路。这道沟深约十里，周围还都是大山围绕，当他们穿着老者给的衣服刚进了两道小沟时，忽听两边"轰隆"一声，似山崩地裂，脑壳大的毒石成千上万地向他们砸下来。由于他们穿了护身大衫，石雷都滑了过去，否则人早被砸成了肉酱！两人一看，心里有数啦，这两件衣服确实能保护我们。于是就大胆地向深沟里走去。走了半里多路，又有千万只毒箭向他们射来，但这毒箭比毒雷差些，因为它

---

① 乌朱：第一和头的意思。

力量小，虽然把他俩搞得晕头转向，但还是比较轻松地闯了过来，就这样第一道关就过去了。两人又来到第二关的夹汲沟，这里是两山夹一河，河是东西走向，他们就沿着河流往上走，逆水是进入万岁楼，顺水是出万岁楼，河水有七八尺深。进入山口时，见有四十八个大水柱喷射出来，两个人一看这阵势不知所措，便坐下来想办法，若顺着水柱上去，困难万分，若不上去吧，这道关还真过不去。这时哥俩心中烦恼，浑身难受，也不知如何是好。要说是饿了吧，吃些肉干还是难受；要说是热了吧，脱下衣服还是心里闹哄哄的。一直闹得肚皮也疼起来，两人就地打滚，像是有人抓心似的。兄弟俩你瞅瞅我，我瞅瞅你，流下了眼泪。心想咱们不但没有办成事，还把命丢了，想回营地报个信吧，一没有退路，二身体不适，真是死无葬身之地。两人就这样不知不觉地躺在溪间，气息越来越小。要问这二人性命如何，且听下回分解。

第四章　万路妈妈救二孙
兄弟大破万岁楼

上回说到哥儿俩不知得了什么病，真是到了死无葬身之地。便晕晕沉沉倒在溪边的树下，突然觉得有人在揉他们的肚子，又感到有一股凉气涌向内腹，不多会儿，脑子也清醒些，睁眼一看有位老太太坐在跟前。他俩连忙爬起来给老太太下跪，号啕大哭。怎么回事呢？原来这位老太太是他们的祖母，满族人把祖母称为妈妈。他们的祖母是这一带有名的活神仙，是老大萨满，方圆百里，一提起万路妈妈，九村十八寨无人不知，无人不晓。当万路妈妈七十岁时，哥儿俩刚七八岁，她为了抢救三个部落的瘟疫病人，三天三宿没有睡觉，活活累死了。家里人把她停放在屋里准备办丧事，奇怪的是发现她的皮肤以及身体各部位还像活人一样柔软，还热乎乎的，但又像死人一样没有气，也不吃，也不喝，在屋里停放了三天三夜。部落里人们议论纷纷，本来人死了就应该当天送出去，为什么几天了还搁在家里？塔斯丹德和伯克兹就说："老大萨满看来还没有死。"部落里的人说："这不行，虽然你是女王，你也应该尊重咱们部落的风俗，人一咽气就应该往外抬，老是停在屋里会遭灾惹祸的。"听了部落里的议论，塔斯丹德不得已才把老太太装殓抬出去了。

其实，老太太并没有死，她在生病期间正在修炼内功，她打算把内功修炼好之后，再继续为别的部落治病。在修炼内功时一切的行为都要停止，不能吃也不能喝，也叫过阴。这种内功必须七天七夜不省人事似的静修。他们将老太太装进石头棺材里，送到树林里停放起来了。那时的石棺无盖。哪知老太太到第七天，睁开眼一看，自己已经躺在石棺里了，打了个唉声，大概是我儿媳妇当不成女王了，要不然不会发生这样的事。她从棺材里爬出来，就周游各地，到处查看瘟情。到了长白山的西南麓定居一段，又往中原走了一段时间，一直走了二十多年。她看到中原人吃的、穿的、人际关系等，都比自己的部落好，心想回去之后，定要帮助佛涅部、东海部及各个部落强盛起来。这样老人家就回来了。

说也凑巧，万路妈妈到万岁楼的途中碰上了她的两个孙子。哥儿俩一见到他们的老妈妈就哭，把事情的来龙去脉说了一遍，尤其是把他俩与东海窝集部的婚事说了说。老妈妈说："唉！这是旧俗啊！人家中原可不是这样，那里三媒六证，明媒正娶，愿意到男的家也行，愿意到女的家也行。咱们还是抱着祖传的旧俗不放，是不行的！咱们用石刀、木棍去和人家作战，那不是自取灭亡吗！中原都用上了钢、铁、铜。"哥儿俩一听老妈妈的话，就问："老妈妈，什么是钢、铁、铜？"老妈妈从口袋里掏出一把一尺长的钢刀，说："你看看这把刀，它和你的石头刀、黑宝石刀还有木头棍，这些东西能一样吗？"哥儿俩一看这刀真锋利，用石头刀削一百下，钢刀一两下就能解决，真是爱不释手。老妈妈又拿出一把说："一人给你们一把，今后你们打江山时，作为开山宝刀。"哥儿俩跪下收下了这两把钢刀。老妈妈又问："这次你们为什么出兵呢？"哥儿俩说："东海老女王强行招我俩为婿，并叫我俩出兵攻打卧楞部，夺回托力宝。"老妈妈讲："你们这样可不行，而且也成不了大事。我知道你俩一生下来就和一般人不一样，聪明过人。我这次回来就是要回佛涅部，如果大伙有志气，咱们把万岁楼破了，把托力宝夺过来。之后你们两人招兵买马，推翻女王统治，建立新的大贝勒王朝。"哥儿俩问："什么叫贝勒王朝呢？"老人讲："比皇族小，比王族大。这样吧，我领你们到中原或长白山拜师，那样你们能力大了，见识也高了，就知道咱们这里比人家差多远了。"哥儿俩越听越明白，老妈妈又说："我不能在这里久待，我还要急着去办其他事情。"哥儿俩不让老妈妈走，问："万岁楼我们进不去怎么办？"老妈妈乐了，说："你们忘了在树底下一位老者给你们的五块羊骨头球了吗？"先楚说："是啊，在胸前揣着呢。"老妈妈讲："你们不应该把它揣在前胸，揣在前胸非把你们的五脏六腑都给挖出来，我若来晚了，这五块羊骨球就要了你们的小命了。你们应该把它们放在鞋寡里，第一个人搁上三个，第二个人搁上二个，搁好后，那就是逢水水让，见山山躲。"哥儿俩一听才恍然大悟，心想这位老头真怪，为什么不跟我们讲清楚呢？老妈妈讲："你们去吧，等把托力宝取回之后，我自有安排。"哥儿俩听后含着眼泪给老妈妈磕了几个头说："老妈妈我们什么时候还能再见到您老人家？"老太太说了声："后会有期！"转身便飘然而去。

哥儿俩照老妈妈的指教，把五个羊骨头球分成前三后二搁在鞋寡里，就朝万岁楼方向走去。一路上果然如老妈妈所说，见水水让路，见山山低头，再也没有什么阻拦，哥儿俩很顺利地过了第二道关。再往前，是一片长满小绿草的平原，两人坐在地上商量闯第三关的事，说了半天也无办法，索性决定到那儿看看再说。两人边说着话边往前走，走到沟口，发现有三个岔路口，有向西北的，有向东北的，还有一条是朝正北的，究竟哪个岔路口通往万岁楼呢？想了很久，决定还是先向西北岔路口走，如果不对头，再退回来，转向东北岔路口走，一个一个地走，总能找到万岁楼的！于是两人就往西北岔路口走去，没想到这里是转盘岭，也叫迷魂岭，四周没有出路，只有一条进去的路，顺路走都是盘道，盘来盘去还是在原地，再也找不到出来的路，都是沟沟岔岔，使人不知所措。两人在沟里转到半夜，筋疲力尽，又饥又渴，实在转不出来，到处瞎碰，正好摸着一条路，如果幸运也许能出去，否则就死在沟里吧！于是两人就近选了一条向正南沟闯去，大约走了不足半里路，感到前边忽闪忽闪有亮光，像是有人家。两人也不管三七二十一，紧走几步叫门进去。

开门的是位皮包骨头的老头，老头眼睛也睁不开，上眼皮耷拉着下眼皮，开门后老头一声不吭地就倒在炕上。哥儿俩一看，上前就问："老人家，你怎么了？"老头咳了一声："看来天无绝人之路啊！我在此地已住了几十年了，这里的山山水水，沟沟洼洼没有不熟悉的。可年岁大了，只好死在这里了。今日有幸遇到你们。请帮我把西墙上的桦皮篓子拿下来，那里有五六根草，用它给我熬点水喝。"哥儿俩很高兴地把桦皮篓拿下来，果然有五六根草，取出问老人："是不是用它熬水？"老人说："对，你们赶快给我熬点吃的，我喝点、吃点，病就好了。"于是两个小伙子盛水、烧火，把五根草往锅里放时，老头忙说："别放那么多，有一根就够了，放上半锅水，我喝一点，剩下的水我还可以洗洗身子，这样病就好了。"哥儿俩照老人讲的把一根草放进锅里，其余四根仍放回原处。接着就开始熬水，熬了三个开，即开锅三次，把水盛在一木盆里，放在老头跟前。老头用木勺舀水，一勺勺地喝，一共喝了九勺，眼瞅着老头眼睛睁开了，也亮了，脸红润了，身子骨直响，也能坐起来，不到一顿饭工夫，便能下地走动。老头很高兴地说："头五天我就想拿下来熬汤治病，但没有力气，以后我可不能再放那么高了。你们今天救了我，我得给你们做点饭吃，表表我的心意。"说完就打开一个石洞，里边有一缸荞面粉似的东西，老头又拿出了那四根草，用其中的两根熬了半锅水，连着熬了九个开，即开了九次锅，然后用这水去和面，做了十个像黑瞎子模样的饽饽，又蒸了四个像野猪似的饽饽，一共十四个。蒸好后，老头又把剩余的两根草熬了半锅水，对小伙子说："咱们吃饭吧，我也不给你们做鹿肉干、猪肉干和狍子干什么的，今天请你俩吃点新鲜的东西，你俩就把这些饽饽都吃了吧。"哥儿俩听说是饽饽，便笑了，正饿极了，不管什么就吃吧。待打开锅一看，锅里是十个熊、四个猪，每个都有大碗那样大，两个小伙子就狼吞虎咽地吃起来。吃了一半就觉得吃不下去了，老头乐了："吃不了就放着吧！再喝点干草水吧。"哥儿俩喝了水，奇怪的是喝过水又饿了，就这样，边喝边吃，一股脑儿把十四个饽饽全都吃完了。吃完饭老头讲："你们今晚甭走啦，在这儿住一宿。"老头在热炕上铺了张黑熊皮，哥儿俩躺下就睡着了。

躺在炕上，他们全身骨头节噼啪地响，浑身向外胀，很难受。可是到了后半夜全身都是劲，而且觉得炕也短了，头长出炕好多，心里奇怪，怎么炕会缩小了呢？等到了第二天早上互相一看，都长高了一头，身上肌肉、骨头节都不一样了，老头一看说："妥了，你们不是要过第三道关的水闸关吗？你们去吧，别说是两千斤的水闸，就是五千斤的水闸，你们两个也能把它轻轻地拖在一边。"这时哥儿俩才恍然大悟，忙跪下深深地给老人磕了几个头，表示感谢。老人说："不必感谢，前几天你们的老祖母路过这里，叫我搭救你们，让我给你们增加力气，我和你们的祖母年轻时，就很熟，是老交情了。按她的命令我是保护各个部落的安全，抵抗外部侵略。不过现在老了。"哥儿俩说："您老人家是那个哈啦的？贵姓名谁？"老人笑了说："这是几十年前的事情，我也没有姓，听我的阿玛讲，我们在呼尔海上边的西沟里住，有人管我们叫呼尔海哈啦，你们就叫我呼尔海玛法吧。"老人又对哥儿俩讲："你们揣的那些羊骨头球，现在该拿出来啦，它只能保你们一次险，以后只能作为纪念了。"哥儿俩把羊骨头球拿出来，揣进口袋里，它已不起作用了，也不闹腾了。哥儿俩觉得身上有劲了，行走如飞，脚步腾腾地响，与过去大不一样。老人领着哥儿俩出了山口，指点道："你们再往前走过第三道山口，快到万岁楼的门楼时，你们可千万要记住，开门后向左转，绝对不能向右转。左边有柞木桩，有一寸高，每个桩之间距离一尺，你们要踩着那些桩子过去。"老人说完就回到沟里去了。

哥儿俩高高兴兴、满怀信心朝着老人指点的方向走去。没走多远就，看见一座大山，像是被劈开似的，中间立着青石板大闸，大闸厚一尺，高一丈，宽约一丈，他们一闯入，就看见石闸呼啦啦往下滚，哥儿俩按老人事先的指点，各人托了一头，像玩似的把几千斤的大闸给托住了，老二丹楚用手一掰，大闸就咔嚓一声成为两截，哥儿俩乐了。不要说是十八道大闸，就是二十八道，也能闯过去了。就这样两人很轻松地闯过了第三道关十八道大闸。出了大闸关又往前走了一二里路，前边山坳上出现了一座小楼，用石头砌成的围墙，四面有窗户，楼顶用青石条搭成，中间是两扇大石门，里边都是些苍松翠柏。哥儿俩不管三七二十一，用尽全身的力量撞两扇大石门，谁知没有用多大劲儿就把石门撞了个粉碎，碎石把里边的指路桩也给砸到地里去了。进了门往前走，却看不见指路桩了，没办法只有按老人的指点向左方转去，走不到五步就听见山崩地裂轰隆一响，平地上出现了一个大深坑，原来是上面盖着一层浮土的陷阱。多亏两人力量大，紧紧抓住一根石磙子的轴子，才没掉进坑里。两人下也下不去，上也上不来，这下坏菜了，怎么办呢？不一会儿，上边传来说话的声音："你们虽然有本事，破了我们三道关，但也逃不出这道关。来人，把他们绑起来！"来人用鹿角钩子把他们给钩上来。鹿角钩是带倒刺的，一个钩勾你的下巴，两个钩专勾你的双手，你想反抗也是无能为力，两人就这样服服贴贴地被人家抓住了，用绳子把他们捆起来，送进东大厅。厅内有四五个火把，照得通亮，屋内坐着一位三十来岁的女人，长了一脸横肉，脸皮虽白但无血色，黑眉毛，深深的大眼睛，她欠欠身，站起来冷冷一笑，向哥儿俩请个安说："两位额驸不认识我吧，我就是卧楞部女王驾下的左都督。"哥儿俩一看，认得，但冷冷地瞅了她一眼，没吱声。想了想，然后说："我们是来破这些关卡的，今天被你们俘虏了，你既然是女王阁下的左都督，该杀该砍就随便吧！"这位女人讲："不！我不杀你们，也不砍你们，你们如果投降我们女王，女王也有两个公主，她们可以娶你们，你俩也可以在我们这里领兵打仗。"哥儿俩心想，甭说是两个公主，就是女王我们也不干，我们要按老妈妈说的那样自立为王，重新建立东海窝集部。于是说："谢谢你们的好意，我们既然被你们绑了，也绝不投降，要砍要杀随你们的便好了。"说完哥儿俩把眼睛一闭不吱声了。这位女人还是唠叨不止，劝他们投降。哥儿俩听的实在不耐烦了，就破口大骂，但怎么骂，这位女都督也不急眼，还是喋喋不休地劝，一会儿拿出一碗米酒给他们喝，一会儿又拿出菜叫他们吃，哥儿俩就是无动于衷。女都督一看没办法，就说："那好吧，来人把他们送到西下屋去！不给吃，不给喝，看他们有多大能耐，能挺几天，非叫他们服了不可！"就这样哥儿俩被捆到西下屋去了。

两人被捆在石柱上，动弹不了。到了半夜时辰，两人觉得窗户有动静，睁眼一看，吓了一跳，有四只黑瞎子似的东西闯进来了，这一定是大元帅女王派人暗杀我们来了。哥儿俩相互瞅着说："咱俩还没成大业，就要把性命丧在此地了。"这四个黑瞎子似的东西闯进来后就东摸西摸，当有一个黑瞎子摸到石柱上时，不容分说就把绳子砍断了，其中两个背着哥儿俩就往外跑，一直背到很远很远，不知到了什么地方才把他们搁下来。这时已到五更，冷风吹得嗖嗖地，哥儿俩穿得少，长时间也没有吃饭，有点站不住了。四个像熊的人把他们放下就走了。不一会儿，出现了四个姑娘，不看则已，一看吓了一跳，那不是穆伦部的四位格格吗？见此情景，两人心里有说不出来的高兴。

原来四姐妹被东海老女王抓来当了阿哈，叫她们看坟，后来逃跑，遇到了先楚、丹楚的祖母。老妈妈教了她们两个月的功夫，教她们穿山越岭，给她们吃了九粒定力丹①。这四位姑娘从先楚、丹楚的祖母处学到本事后，一直在尾随着他们哥儿俩，也亲眼看到他们闯过了前几道关，直到进入大石门，他们被俘后。她们不便于白天露面，到了晚上，四姐妹才动手搭救他们。哥儿俩万分感谢，互相道了离别之情，姐妹四个就把如何见了他们的祖母，如何学会了飞行之术等说了一遍。两位阿哥又问："背我们出来的四位黑瞎子就是你们吗？"她们回答："嗯哪！"六个人第二次返回万岁楼，四姐妹说："你俩不能进去。你们不会飞行术，不能够穿山越岭。这座楼不能从正面进去，因为正面还有十八道关，你们有多大力量也不行，我们可以蹿墙上楼，再从楼顶上打个洞，钻进去，这样托力宝就可以拿出来了。"哥儿俩听后非常高兴，并约定好地点等候佳音。随后四位姑娘一蹿就上了墙，又一纵身跳向楼顶，于是拿出石凿、石刀，用不大工夫就打了个洞，四人轻轻进入楼房内。一看里边有十八样宝贝东西，事先哥儿俩就告诉她们，除了托力宝以外，其他东西一概不要。她们看见一个金光闪闪的托力宝，上边画有日头、月亮、大海，这些图案都跟着发光，托力宝下边用牛皮袋垫着，她们轻轻地把它装入牛皮口袋。就在她们要把口袋往怀里揣时，楼门哗啦一下开了，把她们吓了一跳，想逃走也无法逃了。到底四位姑娘命运如何，且听下回分解。

①　定力丹：古时候，用山中几种药制成的药丸。

第五章　胜利归来大封赏　兄弟打虎救姑娘

　　四位姑娘正要把托力宝往怀里揣时，楼门突然大开，进来的人大叫一声："不好！有人盗宝！"这一喊，四面鼓响，火把通亮，百十来人围在楼下，领兵的那位女都督在下边大喊大叫："要抓活的。"哪知四位姑娘有轻功，没费吹灰之力一下蹿到了楼顶，诙谐地说："谢谢你们啦！还来这么多人欢送我们！"楼下一百多人，一听也乐了。四位姑娘像燕子似的飞走了，下边的人干看着，也没招儿。

　　四位姑娘回到约定地点，拿出托力宝递给两位阿哥，哥儿俩一看非常高兴地说："咱们走吧，回大营！"六人一路往回走，但两位阿哥速度赶不上四位姑娘，于是姑娘就发话了："照你们这样慢腾腾地走，半个月也走不到，还是我们四人轮流背你们吧！"就这样，四位姑娘背着两位阿哥，两三天就回到了营地。

　　此时一营人马正等得着急，因为女王那边一再击鼓骂阵。明天正好是两位阿哥与女王约定的第九天的最后期限了。这边先楚和丹楚领着三百兵将，摆开了阵势，那边女王也领五百部卜，拉开了架势。女王一看，心想：他们俩怎么回来了？他们怎么能偷出托力宝呢？要不然他们不会明目张胆地来迎战啊！又想，绝不可能呀！就凭我那三道沟、十八道机关他也无法破呀！每一道关都是有去无回的呀！他们怎么能出得来呢？正在纳闷的时候，哥儿俩上前请了安说："我们原来打赌是九天拿回托力宝的，今天正好是第九天，你看，我们已经把它拿回来了。"女王不看则已，一看倒吸了一口凉气，心想，这两个小伙子真有能耐，他们是怎么破关的呢？又没有脸面问，女王无法对答，只好上前说："既然是这样，我们也只好投降了，证明你们的智力和勇气都比我们高，托力宝物归原主，今后我们愿意年年进贡，岁岁朝贺。"说完双方各端出三碗酒，女王和先楚走上前去，由胜方先楚用刀尖挑破手腕，滴血入酒碗，端起碗喝了一口，负方再喝一口，随后对天发誓。

哥儿俩打着得胜鼓，举着对方的白桦木投降牌子，拿着国宝班师回朝。先锋队先回到东海窝集部，告知老女王两位驸马爷得胜的消息，老女王高兴地带领她的手下将官出迎十多里地，迎接队伍浩浩荡荡，前面列有二十匹马队，随后是熊头旗队，打着熊脯旗、豹尾旗，紧接着是十八个侍卫骑着马，拿着大刀，最后是老女王骑着马，后边还跟随着文武百官。当人们看到胜利归来的队伍时，按古代风俗，熊头旗队摆动九次，豹尾旗转三圈，表示庆贺和欢迎，这是对最大的王爷，也就是阿木巴额真才享受的礼节。哥儿俩赶快下马，捧着托力宝拜见老女王，老女王一看国宝回来了，将要接国宝时却说："不行！我再不敢保管托力宝了，就交给你们二人永远保管吧，再不要被别人偷去。"两个小伙子心想，要不是你们是表姐妹关系，哪有后面这些事呀，俩人接过镇国之宝就揣在怀里。

凯旋人马回到宫殿后，老女王看到逃跑的四位姑娘也跟回来了，哥儿俩及时把四位姑娘如何救他俩过关卡，如何亲自夺回国宝从头到尾向女王讲了一遍，老女王听后也很高兴，马上免除了她们的阿哈苦役，可以在宫内自由行走，也可以教练宫内的女兵。四位姑娘化险为夷，也很高兴。两位阿哥不再是额真头衔，晋升为骑督将军，每人分给三个部落作为领地，部落内的一切奴隶和财富都归他们所有。哥儿俩谢恩，回到后屋与两位格格叙述了一番，格格也与他们客套一阵，两位阿哥就回到各自的领地去了。哥儿俩分离时，丹楚嘱咐先楚，提醒他千万不能把托力宝遗失，按照祖母的吩咐，建大业时还靠它呢。另外大家回到各自的领地，绝不能贪图享受，还有大事在等待着呢！并且要抓紧时间训练出一支强兵良将来。先楚点头赞同，并约定每月都要秘密交流情况。

哥儿俩的领地相距不远，至多也就二十里路。两人治理领地且不说，只说这期间，得到自由的四位姑娘经常去找两位阿哥，一块商量训练、马术、武功诸事。两位阿哥与四位姑娘常常回忆起旧日恋情，哥儿俩也曾经商议过六人一起再逃跑的计划，后来还是四位姑娘说："你们两位已经是有妻室之人，只要两位格格健在，我们四位就不能同你们太亲近了。"两位阿哥唉声叹气地讲说以前对天发誓的情形，四位姑娘说："过去的事咱们就不再提它了，我们现在总不能破坏你们的家庭呀，我们之间只能是你们两位额真与我们四位将官的关系了。"两位阿哥从心眼里感到四位姑娘的好意和宽宏大量。心想："她们完全是为了我俩，何况两位格格本来就心胸狭窄，对我们早存有戒心，而且还心狠手辣，真要让她俩发现我们之间有什么暧昧关系，她们会把我们置于死地的。"经他们这么一说，纠缠在四位姑娘与两位阿哥心中的疙瘩终于解开了。

有一天，四位姑娘在她们六人常聚集的树林中狩猎，突然出现二十几只猛虎，直奔四位姑娘而来。太危险了，姑娘的本事再大，也抵不住猛虎群啊！四位姑娘左躲右跳，还是冲不出虎群的包围，吓得没有办法，只好跳到树上躲起来。眼看着老虎用爪子抓，用利牙啃树，正当四棵树要被啃倒的时候，忽听两声大喊："我来了！"原来是两位阿哥奔来了。他们还穿着老者从前给他们的护身大衫，这大衫甭说是虎爪虎牙，就是铁爪铁牙也不怕。两人冲进猛虎群中，几下就打倒四五只虎，其余老虎一看，一溜烟就逃命去了。四位姑娘得救了，慢慢地从树上下来，已经面无人色，赶忙谢了两位阿哥的救命之恩。姑娘为了报答他们，就把祖传的毒箭用法及解毒的秘方，献给了两位阿哥。哥儿俩就依照传统向四位姑娘连磕了三次头，表示感谢，四位姑娘也欣然接受了他们的谢意。姑娘们又叮嘱说："以后使用毒箭，一定要慎重，因为它的毒性太厉害了。"哥儿俩听后说："请放心吧，我们主要靠自己的力气打天下，不到万不得已的时候，绝不用毒箭。但解毒的方法对我们是太适用了，那样就能解救我们中毒的将士了。"

正当六人谈话之时，两位格格带着一帮随从路过树林去打猎。听到树林中有人讲话，就悄悄下马蹲在草丛里听起来。他们所讲的话，两位格格听得不全，而六人戏闹之声却听得一清二楚。两位格格非常生气，心想，怪不得你们对我们爱理不理的，原来你们还与四位姑娘勾搭上了！也无心去打猎了，马上回到宫里连哭带闹，老女王一听，说："这还得了，我将来要把东海窝集部交给大姑娘，把佛涅部交给二姑娘，再说事先已和两位阿哥约法三章，是绝对不准他们与外边的女人来往的呀！我一定重重处置他们。"先楚和丹楚被召进宫，一看两边站着两位格格，老女王气冲冲地坐在宝座上，不知怎么一回事，两位阿哥赶忙上前敬见。老女王就问他们："你们刚才在什么地方，干了什么事呢，对我如实说来。"两位阿哥心里觉得没做什么对不起老女王和公主的事，就把如何见到四位姑娘的事说了一遍，女王一听，拍着桌子大骂："好你个贱货！竟敢触犯我的旨意，与外部女人勾搭，该当何罪？"两位阿哥向前跪爬了半步，启禀老女王："我们与四位姑娘是在共同作战中结成的朋友，她们救过我俩，我们也曾搭救过她们。她们方才在树林中被二十多只猛虎围困，我们去救她们，怎么说与她们勾搭呢？"老女王看到两位格格还哭闹着，哪能听阿哥的话，就气冲冲地说："你们俩必须给我说清楚与她们的关系，来人！把他们打入水牢！"罢免他们的骑督将军，收回他们的领地，四位姑娘也重新变为阿哈，去看守坟墓。

四位姑娘和两位阿哥的事暂且不说，先说北边被打败的卧楞部女王，有一个弟弟在东海窝集部王宫里做零活。卧楞部虽然投降了，年年进贡朝贺，但心里并不服，吩咐其弟在宫廷中窥视情况，如宫内有什么动静尽快告知。暗探得知两位阿哥被打入水牢，便很快把情况通报给卧楞部。女王回告其弟："要设法将两位阿哥尽快弄死，他们一死，东海窝集部的江山迟早是我的。"其弟接到女王旨意后，起先不知怎样治死哥儿俩，后来一想，有了主意，你们的性命就捏在我的手心里！到底用什么方法，且听下回分解。

第六章 | 四位姑娘奋力救知己 正义女奴战败遭杀戮

且说卧楞部女王的弟弟在宫中坐探，领旨要治死两位阿哥，心中想出一个毒招儿。这个探子设法得到每天给阿哥们单独送饭的差事，他想，把箭上的毒药放在饭菜中，能不能毒死人呢？他尝试把箭毒抹在猪肉上给狗吃了，结果狗一打滚就死了。看到这个情景，他心里乐了："能用！"

等到第二天送饭时，他悄悄地把箭毒放入饭中，他没有按时送早饭，一是因为心中有点紧张，二是见到四个姑娘中的大姑娘，回后院取挖坑的工具，原来她是奉老女王之命去挖三个埋人的坑。于是暗探灵机一动，想让她把饭送去，这样毒死两位阿哥的罪名就可以推在她的身上了。暗探满面带笑地往大姑娘跟前蹭，说："大格格近来挺忙吧？"姑娘想，此人平时总绷着个脸，很险恶的，今天怎么啦，皮笑肉不笑的，是不是有什么事？就应付了他两句。暗探说："大格格，我有点事求你帮忙，不知道你是否有空儿？"姑娘说："有什么事你就说吧。"暗探说："老女王叫我每天给两位阿哥送饭，今天我有点事，没有时间给阿哥送早饭了，你能不能帮我送一趟？"姑娘一听，心想正好看看两位阿哥，于是很高兴地答应了。探子就把姑娘领到屋里，拿起盛有肉干的木头盆子，叫姑娘送去。但探子没有想到箭毒触到肉干就要变色，他也没有看，就把盖着盖子的木盆交给姑娘了，说："盆子不必拿回，放在那里就行了。"姑娘拿着饭盆就去了，探子一看她去送饭，真有说不出的高兴！心想："哥儿俩被药死，如果事情暴露，老女王追查，我就说，那天早上我有事，托大姑娘送的饭，她下没下毒药，我就不知道了。"他心中暗笑，于是就躲起来了。

姑娘在去的路上想，这是送的什么饭呢？如果饭菜不好吃，我得想办法给他们换点好吃的。她打开饭盆盖，不看则已，一看吓了一跳！饭菜都变了色，分明是下了毒药了，姑娘懂药性呀。马上把饭盆轻轻盖上，返回探子屋中，偷偷把有毒的饭菜放入柜橱里，把无毒的新鲜饭菜给阿哥送去。见面后姑娘把下毒的事情一五一十地说了，叫他俩以后吃东西要千万注意，并把辨别毒性的方法教给他俩，并说："我们回去一定想办法救你们出水牢，咱们一起远走高飞。"两位阿哥一听也下了决心，说："别无出路，非走不可了。老女王就是给我们千官万爵也不能给她卖命了，我们要干自己的事业了。"姑娘讲："你们放心，不出三天，管保救你们出去！"哥儿俩听后有说不出的高兴，姑娘说完也回坟地去了。

单说这位探子躲了一会儿，觉得饭吃得差不离了，就回到屋里，他也饿呀，就把柜橱打开，他哪知道这是毒饭毒菜，拿起肉干就稀里糊涂地饱食了一顿，结果不足一个时辰，翻滚一阵也就给毒死了。那时死人是平常事，也不问死因，还以为是什么邪症呢，稀里糊涂就埋了。

再说大姑娘回到坟地同三个妹妹讲了刚发生的事，三个妹妹也想救出两位阿哥，推翻老女王，建立自己的王朝！要把东海窝集部治理好！如何救两位阿哥呢？小四姑娘挺聪明，就说："咱们不能求助别人，因为咱们是阿哈，只有在阿哈中串联，请他们帮忙，半夜里砸开水牢救出两位阿哥。"于是四位姑娘就分头去串联阿哈，她们每到一处，见到阿哈就先哭，后诉说："你们能不能帮助救救我们？"阿哈们问："到底出了什么事呢？"她们就把自己从小如何与两位阿哥要好、订婚，老女王强娶阿哥为婿，两位阿哥又被打入水牢，并要毒死他们的事说了一遍。又说："如果咱们把他俩救出后，咱们一起逃走，另立部落，再也不当阿哈了。"阿哈们听了姑娘们的诉说，肚子气得鼓鼓的，再加上四位姑娘本来既有威望又有人缘，便异口同声地答应一定把水牢砸开救出两位阿哥。共有五十个奴隶，都愿意参加破牢，还有十几位女操练兵也在打抱不平。

当天晚上众人聚集一处，对天发誓，并决定第二天的子时在北边的大榆树林会合，五十个人约定不见不散，少一个也不行。第二天晚上子时，四位姑娘先到了榆树林，不一会儿，人都来了，姑娘仔细清查人数时，却少了一位，觉得纳闷，怎么会少一位呢？左等不来，右等也不来，是不是有什么事情给耽误了。天快亮了，大家说："不能再等下去啦！"于是大家就拎着石镐、石斧朝水牢奔去。水牢内的阿哥听到风声，也做好了向外冲的准备。只可惜四十九人没等到达水牢的石门边时，就听着锣鼓四起，火把通明，冲出二三百人，将他们左三圈、右三圈地团团围住。这是怎么回事呢？仔细一看，领头的正是那个没有到的人，他叫额克，此人平时就善于钻营取巧，专干偷鸡摸狗的勾当，所以当大家决定去破水牢救阿哥时，他深感危险，倒不如索性通报女王，自己还可捞到好处，说不定还可脱去这身阿哈的皮。就这样，他偷偷地把这个消息告诉了老女王。女王就组织了这场埋伏。多亏四位姑娘有上房越墙的轻功才得脱险，其余四十五个全被抓了，被捆在东西配房的柱子上，每个柱子上绑着一个人。这时，女王不慌不忙地走出来，冷笑着说："你们做奴隶的还想造反？还想劫牢？休想！告诉你们，今天就是你们的祭日！"说完，女王喊出了十几个彪形大汉，拿来四十五个木盆放在每个奴隶的前边，并打开头发蒙住他们的脸，又把部落所有的男奴女奴都召集来。当时属东海窝集部的奴隶最多，因为他们总打胜仗。三百多的男女奴隶在地上跪着，院内又摆上三张供桌。这时女王讲："从第一代创业大玛法至今已是六辈子了，原来第五辈玛法时就应该举行大祭。今天正好用你们的人头，为第六辈玛法进行大祭。咦？不是五十个人吗，怎么缺了五个呢？缺的人就从阿哈中选吧。"于是又从阿哈中拉出了五个无辜的人，这五十人都被砍了头。那院中真是血流成河，惨不忍睹。这时，又挖了九个人的心和猪头摆在一起，用来祭祀他们的第六辈大玛法。从此东海窝集部的女王，在历史上第一次开了人头祭，同时也流传下了用人头祭旗、祭天的习俗。此时，女王又说："每五个阿哈提回一个死人头，挂在自己的住处，以示警诫。没有我的命令，谁也不能取下来。看谁还敢反抗！"于是阿哈们都提着血淋淋的人头，挂在了自己的住处。从那以后，阿哈出宫干活，都由超哈①押送着，管得更严了。

且说四位姑娘骑马逃出来后，就直奔西北一个叫萨满部的小部落。东海一带的所有萨满都由这个部落产生，人们对这个部落都是毕恭毕敬，连女王也不例外。四位姑娘知道萨满部落里有一个萨满是穆伦部的，而且还是她们的远房叔叔。她们就商量去萨满部求叔叔帮忙。尾随她们的追兵，追到萨满部附近时，也就不敢再追了。姑娘见了她们的叔叔萨满达后，便把如何劫牢救人之事说得明明白白，清清楚楚。萨满达说："你们惹的祸可不小啊！我也很难保护你们。"四位姑娘说："叔叔，你不仅要保护我们，还得把两个阿哥救出来。"萨满达摇摇头说："不行啊！"小四姑娘很聪明，计谋很多，就在叔叔耳边说，如何如何。萨满达点头称好。

四位姑娘与萨满达商量好后，就躲到后面去了。此时有人来报说："外面有人求见萨满达。"萨满达说："让他们进来。"一位女兵领着众人进来并向萨满达行礼。萨满达说："你们带这么多兵是什么意思？"领兵

---

① 超哈：即"兵"之意。

的人解释说："有四位劫牢犯跑进了你们的部落，请萨满达放人。"萨满达说："四位逃犯逃跑是件小事，有件大事还得告诉你们，在我们这里不出三天，将有一场大瘟疫发生，要死许多人。"来人说："怎么办呢？"萨满达说："我只有向阿布卡恩都力祈祷保佑。还有，我看见宫殿上空有黑雾笼罩，不出三天必有大灾大难。"来人一听，也顾不得再去追问四位逃犯之事，赶紧回到了东海女王的身边了。

老女王听了萨满达的预言后，吓得魂飞魄散，急忙传旨萨满达前来商议此事。萨满达到后，女王让座，萨满达把以前的话又说了一遍。正巧，有人来报，说部落内有两个人得病两天就死了。于是萨满达对女王说："瘟疫开始了，最好你领着我查看一下你们的部落。"女王与萨满达查看了部落各处，即对女王说："魔王耶鲁哩派了五六个魔鬼洒下了瘟疫，瘟疫马上就要开始了。"于是老女王让萨满达请神问卜，除邪捉鬼，人们马上杀猪献供，摆桌上香。萨满穿上神衣，系上腰铃开始跳神了。当萨满跳神进入了一个时辰的昏迷后，醒来对女王说："天神马上派八位神灵前来捉鬼。头三天，宫内外人不能乱走动乱窜，不许击鼓吹号出声音。晚上更不能出门，不许点灯，只能睡觉。"女王把萨满达也安排在宫中就寝，并向全部落传达了萨满达的要求。

这时候，每天晚上是家家户户提心吊胆，不敢外出，即使外出，也赶紧回家。大人对小孩说："玛虎来了，玛虎来了，快回家。"当时是家家闭户，人人心惊，满城死气沉沉，无有生气。四位姑娘乘机逃回了自己的穆伦部落。

老女王与从前不一样了，不杀这个就杀那个，谁也不信任。尤其是对男人更不信任了，只是对老萨满还相信。入冬以来，老女王的女儿又病了，请萨满跳神，又是搬杆子①，折腾了一冬。春天开始了，病也好了。尤其是大格格，身体恢复得很快，马上还愿，举行萨满跳神。大格格病轻，二格格病重，邀请各部落穆昆达来参加还愿祭祀，只是穆伦部的没来，其他都来了。老女王很不高兴地说："穆伦部的格格逃跑了，至今未回。今天又未参加祭祀，这是罪上加罪。"于是，决定由大格格带兵出征讨伐穆伦部，兴师问罪。要知情况如何，且听下回分解。

---

① 搬杆子：萨满跳神中的古老仪式。

第七章 | 大格格带病出征
二兄弟临阵失踪

阿哈起义失败了，两位阿哥也未从水牢中救出。但东海老女王仍看中哥儿俩高强的武功，于是决定让两位阿哥戴罪立功，出兵参战，就从水牢中放出了他们。

大格格带兵马征讨穆伦部，想抓回四位姑娘问罪。首先召集大家商量征讨之事，两位格格、先楚兄弟俩人、萨满达和老女王等参加会议。大阿哥说："穆伦部与我们历来联亲，再说他们也没犯什么罪，不能征讨。"那时，决定权在女人手里，大格格主张出征，所以就由大格格挂帅征讨穆伦部。

东海部向穆伦部下了战书，其实穆伦部也早就知道了。接到战书后，内部意见不一，总体认为东海兵强马壮，还有两个阿哥武功高强，再者，穆伦部是东海部的所属，不能应战。但讨论来讨论去，最后还是决定出征，一致对敌。

谷雨刚过，东海部的大格格带了三千人马，直奔穆伦部进行讨伐。大阿哥是先锋官，二阿哥是大将军，敲响了开战鼓，齐声呐喊，首先是祭祀天神，淘米①、震米②，萨满跳神祈祷东海部得胜。

东海窝集部的人手持豹旗，击木鼓开战。亮出木牌，订立了开战条约，第三天正式开始了。东海部带三千人马一齐压向穆伦部。穆伦部才有七八百人，东海部攻打了三次，穆伦部退了三次。大格格说："你们已经退了三次，应该认输了。"穆伦部的人说："你们是大部落，我们是小部落，不敢打呀！"大格格说："没关系，你们应该抵抗。"于是，两家商量明天再战。穆伦部的将领在大帐中商量，四格格说："我们只能智取，

---

① 淘米：将祭祀的小米，用刚从井中打来的水，或是泉水淘洗干净叫淘米。是萨满祭祀仪式。

② 震米：将淘洗干净的米煮熟后，放在石板上，用木槌捶打，打好后，做饽饽给神。这种捶打方式，叫震米。

不能硬打。"如何智取呢？我们把敌人引入像口袋一样的虎渊洞，在虎渊洞的山上布置好石块、木块。又有人说："这不是欺负人吗？"但也有人说："这是打仗，以胜为准。"于是，四位姑娘在夜间开始准备起来了。打石头的打石头，砍木头的砍木头。

第二天，东海部与穆伦部开战后，没打几下，四位姑娘就往后退，东海部的将领就追，很快追入虎渊洞。此时，山上的石头、木头一起砸下来了。东海人马受伤惨重，大格格气坏了，说："你们穆伦部的人不该用埋伏。"四格格笑了笑说："我们是打仗，不能讲究那些了。"第二天，又开战了。两个阿哥请战出征，大格格不同意。其属下人对格格说："应该让他去，这是考验他的时候。"于是大格格让两个阿哥带着人马出战了。

穆伦部的人正在议论胜利盛况，忽然来人报告说："东海部的两位阿哥来战了。"四位姑娘不能与两位阿哥为敌作战呀？于是四格格就派了四员大将参加战斗。他们一个人拿石刀，三个人拿石锤。大阿哥使用石锤，拍马而来，并说："你们这些叛贼，今天来捉拿你们。"不知为什么，穆伦部的人未战又败了。二阿哥丹楚说："我们一对一打。"二阿哥首先出阵打起来，大阿哥也骑马参战。打了不一会儿，二位阿哥忽然感觉天昏地暗，旋风把他们卷走了。东海窝集部的人一看，两位阿哥没有了。到第四天时，大格格又犯了病，这样双方未分胜负，互相退兵了。

二位阿哥被旋风卷到了一个地方，一看不是战场，二人互相掐对方的肉，都知道痛，噢！还活着呢。坐起来后，来到一条江岸上，有一排排的大船，与东海部的不一样，不是石船。两人观看了一下岸边景物，只见有一个小院，此时两人也感到饿了，向前敲门找饭吃。出来两个小伙子，小伙长得眉清目秀，穿一身鹿皮衣服。小伙一看两位阿哥就说："请进屋，我们是来接你们二位贵客的。"二位阿哥很奇怪地说："为什么接我们？"随后跟着他们进了屋。屋里有一位老者，说："把二位阿哥领到后院，先请他们喝点水。"到了后院，有一棵歪脖松树，下边有一口泉井，水是湛清色，旁边有一石头条。小伙子让两位阿哥用石舀子舀水喝。两人喝了一阵子后，进屋谢老者。老者说："我师父说，先让你们喝这里的智慧水，让你们开智慧，见什么就会什么。"二位阿哥再谢老者。又问："您师父是谁呀？您老又是谁呀？"老者说："我师父，以后你们会知道，我叫开铺玛法。"开铺老者又说："我领你们转一转。"他们来到了船上，二位阿哥又问："你们这是什么船呢？这么平稳。"老人说："我们用木板所制，是用钉子、刨子、锯子等工具制造。"并告诉他们："你们以后会见到师父的，还能见到孙真人。"老者又送二位阿哥两匹马，说："你们不要管这两匹马，随它们走吧！"

二位阿哥骑上的两匹神马，飞向正南方去了。不久遇见一群人，有老有少，在水泡子旁边，正在捞东西。他们边唱着很好听的歌，边在摆弄着什么。于是，二位阿哥下马问一位老太太："这是什么东西？"老太太说："这是麻，能织布。"旁边有人插嘴说："这是佛勒玛法。"佛勒玛法说："我知道你们是被人指点来的，会有人帮助你们的。"两位阿哥准备在这里住下了。进了村，看见一伙人在织布机旁织布，因为他们喝了智慧水，一看便会。他们学会了如何织布、做衣服等技术。

一会儿两匹神马又来了，他们骑上马，随神马而走。又来到一个地方，看见三间草房，有人正用石头压东西，都成了粉末。哥儿俩也不知道是什么，便进了屋。有一位老玛法，请他们喝了茶，越喝越爱喝，有人拿来一坛子酒，很好喝，又吃了饭。这位老者叫阿尔法玛法，教他们怎样做酒，又教他们认识荞麦、谷子等农作物，又教他们做饽饽吃。二位阿哥知道了这里的人是吃粮食的，很感谢他们。

第二天，神马又来了，走到一座大村庄里，街上有卖罐子和碗的，他们边走边来到一所大房子里，有人出来迎接他们。进了房间，有两位师父，一个色勒玛法，是铁匠；一个是色其布色夫，是木匠。铁匠做刀、剑等兵器；木匠做柜子、桌子等器具。二位师父对二位阿哥说："老师父孙真人让我们教你们技术。"大阿哥学木匠，二阿哥学铁匠。此时二位阿哥很奇怪，许多人都提到孙真人，便问："谁是孙真人呢？"二位师父没告诉。神马又来了，这一回神马未走，一位师父告诉二位阿哥，这是两匹神马，不吃不喝，是帮助你们的。此时二位阿哥开始学习技术。

一天，来了一位干瘦干瘦的老者，来教他们做铁盔铁甲，又答应为大阿哥培养六个铁匠送给他们。这一天，二位阿哥骑上神马又往前走了，路坑坑洼洼，骑马也很难行。他们来到高山峻岭、窝集丛林中，走到马达山了，忽然，从东边飞来四只大鹰，两只鹰叼一个，从马背上把先楚和丹楚叼起来飞走了。吓得他们大声叫喊着，不一会儿，大鹰把他们放在一个山坡的大门前。此时，从大门里走出一个小孩儿来，让二位阿哥跟他走，来到一个石门口，进屋见一位白眉老者，哥儿俩一看，不是一般人，赶忙跪下叩头认师。领他们进来的小孩儿说："这是乌克伸玛法，二位赶快拜师。"哥儿俩再次跪下叩头拜师。

乌克伸玛法翁声翁气地说："我和阿布卡赫赫为男女谁当家的事争论过，天上也是阿布卡当家了。"二位阿哥听了后，非常惊喜，赞叹说："噢！天上也换了男人当家了！"第二天早上，哥儿俩跟随着那个小孩儿，找到了乌克伸玛法，哥儿俩进了屋，屋内有几个人，有的认识，有的不认识。乌克伸玛法说："我跟你们说一说，这是色勒恩都力，他是开国玛法，是铁工祖师。这是蒙文勒窝陈，是开矿祖师。这是色其布色夫，是铁木工祖师。这两位叫阿尔干玛法和阿尔法玛法，他们是农业神。第六位没有来，在中原呢。"正说着，门外有人大喊一声说："师父，我来了。我的两个师弟可好啊！"二位阿哥站起来与他相见，来人说："实不相瞒，我们的师父都是乌克伸玛法。"来人是开铺玛法。

大伙坐下，乌克伸玛法说："你们是先楚贝子和丹楚贝子。你们原在天上，今下来转生为人，是我的最小弟子。你们应经得住灾难的折磨，承受大业，应让男人掌管天下了。"第二天，来了一匹马，先楚骑上马继续向南去了。丹楚在原地又住了五年，学习了新的技术。几年后，又来了一匹马，丹楚骑上马准备出发，此刻正遇上先楚回来，哥儿俩同时又出发了。要知后事如何，且听下回分解。

第八章 回东海献策兴大业 护女权阴谋害忠良

哥儿俩骑着一匹马，另一匹马驮着东西，腾云驾雾似的回到东海窝集部。一到东海部，马上有人报告老女王说："两位阿哥回来了。"说话之间，二位阿哥来到老女王跟前行礼说："拜见女王。"老女王很高兴，二位格格虽然有病，他们的关系又不好，但毕竟是夫妻，也从屋里出来相见。一家人又团圆了，于是准备宴席，烧烤了各种肉类，准备了酒菜。宴席中二位阿哥告诉众人说："我们见过乌克伸玛法了。"众人很羡慕。老女王说："你运气真好，快请老萨满达。"这时来了一位一百多岁的女萨满，二位阿哥上前以礼相见。萨满即刻准备香案、供品，跳神感谢乌克伸玛法。

第二天，先楚、丹楚向女王献礼，有谷子、麦子等五谷杂粮，还有两把钢刀送给女王，女王很高兴地接受了。随后，二位阿哥做了小米饭、米酒送与众人吃，众人赞叹不已。二位阿哥又商量明天向女王献策。他准备了十条计策：一、兴农业，耕种五谷；二、种麻织布做衣服；三、兴木工、铁匠，开矿炼铁，制造器具；四、各部落和睦共处；五、整顿兵马，兴邦安国；六、多养家禽，牛、羊、猪等；七、不分男女论功赏罚；八、人畜分流；九、废除女王制度，男人掌权；十、废除兽奴，男女都一样。于是，女王召集各部落开会，让他们讨论。大家认为："第九、第十两项，老女王一定不赞成，其他的还好说。"

这一天，为感谢神灵举行祭祀，各部落达和头领都来了。老女王让先楚把他们的计划一一地又说了一遍。此时四个萨满心想，这样一来自己就没用了，所以反对他们的计划。后来老女王又说话了："这些计策中有的是老祖宗传下来的，有的没有见过，请二位额驸爷实际干一干，让我们看看再说吧。"哥儿俩挺高兴，准备大干一场。

老女王这边，四个萨满和八个老臣商量了一夜，认为这样干对自己太不利了，于是就说："我们必须见老女王，否则，我们十二个人在王府中就没地位了。"其中有两个老萨满很顽固，一个叫勃尔浑，一个叫委勒，还有一个老臣叫杰勒浑，三人一起连夜见老女王。女王让他们进屋，他们说："这两位阿哥是恶鬼，他们发表了一些我们从未听说过的言论，准没安好心。"老女王听后说："不是说好了吗，是试验一下吗？"女王知道这些人是为自己打算，说："实不相瞒，推行不推行二位阿哥的计策，我说了算。你们这些人年纪也大了，该在家休息了，不能再干了。"三个人灰溜溜地走了。第二天早上上朝的时候，未见二位阿哥。有人说："如果真要按额驸说的干，东海窝集部能兴旺起来。"其中那个一百多岁的萨满，能看天文、地理，赞同女王让阿哥们试着干一下。

此时，二位阿哥召集各部落来到东海部学艺，二人忙得不可开交。第二年春天，炼铁工程即将开始，矿石也开发出来了，此时有人来报，外边有个老人。二人出来一看，原来是色勒恩都力，哥儿俩非常高兴，叩礼相见。老人即问炼铁进程如何。二位阿哥向老人一一说清楚了情况，并说进展顺利。老人又告诉他们不能操之过急，慢慢来吧。又对二位阿哥千叮咛、万嘱咐地说了一些，然后就离开了。

四位老萨满和八位老臣被强行革职后心里不服气，尤其是有两个萨满更顽固，他们天天在计划谋害二位阿哥。正巧那年春天闹瘟疫。那时人一病了，就把他送入深山老林中等待死亡。此时，被革职的那十二个人就到处散布是二位阿哥献策得罪了神灵，降罪于人们。四位萨满穿上神衣、扎上腰铃、戴着神帽、手击抓鼓、跳着神，进入王府要见女王。并说："我是某某神等，这次病瘟是二位阿哥从南方带进来的。"女王问："如何办呢？"萨满说："刻两个木头人埋在地里。"第三天时，二位格格和众人的病果然好了。女王信以为真，此时的老萨满就变本加厉地说二位阿哥的坏话，并说："那个山不能开矿呀，那是龙脉，是祖先之山……"老女王也生气了，立刻下令停止开矿和炼铁。此时四位老萨满乘机把炼炉和所有一切工具都毁坏了，把矿山也封起来了。二位阿哥一看心也凉了，与老女王怎么讲述也无法说清楚。于是，二位阿哥去找一位同情他们的女萨满，因为他们知道乌克伸的来历。见了女萨满说："萨满妈妈，天上也是男天神掌权，地上也应该改变了。"老萨满说："我们一起去见老女王。"见了女王以后，老萨满向空中一指，腰铃、皮鼓都来了，他穿戴整齐跳起神来。一会儿神灵附体，老萨满妈妈说："二位阿哥所作所为都是合乎天意的，天下要大变了，不能阻止他们的行动，阻止对你们不利。"正说着，勃尔浑等人在门外都听见了，进门就对女王说："额驸的所为是恶鬼的行为。"女王说:"此事先停下,以后再说吧。"这时,东海部的奴隶生活更悲惨,有的被活活折磨死,已逃跑了三四十个人了。二位阿哥心想,这是很好的机会。二人研究订好了计划,准备再干一番。

第二天,有人见了阿哥说:"有人想陷害你们。"此时,正有人在一百步之内,把萨满埋在地下的木头人,从地下挖了出来,声称:"这是两位阿哥玩弄的。"拿给女王看,女王说:"这是两位格格的人像啊,把两个阿哥抓起来打入水牢。"此时,又重新恢复了四个萨满和老臣们的职务。忽然,有人来报说:"二位格格不行了,病得很厉害。"女王急忙跑去看望,要知病情如何,且听下回分解。

第九章 强制活人殉葬 阿哥死里逃生

　　东海窝集部连年战乱，病瘟不断，又遇二位格格病重，请来了大萨满妈妈跳神也不行。不得已，又请来了年纪最大的、一百多岁的那位女萨满。女萨满来后说："不好说，气候变了，赶快给二位格格准备后事吧。"原先是安排大格格接任东海窝集部的王位，二格格接任佛涅部的王位，众人都认为这是件大事。可是二位格格却在夜间子时病亡了，情况突然，即刻召集文武百官，商讨继承王位的事情。找来找去，选了老女王的侄女当女王。同时，又有官员提议，让二位阿哥殉葬，女王也答应了。王爷、女王同时都痛哭起来，更加严格看管着二位阿哥。第二天，与文武百官再次商讨时，有的高兴，因为能解他们的心头之恨；有的不高兴，认为阿哥有出息、有作为，所献计策是为强大东海部，但也不敢说出口。于是，在二位格格的坟墓之旁又修了埋活人的墓地，又准备了殉葬品，如万年灯、石床、豹皮等，为殉葬人所用。

　　从前有一条规矩，男人殉葬之前，必须先向亲生父母辞行。于是，有八位随从陪同二位阿哥前往佛涅部拜见父母。二位阿哥临行前，先去见了东海女王的丈夫——老女王王爷。老女王王爷对二位阿哥说："二位格格对你们很有感情，病重也在思念你们，应让你们殉葬，陪二位格格去吧。"二位阿哥一听，实在没有招了，忽然想起来，在师父乌克伸玛法上次来时，给他们一个木牌子说："在危难之际，拿出木牌子看一看。"于是，二位阿哥取出木牌，上面什么也没有，只有一个"十"字，二位阿哥不解其意。大阿哥说："没有关系，我们死不了。"于是，向师父离去的方向叩头，祈祷保佑。不一会儿，来了八个大汉，说道："恭喜阿哥，在你们喜日子来临之前，让你们回去看望父母。"二位阿哥心里明白，这是规矩。这时备了两辆车，每一车上有四个大汉护送着。他们到了佛涅部见了父母，父母向先楚、丹楚道喜，高高兴兴让二位阿哥殉葬，又准备吃的、喝的等。当二位阿哥辞别时，其母已泣不成声了。阿哥们又说起自己的雄心大志，未能实行，母亲坚决反对，催着二位阿哥回东海窝集部去了。

第二天是殉葬的日子，殉葬之前，萨满击鼓跳神，念诵着佛勒密神歌，送到坟地上。坟墓在两位格格棺材的中间，挖一小洞与外边通风，送吃的。坟内有油灯照亮，用的、穿的都安排好了，随后把两位格格入葬。把两个挖墓的男阿哈和八个女阿哈都活埋了。老女王的丈夫说："你们跟随两位格格和额驸办事有功，同到那里去共同生活吧！"当时殉葬被认为是荣誉之事，墓地又派了一百多人护卫着。

佛涅部的老女王和王爷，在儿子回东海部以后，琢磨了一阵子，才回过味来："让二位阿哥殉葬，这不是把孩子毁了吗？不行，我去找穆伦部的四位姑娘。"老女王和王爷，来到穆伦部，见到了四位姑娘，就把二位阿哥殉葬之事一五一十地说了一遍。四位姑娘非常生气，说："我们一定救出阿哥们。"先楚和丹楚也总盼着有人救他们，从墓洞中往外看，看守的人来回走动。有一天傍晚，四位姑娘提着东西来吊丧，其中有看守人认识他们，就说："你们想救阿哥吗？我告诉你们，我父亲是挖坟的阿哈，已被活埋在坟中了。他告诉我，在坟中第三块石头上，刻十字花的那块可以推倒，即可逃出。"四位姑娘一听，高兴极了。说话间，从东边来了两位女奴给阿哥送饭，看守人一看计上心头，说："送饭人只许一人去送。"送饭人说："这么多东西我拿不了。"看守人说："那一份我送去。"于是，看守人让四姑娘拿了一份，送去了。四姑娘嘱咐三位姐姐说："有两个时辰，我若不回来，你们赶快跑吧，说明我已出事了。"于是，四姑娘送饭去了，见到了二位阿哥，说："我来救你们了。"二位阿哥一听是四姑娘的声音，喜出望外。四姑娘把第三块带有十字的石头搬掉了，丹楚先出来，与四姑娘跑掉了。

先楚正准备从坟墓中出来时，坟墓地的其他看守人发现了他们，就追过来。一时火把四起，照得坟地如同白昼，先楚未逃出坟墓，丹楚与四姑娘也跑散了。丹楚东逃西藏的不知所措，一看身边有一个石棺材，急忙钻进去，躲在死人身下。丹楚总算躲过了追兵，此时天已亮了，这时有一队马队走过来，其中有人认识丹楚说："你不是二额驸吗？"丹楚说："是啊，我刚从坟中逃出，后边有追兵。"那人说："前边是山洞，你钻进山洞吧。"丹楚谢了那个人就钻进去了。山洞中有一条小河，河水不深，沿着小河可以走出山洞。此时，丹楚准备在洞口休息，待夜间再出来寻找出路。夜深了，丹楚正往外走，忽然从东边又来了七八个追兵，丹楚心想："这次可死定了。"前面是些明晃晃大石头，连个树林也没有，往哪里躲呀！天无绝人之路，抬头一看偏巧有一块石头底下是多年让水冲成很深的窝拉坑，里边荆棘丛生，他钻进去，连气也不敢出。这时一群兵马追了上来说："眼瞅着这小子跑到这里，怎么眨眼工夫不见了呢？"就让马蹄来回踩这片土地，可真险呀，马蹄几乎踩着他的裤脚，多亏是夜间才没被发现，这样丹楚才躲过了这一关。等马队过去后，他才松了口气，天也快亮了，一看这地方离王城也不远呀，若是在此地久留，是很危险的，后边的追兵还会来的。往哪里跑呢？他想起北边树林的边上有一个小撮罗子，平素他来过这里，撮罗子里有位老奴，过去虽然我们是额真，他是奴隶，但关系还是不错。丹楚心想，老头一定会同情我们的遭遇。如果他能收留，救我一命，那真是万幸；如果他害怕不敢收留我，我死也甘心了，那是命该如此，决定投靠他去。趁着天还不太亮，丹楚到了小撮罗子里，进去后，见老头还在睡觉呢，他就把老头摇醒，跪在地下说："前有堵兵，后有追兵，我是走投无路了，如能救我，我就是您的亲儿子了，永世不忘。"老头一听也吓了一跳，说："孩子，你是怎么从坟里逃出来的？"丹楚一五一十地把遭遇告诉了老头。老头想了半天说："你瞅瞅，我这里也就是屁股大点儿一个小撮罗子，叫我往哪里藏你呢？怎么办呢？"老头想了想说："北边有个大的空树洞，你躲进去，我给你送饭。"于是爷儿俩走了不到半里路，就来到树洞边，老人让丹楚钻进去，说："等我的消息你才能出来，你千万不要动！"这时正是秋后季节，树叶落了，河水结冰碴儿之时。老头走后，丹楚正躲在树洞里，忽然来了千斤重的大黑熊瞎子，往树洞里钻。因为这个树洞是黑熊瞎子每年过冬的老窝，哪能容丹楚侵占？于是黑熊瞎子边吼边叫，把爪子伸进洞内去抓丹楚，可是丹楚经过这几天的养息，也恢复了力气，黑熊瞎子是拖不出丹楚的，反而使他紧紧抓住黑熊瞎子的前掌不松，黑熊瞎子怎么拔也拔不出来，急得吱哇乱吼。

正在此时，追丹楚的兵马又围上来了，追兵估计丹楚没有走远，所以转回来就围着撮罗子转了三圈，把老头拖出来审问："你看到没有，一个二十多岁的小伙子路过？"老头说："前天早上我起来后，曾见到有一小伙子往东边去了。"士兵讲："不对，他绝不可能往东边去，是不是藏在你附近？"老头讲："我没有看见。"于是这帮人就开始搜查，很快搜到大树洞来了，士兵们一看，有个大黑熊瞎子堵在树洞口，乱折腾，还吱吱哇哇地叫个不停。士兵说："算了，树洞里不用说藏人了，就是藏老虎也被熊瞎子折腾死了！黑瞎子一定是掏蜂蜜吃呢！"于是走了，黑熊瞎子救了丹楚。

追兵走了以后，丹楚也累了，就撒开了手，黑熊瞎子这下可得意了，心想你不让我住，我叫你也住不成。于是黑熊瞎子折腾起来了，抱着大树乱摇晃，摇了不多会儿，大树被折断了。黑熊瞎子企图钻进去把丹楚压在腹下闷死，却让丹楚一脚又踹了出来，就这样丹楚和黑熊瞎子来回折腾了一阵子。丹楚想，我不能和它消磨时间，追兵再来怎么办呢？双手用力将黑瞎子推出七八步远，丹楚乘机跑了出来，回到小撮罗子。老头一看说："可把我吓坏了，那么多追兵你是怎么出来的？"丹楚说："什么追兵，我不知道啊。"其实丹楚被黑熊瞎子堵在洞内，只顾与它折腾，外边的事什么也不知道。就这样，丹楚躲过了第二道险。老头讲："追兵走了，你也走吧，往西北去找你的那些朋友。路上经过一个大窝集，那里驻扎着老女王的一支队伍，平时不出来，那是最强悍的队伍，上树爬杆什么本领都会，只要遇到他们性命就难保了，你可千万多加小心。"老头给丹楚打点些路上吃的食物，再三嘱咐。丹楚有心到坟上去救他的哥哥先楚，只因坟上有兵马围着，里三层外三层的水泄不通，根本不可能，只好含着眼泪对天发誓说："哥哥你等着吧，我一定回来救你！"说完向西北方向走去。要知情况如何，请听下回分解。

第十章 | 焚火林丹楚遇险
母女河二次招亲

　　丹楚拿着老头打点的干粮，匆匆向西北方向走去，因为那边有他的舅舅和舅母的两个部落，他想在那里安身喘喘气，然后再另想办法。不知走了几天，干粮已经吃光了，冬天树叶也落完了，想打点野物也没有工具，就把头发割下一些扎了个小套子，准备套个野鸟来充饥，好在那个时候人们生在山里，住在山里，也吃在山里，出门习惯不带干粮，只带点食盐，饿了就打点野味渴了就趴下喝山泉水，什么都不在乎，身体也很好。但是今年冬天没有下雪，西北风吹着，猎物和水都难寻，丹楚走到一片小树林时，又饿又渴，他找了块地方暂时搭个避风棚，就睡着了。快到半夜时，忽听呼啦呼啦的声音，他睁眼一看吓了一跳，四面山火向他扑来，怎么办？四面都是火，没有出路，想不到我没死在追兵手里，今天却葬在火海里了。正是走投无路的时候，他看见有四条狗也在那里吱哇乱叫，看着不像野狗，像是谁家养的猎狗，而且四条狗还向他跟前凑。丹楚想，我都自身难保，你往我这儿凑有啥用？只见这四条狗一个劲地围绕他转，这时西北风越刮越大，火苗离他越来越近，差不多有二十来丈远了，烤得他全身难熬，四条狗的毛也都要烤焦啦。火苗离他七尺近了，抬头一看，前边有一个小水泡子，他就一下扑了过去，赶忙往狗身上泼水，但这样也无济于事。突然从西南方向窜出十几个人来，不容分说就给四条狗和丹楚身上披上了兽皮并拖了出去，丹楚稀里糊涂地被带走了。一直来到一条大河边，这条河与别的河不一样，别的河往西流水，而这条河是往东流水，别的河水是清澈透明，唯独这条河水是白色。到了河边，他把披的兽皮打开后，这四条狗高兴地摇头摆尾，看了丹楚，又跑到主人那边，意思是说，我们多亏这人往身上泼水才没有烧死，主人很理解狗的意思，就紧忙向丹楚走来。丹楚一看来的是一帮女人，赤身露体，腰间围着一块皮子，披着用各色羽毛做的披肩。这些女人一看丹楚是个年轻男人，不由得就呵呵乐了，相互之间叽叽喳喳说个不停，她们把丹楚和四条狗都带了回去。到了地方，丹楚一看是一个不大的部落，人也不多，也就八九十个人吧，他觉得奇怪，怎么没有见到一个男人呢，从老到小都是女的。十几个女人就把丹楚领到一个大房子的门前，所谓房子，其实就是地窖子。房子外边还站着两个人，像是站岗的，那十几个女人也没敢进屋。两个站岗的把丹楚领了进去。丹楚一看屋内三面是炕，中间是用石头垒的石桌子，桌后端坐着一位岁数不大的女人。丹楚不瞅也罢，一瞅不禁哇地惊叫一声："啊！你怎么会在这里？"女人一见丹楚，也不由自主地愣了一下，说："这不是丹楚吗？"女人赶快下来把他扶上去。原来此人正是逃出去的四姐妹中的四格格。丹楚问："这是什么地方？为什么那些女人，有这么大能耐把我从火坑里救出来呢？"四格格说："一言难尽呀，慢慢你就会清楚了。"

原来是这么回事，小四姑娘从坟地里逃出来时，会合了她的三位姐姐。四位姑娘一齐往外跑的时候，是她叔叔萨满达放走了她们。四人漫无头绪，有心回到穆伦部，又怕穆伦部的人把她们送给东海老女王。四位姑娘一合计，决定找个合适的部落，在那里重新组织些人，给丹楚他们准备根据地，先练练兵，练好兵就赶快去找他们哥儿俩，好以此地为基地发兵。于是四位姑娘就一直朝前走，走了几个月，快到二月时，遇到一条结冰的大河。河对面有两个部落，她们想过去看看。那天早上，河水像是冻得挺结实，于是她们准备过河。但是她们根本不晓得这河是母女河。这河有个特点，表面上有一层薄冰，你若是跑得快，或许能过去，你越害怕，慢腾腾地就越难过。四位姑娘在过河的时候，只有四格格噌噌噌地跑过去了，她回头还喊："三位姐姐快跑，不然冰就裂缝了。"可是三位姐姐越走越怕，结果都掉入河里了，一个也没出来。四格格心里甭提多么难受了，坐在岸上大哭起来。怎么办呢？有心自己投河死吧？想到丹楚哥儿俩，又不能死。她就向母女河磕了几个头，心里默念："河神啊！您可要保护我三个姐姐，叫她们死后过上幸福生活。我一旦事成后，也要回到河里去同姐姐们一起生活。"起完誓，四格格就晃晃悠悠地向前走了。

不久，四格格到了一个部落，天也黑了，她去敲一家的门，是一位女子开门。这个部落有个规矩，不论是男是女来投宿，只要敲第一家的门不开，你再去敲其他任何一家也都不开，你只能在野外露宿了。如果第一家接待了你，第二天你就是全部落的客人，他们会给你送去各种吃用的东西。开门的女主人一看是一位陌生的姑娘，心里不太高兴，因为她们欢迎外部落男的来，不愿意接纳女子。虽然心里不高兴，还是勉强把她收下了。就问："姑娘你从何处来？"四姑娘也不知道这里是归谁管的地盘，也没敢说实话，就说："我是山南边的人，在外边打猎的时候，后边有个老虎追着我，吓得我就往河这边跑，因为我看河这边有一个部落，结果迷路了，才来到了这里。"老太太一听乐了，便说："你呀！幸亏有只老虎撵你，不撵你，说不定你就掉进河里了。你不知道，我们这条河叫浑河，也叫母女河。这河与别的河不一样，白白的一片，它表面像似结着很厚的一层冰，实际上是很薄的一层。你要过河，就得一个劲地快跑，你越是害怕，慢腾腾不敢过，非得掉进去淹死不可。"四格格一听真有点后怕，怪不得三个姐姐都掉到河里了。

第二天，老太太说："你不能走，我们这里有条规矩，不论外来的男的还是女的，都得见见我们的部落达。部落达年纪很大，七十多岁了。"姑娘说："好吧。"她们到了一个很大的房子前，外边两个站岗的把姑娘领了进去。四姑娘一看，部落达是位慈眉善目的老太太。姑娘很懂事地向部落达深深地请了安，慈祥的老太太问姑娘的来历，姑娘又像昨天那样详细地说了一遍。老太太左瞅右瞅乐，然后说："姑娘说实话吧，我看你不是南边部落的人，南边部落我常去，他们穿的衣服、说的话都与你不一样。我没有猜错的话，你像是穆伦部的人。你是不是从穆伦部来的？"姑娘一看，再也瞒不住了，就把实情一五一十地说了出来。老太太听了就说："你没有地方去，就在我这儿待着吧。你往后有什么打算？"姑娘又把先楚和丹楚的事以及将来的打算说了一遍。老太太听了没多说，只说了句："你是个姑娘家，不管怎么的，你就在我这儿住下吧。"

姑娘按照老太太的话就在这儿住下了。住到第四天时，突然来了一伙强盗，由两位寨主领着，大寨主叫佛勒恒，二寨主叫索尔赫楚，因为部落里没有会武的人防守，所以第一次就被抢了些女人和东西走了。第二天大家就愁得不得了，一起商量说："强盗还会来的，怎么办？咱们还是搬走吧。"姑娘就问："这是怎么回事呢？若不搬，咱们就不能齐心协力把这些人打败吗？"老太太说："你瞅瞅这部落里没有一个男人，女人会武得很少，人也不多，怎么能抵抗这帮强盗呢！"姑娘一听就说："老人家放心吧。虽不能以力抗敌，总可以智取嘛。咱们想办法把这些人抓住。"老太太问姑娘："有何高见？"姑娘就问："这帮强盗是从哪个方向来的？"老太太说："他们是从东边山口方向来的。"姑娘讲："那好办。你们今晚派人在东边山口处挖九尺深的大坑，用浮草、浮土掩盖起来，在坑边草丛中安上绳索，这样他们就会来一个绊一个，往坑里栽一个，保管一个也跑不了。"老太太一听，非常高兴，心想这姑娘比我们聪明得多，就照姑娘说的话做了。

再说佛勒恒和索尔赫楚觉得第一天不费力气得了不少便宜，就对部下说："第一次抓来的女人都赏给你们，看来那个寨子也没有什么能耐人。今天我们哥儿俩再带两位弟兄去一趟，你们在家准备酒肉，回来咱们开庆功会。"说完两个强盗头子就带了两个部下，大摇大摆地向寨子奔来。天也黑了，刚走到东边山口，毫无戒备，稀里糊涂就陷进了九尺深的坑里，里边还有稀泥，动弹不得，想不到上了这么个大当，心里急也无奈。这时四周火把连天，喊声大震，将四人勾一个绑一个，全都给抓住了。四人被带到老太太面前，老太太问道："被你们抓走的那几个女人弄到哪里去了？"索尔赫楚还不服气，瞪着眼珠子说："有能耐你们不要设陷阱，咱们一对一地干！"老太太说："不管能耐不能耐，反正是你们被我抓到了，不过我们从来不杀一个人，也绝不会杀你们，是打是罚由你们挑。"二人一看老太太很慈祥，就说："打怎么说？"老太太讲："打就是我们所有的人每人抽你十鞭子，还得把我们的人放回，我们才放了你们。"强盗头子一想，每人抽十鞭子，一百人就得挨一千鞭子，就是不死也得脱层皮，再说也太没面子了。于是又问："要是挨罚呢？"老太太讲："愿挨罚的话，你们就留下，在本部落成家立业，和我们一起建设部落。"两位强盗头子说："允许我们考虑三天五天的行吗？"老太太说："行啊！"二人一听就说："好吧，我们回到山里商量一下再回话。"老太太说："行，放人！"就这样把被俘的四人全放了。

二人回去后很受感动，一想，应该把抢人家的东西送回去，其中有五个女人已经在此成家，应该把这五男五女也送回去才是。第三天他们便带了五个姑娘和五位男人及别的东西来到部落，老太太一看非常高兴，说："我们这儿就缺男的，过去女的配偶成家，男的不过三年都死了，所以部落全是寡妇。告诉你们实话吧，你们既然结婚成家，也别留在我们部落里，到别处谋生吧。因为留在这里，三年后还是要死的。"佛勒恒和索尔赫楚听后心里咯噔一下，老太太又讲，我把两个姑娘许配给你们吧，成婚后你们也搬出去，不然三年之后非死不可！"就这样佛勒恒和索尔赫楚也在这里招了亲，成了家。这样一共搬出去七个姑娘，这帮人在另外一个山口建立了部落，以佛勒恒和索尔赫楚为部落达。老太太得知后说："这可不行，你们男人哪能当部落达？"佛勒恒和索尔赫楚说："老人家你也不要管这么多了，因为我们这里原来没有女的，都是男的，所以还是由男人做部落达为好。"从此出现了第一个男人掌权的部落，不过这只是一个二三十人的小部落。他们在此安家立业，暂不说它。

再说，这个母女河部落的老太太，一看四格格实在是聪明伶俐，能文能武，出些招数比谁都高，在这百八十户人家的部落里没有能抵得上她，就语重心长地对四格格说："孩子，我看你心眼好，又聪明又伶俐，我们部落的女人谁也不如你，我年纪大了，我想把部落交给你掌管，有什么不明的事情咱娘俩再商量。"四格格说："不行，我初来乍到的，能够在这儿安住几天，就心满意足了，哪能掌管部落的事呢？"老太太说："我和部落里的几位老太太合计合计，如果大家一致同意，你就不要再推辞了。如果不愿意，只好算了。"说完就把部落内管事的十几位老太太召集起来，还没等部落达说话，老太太们就异口同声地说："咱们也都年岁不小了，四格格年轻力壮，又聪明精干，我们建议请四格格掌管部落，多替部落干些大事。"部落达一听，正好不谋而合，于是由四格格掌管部落的事就这样定了下来。在全部落的成员大会上，部落达亲手将祖传的鹿角(掌管部落的权力象征)交到四格格手里。四格格高举起右手先向天行拜礼，然后对老部落达大拜了三次，高高举起双手，接过鹿角，并举过头顶三次后，搁在石头桌子上。四格格坐在石桌后边，一些老太太分站两边，其他人都参拜新的部落达。然后就举行大型宴会，用烤肉、米酒来庆贺。

四姑娘当部落达不出十天时，老部落达家四条完全通人性的猎狗不见了。这四条狗能为主人捕获野鸡、兔子等小动物，还一口不动地交给主人，不用吩咐这狗就知道主人要吃什么，它很快就给你捕猎回来，四格格对这四条狗非常喜爱。这天刚黑，四条狗出去了，忽然山火猛烧，姑娘一看非常着急，生怕四条狗没命了，这可怎么办？部落西北角有十几户人家，那里有避火的衣服，听说失火了，四条狗也不在家，这些人拿了避火衣服就来了，告诉部落达："不要急，我们一定到火堆里把狗救出来。"四格格就纳闷，说："你们也是有骨有肉的人呀，到了火海里烤也把你们烤死了。"部下说："你不知道，我们有避火服，我们能够把狗救出来。"就这样他们十几个人出去救狗，意外的是，竟把很长时间杳无音信、不知死活的丹楚也救回来了。

丹楚进来一看是四格格，高兴得不知怎么好了，马上问："你的三位姐姐可好？"四格格听了，流着眼泪把姐妹四人怎么逃出，三个姐姐如何掉进河里淹死的事说了一遍，又将她如何闯到这里，当了这里的部落达的事告诉了丹楚。丹楚心里暗暗高兴，说："感谢你建立了这片基业，想当年咱们六个人不是说好要办大事、立大业吗？你真是帮了大忙。你不是说你手下还有两个英雄，佛勒恒和索尔赫楚吗？"四格格就把佛勒恒和索尔赫楚的事说了一遍：佛勒恒手使两把石锤，每把石锤都有百拾来斤重，力大无穷，石锤扔出，百步之内，指哪打哪，百发百中。索尔赫楚会听百鸟之音，什么鸟和动物的语言都能听懂，另外他还有一身的武功。丹楚又说："你手下还有十余个人也是能征善战的将士，我们何愁大事不成？我们在此基础上再招兵买马，老女王的江山何愁推不翻！"这一说，四格格特别高兴。老太太也知道他俩是青梅竹马，就说："虽然先楚还在坟墓中不知死活，三位格格又掉进了河里，但你们俩还是有幸团圆了。我为你们做主，今天就成亲吧！"丹楚和四格格当然点头同意。结婚典礼头三四天就把丹楚送到佛勒恒部落去，到时候再由那个部落迎娶过来。佛勒恒很高兴，他们就上山打了些鹿、狍、熊，又赶了一群活牲口作为礼物，女方是赶了一群猪，带了四件衣服来迎接丹楚。四套衣服：第一套是黄色鹿皮服；第二件是狍皮大衫，那时不管是冬天还是夏天都穿毛朝外的裤子和大袄；第三件是豹皮坎肩；第四件是用牛皮做的铠甲。接丹楚的两位老太太，率领人牵着马到了佛勒恒的部落，丹楚见了老太太，先磕头，老太太就交给他一弓一箭，丹楚就朝天向女方来的方向射出三箭。老太太看了说："行！"于是大家出发了。

佛勒恒和索尔赫楚走在前头，半路上就看见树上有三四只喜鹊叽叽喳喳叫了一阵。索尔赫楚懂鸟语呀，他听喜鹊说："你们看见了吗？这个嫁过去的男的不出三年非死不可！"索尔赫楚一听，心想是呀，老太太在我们娶亲时也说过这话。这时他又听见另一只喜鹊问是怎么回事。喜鹊说："你们不知道，在北山上有两棵灵丹果树，四季都结果，女人见到灵丹果就恶心，说什么也不吃，唯独男人见了灵丹果就像老猫见了老鼠一样那是非吃不可，吃下灵丹果三年后非死不可。"另一只喜鹊说："原来是这么回事，怪不得这个部落没有男人全是女人呢！这回我看又快了，这个男人又快死了。"索尔赫楚听后，心里就暗暗记下来了。

娶亲人到了部落，女方大批人马敲打着木板、围着兽皮迎出门外，他们还在部落外搭起一个迎亲的帐篷。丹楚下马之后，见到女方的老太太就得跪下磕头。为了捉弄人，许多老太太都出来迎亲，丹楚没有办法，只好一个一个地磕头。闹了一阵子才把丹楚接到里面去，丹楚还不能到上房，由佛勒恒领着先进入下房西屋，等待由萨满挑选吉辰。大约是到巳时(吉辰)，看到正房门打开了，紧接着从中冲出来十几位手持弓箭的女人，照着西厢房房顶每人射了三箭，意思是向男方示威，表示男方必须屈服于我们。射完箭后，才由佛勒恒和索尔赫楚领着丹楚进了上房。丹楚首先向四格格请安，之后两人出来朝南磕了三个头，表示拜天。回头坐在长凳子上，这时老太太和萨满出来了，在新婚人面前说了些吉祥话，然后进入新房。随后是左亲右故们送礼，牛肉、猪肉、鹿肉什么礼物都有，这些礼物都放进院内的两三口盛着水的大石锅内。等这些肉煮熟后大家就围着喝酒、吃肉。新婚夫妇就给大家敬酒，互相磕头。老太太很高兴地说："实不相瞒，我是个没儿没女的，今天我很高兴。"小丹楚和四姑娘又跪下给老人磕头谢恩："我们就是你的儿女。"老太太就更高兴了。

那时的规矩，在没结婚前，男的不能问女方的姓名，女方也不能告诉自己的姓名，只有结婚之后，男的才可问女方的姓名。晚上到睡觉的时候，丹楚就问四格格贵姓大名，四格格就乐了，说："我本来想早些告诉你，老是抹不开面子，因为告诉你姓名就等于我们结婚了，所以一直没说。我的姓氏是穆隆哈啦，我母亲生下我们四个，母亲叫佰力，我叫格浑，三姐叫额尔赫，二姐叫依尔哈，大姐叫顺。"这时丹楚乐着说："我问的是你一个人，怎么把你们四人都说了呢？"格浑也乐了，说："可不是吗，打开话匣子也都说了，反正我三位姐姐也都死了。"说完之后二人叹息了一阵。第二天，拜谢老部落达时，老人就长叹一声，说："本想叫你们夫妻长住在这里，但这是不行的，你们也得快快搬出去，不然的话三年后小丹楚也得死。"大家也很犯愁。索尔赫楚听说后，问："老妈妈你提起此事了，我得问你一件事。"老部落达说："什么事不妨说来。"索尔赫楚说："你们北山上是否有两棵灵丹果树？就是白色果的树？"老部落达说"有啊！我们叫它灵丹果树。"索尔赫楚说："这种灵丹果是否男的爱吃，女的见了恶心？"老部落达说"对呀！我们这里还有这么个风俗，凡是新婚夫妇三天后都得领着他们到灵丹树那儿摘一个灵丹果呢！因为结的不多，只摘一个给男的吃。传说这样能够使新婚夫妻美满幸福。"索尔赫楚说："毛病就出在这里！"随后他把听到喜鹊的对话说了一遍。老太太听后大吃一惊，急忙说："真是这样吗？那咱们就到北山去看看。"全部落的人一听说这事情，三天后都来到北山灵丹树前，这种灵丹果不管春夏秋冬，只要你不摘它也不掉，一年四季都可以吃。树上正结着三四个灵丹果，男人们一看到这果子，就不由自主地想吞吃。索尔赫楚上前拦住说："我也想吃，但咱们不能吃，谁吃了它三年后必死无疑，没有别的法儿，老人家，必须把这两棵树砍掉。"老人讲："行！来人把它砍掉！"但必须女人来砍，因为男人上来砍树，控制不住自己，偷着摸着也要吃的。于是来了五个女的，噼里啪啦就把这两棵树砍倒了。果子扔在山里，树就地烧了，从此，这里就没有灵丹果树了。但遗留下的种子，生出了一些当年生的植物，叫灵丹花，土名叫藕粒果，直到现在这藕粒果到处都有。这藕粒果你要是采一把回来，满屋子都是香味，但不能吃，它的毒性非常大，轻者中毒，重者死亡。现在的藕粒果就是古时的灵丹果树变的。从此两个部落合为一个部落了，丹楚、格浑、佛勒恒、索尔赫楚和下属人马一起操练，部落一天比一天兴旺起来了。

一天，大家正在训练时，突然来了一层大雾，天昏地暗，睁眼不见人，伸手不见掌，正在这时从西北方向刮起又腥又臭的大风，这一阵大风过后，造成了整个部落一场新的灾难。要知情况如何，且听下回分解。

第十一章 白雪滩头四人被困 万路妈妈再指迷津

　　温饱生闲事。自从丹楚和格浑结婚后，经过一段的经营，部落里的生活有了很大的改善，也有了一定实力，生活过得美满，再加上新来的十几个男人，整个部落和和睦睦，虽然还是女人为主的社会，但是已与东海窝集部大不相同了。一来二去，思想上就有点麻痹了，忘掉了他们立功建业的大事。这时，从西北刮来了一场又腥又臭的大风，这风越刮越大，自古以来没有过的怪风，正赶上格浑、丹楚和佛勒恒、索尔赫楚四人在寨外巡哨，这阵大风把他们四人卷得迷迷糊糊。风过之后，才把四人摔下来，睁眼一看，连东西南北都分不清了。究竟这是什么地方？本来是春暖花开的时候，草芽都长出来了，为什么这里什么都变了样，只是白茫茫一片，看不到树也看不到草，用手一摸地上不是雪，就是一片白色。四个人想喝点水，也不好喝，全是碱水味。四人往东往南都觉得不对劲，足足困了一天光景，到晚上黑天了，急得不知所措。这时，就看见从东边来了一拨子举火把的人，也分不出是男是女，披着头发，脑袋上扎着鹿筋做成的脑箍，光着膀子，腰里围着一圈兽皮，脚上穿得更热闹了，都是熊皮靴，走路没有声音。共有一百多号人，说的话也不懂。他们把丹楚等人围起来后，互相瞅着，你拉我一下，我推你一下，互相打闹着玩。有的掀他们的衣服看里边；有的摸脑袋，什么动作都有。丹楚发火了，拿出黑宝石刀要宰他们，格浑摆了摆手，示意不要动他们，说："看样子他们不是恶人，只是无知之人，杀害他们干嘛？我们不是发过誓吗，建立大业决不能残杀无辜，如果是打仗或者是犯了罪例外，不要随便杀人。"丹楚一听又把刀收回去了。

　　那些人还在呜里哇啦地用鹿筋来绑丹楚，丹楚哪能叫他们绑？格浑一看这些人并不野，心也挺善良的，手里又没有什么家伙，老老实实让他们绑了起来。再绑丹楚时，丹楚一摆手不让绑，这一百多号人就你瞅瞅我，我瞅瞅你，伸出两个指头来，意思是我们绑你们俩，那两个不绑行不行？丹楚还是摆手。其实那些人怕女不怕男，所以又示意说绑两个女的行不行？他们认为索尔赫楚也是女的，于是就把他也绑起来了。

大约走了两三个时辰，到了一片地窖子边。地窖子上边像坟堆似的，没有门，丹楚他们被领到了其中一个最高的坟堆边，踩着梯子下去九级便到底了。虽然在地下，但都铺着皮子，不冷不潮，上边一百来号人都没下来，几个领头的带他们四人进去了。进去坐下后，从后洞里出来个人，是男是女也看不出，说话也很和气，用半生不熟的满族话，磕磕巴巴地问："你们是从哪里来的？"格浑一看他们能说点满族话，也就是流行的窝集话，格浑也用简单的窝集话回答他们，说我们是什么地方的人，被大风刮来，闻到一股又腥又臭的味等说了一遍。这人一听，笑了笑，就招呼旁边人把他们解开，端了些奶类食物给他们吃。吃完后，才看清楚她是位老太太，她打量着格浑，越看越乐，说："你是姑娘还是媳妇？"格浑指着丹楚说："这是我的男人。那两位是我们的大将。"格浑又问："老人家，这是什么地方？"老人说："我们这里叫白雪滩，这地方是寸草不生，专门生产这样的白霜，这白霜如果经过熬制后，再兑上死猫烂狗动物之类，熬出的水喷出后，杀伤力很大，起码皮肉都得烂掉，味也是相当难闻的。我们用这些炼好的水去蒙古草地换取他们的牛羊，那里没有这种水，这是我们的特产。"说完老太太领他们上去观看熬制现场，都是用石头凿成的大石锅，人们正架着火在熬呢，又臭又烂的牲口都放进去熬，熬出的味道又腥又臭。这时他们才明白了，原来那阵腥臭大风是从这里刮过去的。格浑想，这些人虽然心地很好，但所干的事却很缺德，不知蒙古要这玩意干什么？格浑说："老人家我们想要回去，不知向哪个方向走？"老太太说："你们说是从母女河那边来的，可母女河离这儿有八百多里的路程，怎么风把人们刮得这么远？你们在那地方都做什么呢？"格浑也说不明白。这样双方唠了半天，也没有唠出个子丑寅卯来，老太太就把他们送到单独一间屋子，叫他们四人去休息。实际在东海窝集部时，男女就分居了，除非是夫妻俩可以住在一个屋子，可这地方还没有男女之别，男女都住在一个地窖子里，四人到了地窖子后，格浑说："据我的曾祖父讲，以前咱们那里也是男女不分的，现在咱们已经男女有别了，可见他们还落后。"

第二天，老太太见到他们很高兴说："我们是巴拉人，只知道草黄了，就是一年。"格浑就问："老人家，你是看到几次草黄啦？"老人说："那墙上不是有吗。"格浑一看墙上有木头牌子，一年挂一个，正好挂了七十四个，方知老太太今年是七十四岁。格浑又比画着问道："你有没有儿子、孙子？"老人呵呵乐了："我们这里不准和家人在一起，我自己单独在这里，我的老头子单独在西北。"此时格浑跪下行礼，冲老太太叫了声："老妈妈。"老人乐了，说："对呀！你们那地方管奶奶叫妈妈的，我们这地方也不知道怎么叫，都叫我头人。"第二天格浑叫老妈妈送他们回去，老太太说："别！等我把全部落人都找来，叫大家看看你再说，你们还都穿着衣服，可我们还都不会做，全光着身子呢。不知鹿皮怎么熟，怎么做。"正好这些索尔赫楚都会，他说："老妈妈你说的那些我都会。"老太太高兴坏了，就说："这样吧，你们晚走几天，教教我们的男人如何做衣服，我们这里的人可笨啦！什么都不会做。"索尔赫楚满口答应，并提出再去看看熬的那种水。老人说："可以呀。"东海窝集部就缺这种水，这水用硝和碱熬成，索尔赫楚知道这水是好东西，就叫人拿来几张皮子，放在水池中泡了一会儿，毛全掉了，心里非常高兴，说："比我们用的好多了，不知蒙古人要它干什么？"老人说："我们也不知道。"索尔赫楚讲："你们不要往锅里放那些臭肉什么的了，那是没有用的，那是蒙古人糊弄你们，他主要是要你们这种水，怕要不到这种水，就要了些花招，其实臭肉是不起任何作用的。这种水是专门去皮子上的毛用的。蒙古那里，牛羊多，没有这种水，他们的皮子就无法加工。"这一说，老太太明白了，说："搞了半天，蒙古人还骗了我们。"于是索尔赫楚就告诉他们如何去毛、熟皮、做衣服，又亲自示范，把去毛、熟皮、刮抹、晾晒、制衣等做了一遍，并熟了张又白又漂亮的皮子，先给老太太做了一件衣服，老太太一看，想我们祖祖辈辈没有穿过衣服，就召集全部落的人都来看，全部落人非常尊敬他们。这时格浑再一次要求老太太送他们回去，老太太还是舍不得，又跟他们学怎么做熟食，怎么烤肉，部落内怎么分辈分，如何称呼，这样格浑居然变成这部落的圣人了。

又过了好长时间，格浑四人没什么可教的了，想回去吧，老太太准是不答应，他们探过几次回去的路，不出五里就迷了路。有一天他们来到了一块碱水地，水面上还有些野鸭子，他们没有事，就用石头打野鸭子玩儿，丹楚用石击物是百发百中，打中了四五只野鸭子漂在水面上。怎么取回来呢？蹚河吧，蹚不了，不能过去，拿不到，心里就凉了，这不是白打了吗？索尔赫楚说："不要紧，我不仅懂鸟语，还会做小船。咱们做一只小船划过去。"当时四人就砍倒一棵树，用一截树干掏出个槽子来，做成了一只独木船。坐着船拾野鸭子，拿回来做着吃。这里的巴拉人从来没有吃过野鸭子，因为他们不会水，也不会做船，根本就不可能吃到这些野味。大家简直把他们四人当成了神仙，谁看到了四人都把腿一蹲头一低，这是磕头之意。

过了几天，他们又坐船去打野鸭子，这一次打野鸭子兴趣一来走出去十多里地，走进了碱水湖的深处，四周都是芦苇甸子，怎么也转不出来了，没有办法，只好靠岸，上岸一看，发现不是原来下船的地方。看见一棵杨树，杨树叶特大，又青绿，四个人就在树底下休息，烤些野鸭子吃，天也渐渐黑了，今天肯定是回不去了。就在四人靠着大树似睡非睡的时候，觉得有人在捅他们，说："你们起来，半夜的在这里干什么？"丹楚抬头一看，此人正是他的祖母，喜出望外，说："老妈妈，您什么时候来到这里，孙儿自从上次您走后，我一直按照您老人家的叮嘱在建功立业，可是总是遇到波折，所以没有发展起来。"万路妈妈唉了声说："你受波折倒不要紧，我就担心你一享福把什么都忘了，你到了母女河与格浑结婚是应该的，我也高兴，可是后来你只顾享受，忘掉了招兵买马，访英雄，集俊杰。你为什么忘记了我的话呢？这还不说，当大风把你们刮到白雪滩后，你们虽然一直要求回母女河，但心不坚定，至今未回，这样下去怎么能立大业呢？"丹楚一听祖母责备，吓得出了一身冷汗，心想：对呀，如果不是老妈妈给我指点一下，我就会永远沉醉在幸福之中，把大事给耽误了。当下跪在老妈妈面前，万路妈妈说："我把你们送回母女河去，让你们的两个助手留在母女河把兵马训练好，你和格浑必须周游万里，寻访高人，要把你们的根基建立起来，否则你们建大业是不可能的。从现在的情况看，是男的当王的时候了，否则咱们东海永远不能强盛。乌克伸玛法已经确定你是漠北之王，你不吃苦，没有能人帮你，怎么能打天下呢？"说得丹楚哑口无言。格浑说："老妈妈您放心吧，我回去之后，立刻把兵权交出，我们两人什么也不带，从现在开始要走万里路，寻访高人，就是不知道应该走哪个方向？还请老妈妈指点。"万路妈妈一听高兴了，说："你们先向西北再拐向东南，春天看着大雁飞去的方向，在大雁落地生息之处，那里就是有贤士能人之地了。好了，回到你们的住处去吧。"

万路妈妈领着四个人回到巴拉族的住处，巴拉部落达一看，怎么又来了位白发老太太，热情接待，谁知万路妈妈竟然会巴拉语，两位老太太用巴拉语谈得很投机。部落达问万路妈妈打算怎样安置这四位英雄？万路妈妈就把他们建功立业需要兵马的事说了一遍，部落达老太太一听，说："把我们的人马召集起来，你要男的我们给男的，要女的给女的。"万路妈妈对丹楚他们说："这样吧，咱们还是晚走几天，教他们学会做饭、做衣服、会生产、懂礼节，多掌握些功夫，训练好后在这儿等着，当你们用到他们时，能够招之即来。不要看现在有这二百来人，你们就昏了头，没有一千人是成不了大业的，并且至少得有三十到五十个战将，还需要有一名尼堪人做军师。你们要万里寻贤，自然会遇到他们的。"说完后，就把巴拉部落的人召集在一起，并教他们盖了一间东海窝集部那样半截地上、半截地下的房屋，这比地窖子亮堂多了。这样前后一共二十来天，巴拉部的生产和住房大大改变了。随后万路妈妈领着孙儿、孙媳等四人走出白雪滩，回到了部落。要知情况如何，且听下回分解。

第十二章 | 熊岩洞二兄弟归顺
蛇盘岭梅赫勒投诚

满族人对蛇和熊既尊重又讨厌。满族人狩猎的时候，如果打死一只熊，就把熊皮剥下来，熊脑袋割下来，熊头当球踢一阵子，披着熊皮跳一阵子舞，最后再把熊皮、熊脑袋挂起来给它磕头，进行祭祀。对蛇不许打死，也不许吃肉。

万路妈妈领着孙儿们四个人走了几天，回到了母女河部落，见过老部落达，把丹楚和格浑建功立业的远景给老太太说了一遍。老太太点了点头说："放心吧，你们要走就放心地去吧，这里也有男人了。我们加强训练，等你们回来时我的兵马也练好了，那时我们再共同奋斗。"从此就有了白雪滩、母女河两个地方的练兵基地。

第二天，万路妈妈说："我不能老待在这儿，我还有事情。你们放心大胆地干，会遇难呈祥，逢凶化吉的。"又告诉他们随大雁飞行的方向走，说完万路妈妈飘然而去。这时丹楚向着祖母去的方向，深深磕了几个头，回过头来，又给老部落达磕了头，夫妻俩把一切权力交给两位头人，然后两人简单地收拾了行装，带了点食品，拿了足够的火链、火石，出发了。他们没有目的，只是按照万路妈妈说的向西北方向走，再往东南，路程大约一万里，不走一万里，遇不到能人，事业也完不成。为了部落的大业，胸中燃烧着烈火，决心按万路妈妈的吩咐寻找英雄。英雄藏于深谷之中，尤其在那时，有一些男奴和兽奴，受不了女王的折磨，多半逃入深山老林修行自己的功夫和绝招。夫妻两人往西北方向走了几天，沿途不放过每个深山老林，打听能人下落，走了半月之久，道路坎坷不平，沟沟坎坎非常艰难。来到一座大山下，夫妻俩一看这不是一般山，像两座大山堆在一起，又像两只大熊瞪着眼睛，直盯着他们。此时，看到了大雁已经飞过大山，可是人要想攀登这座山是很难很难的，绕着走又不知道路，这可怎么办呢？他们决定先把马放走再说吧。

正在着急，就听到哇啦哇啦叫唤声，是人叫还是野兽叫呢？都不像，两人互相瞅了瞅，怕山里出了什么怪物，两人赶快爬上树。不一会儿出来两个移动的影子，是人还是动物看不清楚。之后看到一个穿着黑熊皮，另一个穿着棕熊皮，脚上穿着熊掌靴子，拿着板门石斧，只听穿黑熊皮的说："哥哥，我总觉得像有人来过似的，如果前边是人的话，你可以分给我一半吃，如果不是人，是动物，那就随你去吃吧！"穿棕色熊皮的讲："好吧，如果是人，咱们各吃一半，已经很长时间没有吃人了。"来者抢着大板斧左找右找，他们把这一片树都砍倒了，还没有找到什么。他们的笨劲就别提了，每砍倒一大片树，就一棵一棵地找人，费了大力气，也没找到什么，喘着粗气说："不行，与咱们干仗，还得有场地。"说着就噼里啪啦、噼里啪啦又砍了一大片树林，打完场子还得一棵一棵地拔树根，把两个累得上气不接下气也不罢休，还在找人。

　　树上的丹楚和格浑一看坏了，这两个傻小子非得砍倒咱们这两棵树不可，格浑说："你听我的，这两个傻瓜管保被咱们制服了。"丹楚老实呀，说："怎么能呢？"格浑说："绝对能，你放心。"照格浑说的，两人同时大喊一声跳下树来，格浑将两腿一叉，拿出黑宝石刀晃了三晃，比拿石板斧的不知好多少，这下可把两人吓住了，格浑说："你们是干什么的？"似人非人的也说："你们是干什么的？说明白点，我们吃你们俩正好一人一个。"格浑又说："你们没有看到吗？我们是从天上下来的。"穿熊皮的哥儿俩互相瞅了瞅说："对呀，他们真是从天上来的呀。"说着两人后退了三步，格浑就紧逼着进了三步说："你们还不快跪下！"这两个小子就乖乖跪在地上，丹楚对格浑说："他们怕咱们了，赶快赶路吧。"两个穿熊皮的人一听，他们说的是满族话，是人，不是从天上下来的神，他们是装的。于是可来劲了，举起大斧就跟他们厮打起来。四人打得天昏地暗，难解难分。本来丹楚一个人的力量也能对付这两个人，只因走了这么长时间的路程，吃得也不好，有些抵挡不住，但也不是被打败，主要原因还是想收他们为将领。打了一天一宿还是平手，那两个小子说："这么着吧，我看你也累了，我给你们送吃的来，咱们休息一下！明天再打。"说着就回去了。不一会儿就拿来半只狍子肉给他们吃。两人就大口大口地吃起来了。就这样连打了两三天，还是不分上下，可把这两个小子气坏了，但又弄不清是什么道理，本来是白天打晚上休息，可他俩白天与丹楚打，晚上还在打场子，根本不休息，总觉得有什么东西碍他们的事。所以拔了树，搬石头，人家休息，他们却不停地折腾，格浑说："快了，他俩快没劲了，那时咱们把他们抓住，如果他们降了咱们，这可是两员强悍的大将。"丹楚说："对，咱们怎么抓住他们呢？"格浑说："我有办法。"当下他把鹿皮筋拿过来，挽了四个套圈，打两个死结，两个活结，就摆在场子上，准备抓他们。

第二天穿熊皮衣的人来了，喊叫着继续打。格浑说："那样打法没完没了，打到何时是个头？今天这样吧，那边有四个圈，一头拴在树上，另一头就是圈，你们选两个圈，我们也选两个圈，咱们拉树，看谁的劲大，能把树拉倒，谁就赢了，你们拉倒了，我们拜你们为师，我们拉倒了，你们拜我们为师。"两个小子说："行！不用说有这个圈，没有这个圈，我也能把树拔起摔倒它！"于是，他们俩跳进圈内，一用劲拉树，树还没有动，他们自己就套进圈内越拉越紧。而且是往脖子上套着拉，绳套拴着脖子紧紧地拉着，越拉越翻白眼，他们还越使劲拽，结果两人噼里啪啦栽倒了。丹楚他们俩就用绳子把两个熊人绑起来，用刀割开脖子上的绳套，熊人也缓过气来了。这两个小子一看要杀他们就害怕了，跪下来求饶，大小子说："你们不要杀我们，把我们解开，我们也不敢吃你们了。"二小子说："对！如果你们不跑，我们就不吃你们，如果你们跑，我们就吃你们，你们看行吗？"真是直心肠说了实话。格浑说："那不行，现在不是你吃不吃我们的事，而是你们听不听我们的话，不然没有你们的好下场！"两位熊人说："行！我们听你们的。"格浑又说："我们叫你干什么，你就干什么，你懂得对天发誓吗？"熊人说："懂啊！"格浑说："那就把你们解开。"那时候的人老实，说话算数，这四个人跪下发了誓，丹楚问："你们叫什么名字？"熊人说："什么叫名字？"丹楚说："你们没有名字啊，怎么招呼你们呀。"熊人说："你们叫我哥哥，叫他弟弟！"丹楚说："那怎么行呢？这样吧，我给你们俩起个名字，以后也好称呼呀！"熊人说："行呀。"于是，丹楚就指着黑熊人和棕熊人说："你叫色楞，你叫胡楞。"熊人听后非常高兴，又说："以后不许再叫哥哥和弟弟了，都叫名字。"

熊人请丹楚和格浑到他们的熊岩洞里去。洞子又黑又埋汰，里边放了些牲口肉等食物，连大小便也在里边，烟熏火燎的不像个样子。丹楚想，这简直是牲口过的日子。四人吃过饭后睡下，格浑看着哥儿俩互相瞪眼对瞅着，格浑说："这两人还是贼心不死，会不会半夜出岔子闹腾？"丹楚说："不能吧。"格浑说："咱们要加倍小心才是。"这时天黑了，格浑对色楞和胡楞说："我俩到外边去一下，你们先睡吧。"他们到了外边，格浑说："咱们每人揣一块长石头回去，咱们睡觉时，把头缩进去，把石头露在外边代替咱们的头，咱们在被子里看他们的动静。如果他们没有什么举动，那说明他们还是守信的；如果他们有什么举动，咱们也有个预防。"丹楚说："你竟想些无边无影的事，行吧！"他们用衣服包着石头回去了，色楞、胡楞看见也不懂呀，也没有那么多心眼。他们睡觉时就照格浑说的办了。

睡到半夜时，色楞、胡楞就互相捅咕，两人起来拿着石斧，照他们的头部咔嚓咔嚓就砍了过去，马上跑掉了。这一切丹楚他们看得清清楚楚。格浑说："你看怎么样？我说他们贼心不死嘛！明天他们还来吃咱们的肉呢！"丹楚说："这两个小子真可恶！咱们得除掉他们！"格浑说："不能！这两个人对咱们有用处。"第二天早上果然他们来捡肉吃了，大摇大摆进来一看，两人安然无恙，还坐在那里，这下可害怕了，急忙想退出去。格浑说："你们不要走啊，快回来！"胡楞说："你们为什么还活着呢？昨晚我们用大石斧把你们的脑袋都砍下来了，想吃你们的肉。"他们不会撒谎呀！格浑笑了笑说："咳！我们不是说过吗？我们是天上掉下来的神呀！刀枪不入！用什么刀呀、斧呀都没有用。"两人一听才心服口服，从此才决定跟定他们了。格浑又说："你们收拾一下，咱们一块儿走，共同创大业，自立为王。到那时候你们的生活就好了。"从此四个人就上路了。

他们走着走着，肚子觉得饿了，两人带的食品本来就少，胡楞和色楞可受不住了。说："跟你们挨饿，受不了，我们还是回去吧。"格浑说："你们不就是要吃嘛！我们这里有肉干，给你们！"胡楞和色楞吃了些肉干，才勉强跟着又走了。

要过河了，这两个小子，从来没见过河，说什么也不肯过，怕掉进去淹死。实际河水并不深，最多也就齐腰，山里人没见过水，不管水深浅，都不敢过。格浑就把他们连拉带拽地往河里拖，他们像猪一样叽里呱啦叫个不停。就这样，把他们连拉带拽地拖过了河，他们的腿湿了，挺不高兴，便说："什么时候我的腿才能和上身一样的干呢？"丹楚笑了说："只要太阳一晒，就干了。"等腿晒干后，他俩才懂了，以后也就不怕水了。

四人又向前走，正赶上春天闹瘟疫，他们在山里，由于劳累过度，不适合林外的生活，结果胡楞和色楞都病了。格浑还懂点医术，但山里连点草药都没有，两个人身体又重，格浑说："无论如何也得把他们背出山外。"丹楚背个人还可以，格浑毕竟是女子体力不及，但他们还是坚持把他们背出山，饿了就打野果、猎物给他们吃，宁肯自己饿着。一连背了三天三夜总算背出山了，采了些草药，用石锅熬了给他们喝。说也怪，因为这两个人从来没有吃过药，这一吃药，真是药到病除，全好了。他们病好了，重新给丹楚和格浑跪下说："多亏你们救命之恩，过去我们三心二意，总想吃你们，今后我们完全和你们一条心，你们死我们也死，叫我们干啥就干啥，没有二话。"说完举起石刀咔嚓把自己的左胳膊划了道血印子，把血往天上弹了三弹，又往地下滴了三滴，然后又向丹楚的嘴里滴了三滴，自己也喝了三滴。格浑知道他们这是表示最大最高的忠心方式，这时四人才真正是一条心，继续上路了。

走了几天后，来到一座光秃秃的山地，山势险峻，实在难行，往山上一看，满山遍野都是蛇，大蛇小蛇一盘一盘的，树上、石头缝里，全都是蛇。迈一步就得踩上几条蛇，简直就是蛇山。那时东海窝集部的人，看到蛇就急忙跪下磕头，可是现在也无法磕呀，胳膊粗的、饭碗粗的蛇，到处都是，起先还磕几个，到后来蛇越来越多，哪能磕得过来呀？还好不是毒蛇，也没咬他们。这样走了几天又没有吃的了，丹楚和格浑是敬蛇不吃蛇肉，胡楞和色楞高兴得不得了，这下可有吃有喝了，我们也不想走了，满山遍野都是好吃的，说着两人抓起两条大蛇，脚踩蛇脑袋，手一扒，剥了皮烤着大口大口地吃起来了，还给丹楚他们两条。看他们不吃，觉得很奇怪，这样好的美食怎么不吃呢？但是丹楚他们肚子饿的不饶人呀！一顿不吃，三五顿不吃，长期不吃是活不了的，于是丹楚二人跪下向老天磕了三个头，说："我们实在饿得不行了，请梅赫勒恩都力原谅我们吧！"唠叨一阵就开始有吃蛇肉。这一吃才觉得蛇肉真香，从此满族人开始了吃蛇肉的习惯。尤其是丹楚当了王之后，是允许吃蛇肉。

他们带了许多蛇肉干下山。下山时看见从对面走出一位大汉，身穿鹿皮上衣，头戴狍皮帽，还带着角，手中沉甸甸地握着两把石刀向他们走来了。四人一看来人不一般。等大汉走到跟前时，见他先用石刀砍倒了两棵树说："你们都在，正好我还没有什么吃的，你们背的是什么？把衣服都给我留下吧！"色楞说："什么也不能给你留，你把衣服给我们留下吧！"说完几个人就叮咣地干起来了。丹楚一看这位大汉有点眼熟的，但又想不起来是谁，就上前把他们拉开了。说："你们先别打，有啥事，咱们好好说。"丹楚问那个大汉："你从哪里来？"大汉说："我从北边来。"丹楚说："你上哪儿去？"大汉说："我上母女河。"丹楚又说："你到母女河干什么？"大汉说："去找我兄弟！"丹楚说："你兄弟是谁？"大汉说："我兄弟是丹楚。"丹楚就纳闷儿了。心想，我怎么成了他的兄弟了呢？说："你认得丹楚吗？"大汉说："不认识，我认识他祖母。他祖母叫万路妈妈，老妈妈对我说了，叫我去母女河找我的兄弟！共同干大事业。"丹楚一听，这人很耿直，一定是老妈妈有什么安排，丹楚上前说："实不相瞒，我就是丹楚。"来人一听，啊了一声，说："我再打听一人，格浑是谁？"格浑急忙上前说："是我。"这小伙子一听就把石斧扔下，向丹楚深深地请安。丹楚一看他比自己年长，赶紧跪下说："大哥不要行大礼，不知大哥尊姓大名？"大汉说："我姓梅赫勒，老妈妈给我起名叫浑楚！"这就是以后的东海窝集部的三个大王：先楚、丹楚和浑楚，这是后话。丹楚问浑楚说："你在哪儿见过她老人家？"浑楚说："说来话长，万路妈妈自从到了梅赫勒部落，正赶上部落闹瘟疫，全部落的人十成死了九成，就剩下几个人了，万路妈妈一看我有出息，就教给我几手自卫的绝招儿，叫我赶快向东南方向去找她的孙子丹楚，当时我就认万路妈妈为祖母了，丹楚就是我的兄弟了。"说罢趴在地下就磕头。那时候风俗是，不管亲的还是不亲的，只要磕了头，一律都是亲的。从此，五个人一同往前走了。走到前边有一条河，河水是浑浊的，脚一下去污泥就没到腰，很难行走，而且臭气熏天，他们走到了母猪河。要知情况如何，且听下回分解。

第十二章　熊岩洞二兄弟归顺　蛇盘岭梅赫勒投诚

061

第十三章 | 五人大战母猪河
丹楚被俘受磨难

　　五人来到了母猪河，河不宽，也就是三十来步，都是污泥浊水，当地人称哈溏甸子，踏上去就陷到半腰，是寸步难行，谁也不敢进去。他们五人试探着往前走，走了不远，发现下游有座木桥，挺高兴，五人准备上桥。哪知将到桥北头时，就闻到一股香气，比梅花还香，香气扑鼻，越闻越爱闻，不久就昏迷了。当醒来以后，已被人家绑在桩子上了，周围的人瞪着眼睛，杀气腾腾！头戴熊皮帽子，两眼盯着他们。那时一般都戴狍皮帽，凡是戴熊皮帽的，不是强盗就是恶人，再不就是散兵，只有这类泼皮才戴这种帽子，平常人不戴，都穿着豹皮坎肩，这帮人是从东海部逃出来的兽奴。

　　什么是兽奴呢？是专门训练野兽的阿哈，有训练熊的，也有训练老虎的。女王高兴时还叫兽奴与野兽格斗取乐，有时叫野兽把兽奴咬死，撕成肉片女王才高兴呢。兽奴的生命随时有危险，所以不少兽奴跑出来占山为王，专门劫路为生，从来不接近女人，见到女的就先奸后杀，他们最恨女人，也不抢东西，只抢些兵器。他们认为兵器最珍贵，尤其是黑石刀，那更是所见必夺，有的为了一把黑石刀展开大战。这二十多人也有他们的雄心壮志，他们打算扩充到二三百人，就杀回东海窝集部，想夺取女王的权力，建立男人掌权的社会。

　　丹楚和格浑等五人都被绑在石柱子上。心想，坏了，就闭着眼睛不说话。一会儿，格浑睁眼一看，出现一个穿着豹皮裤子的人。当时的社会风俗是一般人只许穿豹皮坎肩，他却穿着豹皮裤子，这是当王爷和女王穿的衣服。他叫胡鲁，是山主结拜兄弟。还有二位穿着半拉肩的豹皮裤子，是副角色，穿整肩的是正角色，当兵的是坎肩，两个穿半拉肩的副角色，拿着黑石刀，在丹楚二人面前比比画画地说："没有别的，我看你腰里别着一把黑宝石刀很好，不过你旁边的女人不能留，必须杀掉！看你也是有武艺的好汉，你就降我们，咱们一块起义，打回东海去称王！"丹楚一听这些人是为了找出路逃出来的，自己也是为了寻找英雄豪杰才出来的。于是丹楚说："你们让我入伙也可以，先讲讲你们是干什么的？"胡鲁说："我们是抢兵器，见到女人先奸后杀。"丹楚一听摇了摇头说："你们这样的队伍我不能投降。"他说："你怎么不能降呢？你不降就杀了你。"丹楚说："就是杀了我，也不投降！"他说："好，来人！把他搁在火洞里烤他一天，看他降不降。"所谓火洞就是四面是火墙，大火烧烤，最多烧到四十多度。这些人知道在暑天里，烤丹楚一天，他一定受不了。那时再把他拉出来，泼上凉水再劝降，一定会投降。谁知怎么劝丹楚也不服，到了晚上了，丹楚还是未降。他们说："这人是把好手，他们准是两口子。暂且不要动他们了，不然，男的更不会投降咱们了。咱们摆上宴席劝他降，只要他入伙就叫他当二贝勒，和咱们俩一样。"于是他们就设宴劝降，并说："你这人也有能耐，是英雄，加入后，等我们大王回来再正式封你为贝勒。"夫妻俩被请到上座，这时格浑等人真饿了，这些人也是一心求贤。格浑就对丹楚使了个眼色，开始吃喝了。吃完以后，丹楚说："你们想报仇杀女王，和我们的处境一样，我是从坟里逃出来的。"然后丹楚就把他们的来历如何地说了一遍，又把格浑四姐妹的事说了一遍。

这些人听了后，站起来给他们满满地斟上了一碗米酒说："你们真是好样的。"丹楚说："你们要想成功立业，这样蛮干是不行的。我要是没有格浑四姐妹的多次搭救，不知死了多少次了。男女都要兼收，不能乱来，先奸后杀的办法绝对使不得。这样做，男的也不来，女的也不来，你们还靠谁来打天下呢？"领头人胡鲁还是不怎么乐意地说："管不了那么多，你愿意入伙就对天发誓。"丹楚说："你要是今后不再先奸后杀，可以同你们同心协力。"两位头人互相挤了挤眼睛说："好吧，咱们就对天发誓吧！"丹楚为将来成大业，团结一批力量，就同意对天发誓，马上烧了年祈香，倒了三碗酒。对方首先大声说："愿意同丹楚合伙，我们共同打江山，立大业，如果有三心二意，我们不得好死。"丹楚一听，并没有发誓不奸不杀女人，他也随着发誓说："阿布卡在上，我丹楚一心一意要建立新的王朝，使东海诸部生活富足，望天神保佑！"对方一听，你这不是真发誓，是假的。便发令说："把他绑起来！"于是，跑过来一些人就绑丹楚。当十几个人动手要绑时，丹楚双手一撑，十几个人都往后退了一步，大家一看绑不了，胡鲁亲自动手绑他。丹楚说："好吧，我让你们绑。"胡鲁上去就用鹿筋把丹楚死死地绑了起来。之后丹楚问："你们绑好了没有？"胡鲁说："绑好了。"丹楚一用劲，把捆在身上的鹿筋劈里啪啦地全崩断了。丹楚站了起来，胡鲁一看，说："不得了，真要把他收下来比咱俩还厉害，此人必须除掉。"说着就把板斧抢过来，丹楚躲过了第一板斧、第二板斧，一直躲到第五斧时，突然听见外边大喊一声："住手！不许乱动！"进来两个黑脸大汉，其他人都规规矩矩地站在一旁，胡鲁说："大爷回来了？我们抓到几个外来的人，左劝右劝他们都不肯降，连起誓都是假的，此人必须杀掉，以除后患。"

一个黑脸大汉来到了丹楚跟前，左看右看，愣了半天，扑通一下子，就跪在地下叩头。丹楚也有点奇怪，论岁数来人比丹楚还大五六岁，他为什么给我跪下呢？就赶紧把他扶起来，说："巴图鲁①快快请起，给我跪下是何道理？"来人掉着眼泪说："我是石鲁，你父亲曾救过我，当时我是兽奴，主人让我与老虎厮打，老虎将要吃我时，说时迟，那时快，你父亲连射三箭，把老虎射死了，才救了我的性命。本来我想回去，报你们家人的恩，但我不敢回去，所以跑出来了。我听说你们哥儿俩嫁到东海部了，我本打算救你们，但没有机会，才拖到了今天。"这时丹楚才知道是怎么回事了。

原来石鲁十七八岁时，是个兽奴，身体壮得像头小牛，力气很大，女王也很看重他，让他专门训练老虎。他训练老虎很有办法。一天，正赶上女王的生日，各部落的头领都请来了，女王为了显示自己兽奴的能耐，放出一只最大最厉害的老虎，让石鲁与虎拼斗，并扬言说："石鲁与虎斗有一套办法。"大家一看这么大的一只老虎，恐怕要出事，劝说不要进行为好。女王说："你们不要怕，今天就是叫你们看看老虎是怎样吃人的！如果老虎吃不了他，你们也可以看看我这位兽奴的本领嘛。"说罢就把老虎放出来了，石鲁也被推了进去，他们就厮打起来了。一个十七八岁的小伙子，怎能抵得过一只猛虎呢？结果三下两下，老虎就把石鲁压在身子下面了。这时丹楚的父亲看了这种情景，觉得老女王实在是太残酷了，就拿起箭狠狠地射了老虎三箭，老虎当即就死了。石鲁乘此机会，拿起弓箭逃跑了。跑到山上，专门招收兽奴，训练兵马，占山为王，等候时机杀回东海窝集部，再回到佛涅部报答丹楚父亲的救命之恩。当他听到东海老女王招丹楚、先楚为婿后，又殉葬，把他气得够呛，他一直寻找机会想搭救他们哥儿俩，没想到在此遇到恩人。

---

① 巴图鲁：即英雄之意。

这时大家都很高兴。石鲁说："我确实是恨女人，凡是女的，尤其是女王就格杀勿论，我也让部下像对待牲口一样对待女人。"丹楚一听就乐了，说："你这样做是不对的，我们要成大功，立大业，心胸不能这样小，应该把主要力量用在建立新王位上。"石鲁说："对呀，我是个粗人，不懂得多少道理，今天你来了，虽然我比你大几岁，还是尊你为我们的头领，我跟着你打江山，你说怎么干咱们就怎么干。"这时两位贝勒，才跪下参见丹楚和格浑。丹楚、格浑、石鲁和两位贝勒，五人重新对天发誓，共同建立大业。以后这些人也不像过去那样无法无天地乱来了，见到女人再也不分青红皂白地乱杀了。丹楚说："各位大哥，你们在这儿好好训练队伍，等我们行走万里，寻贤纳良回来后，再来与你们会合，成大业。我没有回来之前，你们千万不能妄动。"石鲁问丹楚："为什么非要行走一万里呢？"丹楚就把老妈妈说的行走一万里，寻找贤人、军师的事说了一遍。石鲁说："我跟你们一起去，让两位贝勒留下来，照你的吩咐训练队伍就行了，你们几个人，力量单薄，我不放心。"就这样几个人做了简单的准备，就出发了。

这样，格浑、丹楚、石鲁再加上蛇盘岭的梅赫勒·浑楚，熊岩洞的色楞和胡楞，共六人组成一个队伍，选丹楚为牛录额真，成立了一支正式的以六人为核心、下属有二三百兵马的一支强大队伍。五人在松树底下向丹楚行礼，对天发誓说："一切行动听丹楚的指挥。"六人向东北方向出发了，走到大江和小河汇合之处，大江有一二里宽，从当地人那里打听到小河是呼尔哈河。此时六人又饥又渴，就近来到一座小屋，屋内有一位老太太，老太太看到他们，吓得哆哆嗦嗦地说："你们要什么就拿什么吧，我这里也没有什么东西，千万快走，不然的话，我的两个儿子回来要和你们论长短，他们可厉害呢！见了你们定要杀你们的。"丹楚一听说道："你儿子有多大能耐？老母亲你放心，我们没有恶意，我们是来投宿的。您老不乐意，我们在外边的野地里露宿也没关系，但要遇上野兽把我们吃了，您老也是于心不忍吧？"老太太是位慈祥的人，就说："这样吧，我们房后有个草垛子，你们六人在那儿住宿吧！千万不要见到我那两个儿子，他们什么事都能干得出来。"这样六人就躲到草垛里去了。

到了三更天时，就看到两个小子戴着假面具，绑着一个女人醉醺醺地回来了。女子大约二十来岁，长得也有模样，很精神，穿一身薄皮鹿衣鹿裙，看着两人强奸女子，老太太躲在一边，也不敢吱声。六人一看怒火就来了，浑楚首先冲了出来，这两个人哪是浑楚的对手呀？正要准备动手时，突然石鲁大吼一声说："原来是你们俩呀。"这二人把假面具摘掉一看，吓得哆哆嗦嗦，原来他们也是逃跑出来的阿哈，两个人是想抢女人当自己的媳妇，可是石鲁他们，见了女人强奸后就杀，他们俩不忍心，就不干了，偷偷跑回家。眼下见到了他们的头领，当然害怕，此时石鲁举刀就要砍他们时，丹楚急忙出来说："住手！看在他老母亲的份儿上，咱们放他一马。"就问他们："你们从什么地方绑来的这位女子？赶快把她解开！"他们说："在前边二十里的地方抓来的。"丹楚又问："她家有什么人？"他们说："她有个男人。"丹楚说："你这就不对了，你们抢有夫之妻呀！抢来怎么办？"他们说："我们想让她给我们做媳妇。"那时不是一夫一妻制。女王可娶二三个男人，其他女人也可以多夫，就是一夫也可嫁多妻。女子被解开后，深深地给丹楚请安行礼。又给大家请安行礼，这女子挺能说，看来办事也挺利落。女子说："你们俩不要急，不就是要个媳妇嘛，将来我把你们俩嫁到我们那个部落当女婿好了！连你们的老母亲也可以接去。"

这女子回家后，暗暗地喜欢上了丹楚，心想，这小伙子比我丈夫可强多了，越思越想越有滋味，就在家里准备好了吃的，回来请他们六人到她家去喝酒。丹楚以为是好心，就说："好吧，人家这样诚心请咱们，就去吧。"去了以后，好酒好饭招待了一番，女子就指着格浑问丹楚："这是谁呀？"丹楚说："这是我媳妇。"这女子又直截了当地对格浑说："你一人跟丹楚结婚太孤单了，你跟丹楚说一说，我也和他结婚。"格浑说："要是过去我可以做主，现在我们这里是男人当家，这事我就管不了。"这女子一听，又去找丹楚，丹楚一听，说："我已经和格浑结婚了，而且和她的三个姐姐也订了婚，她的三个姐姐虽然死了，但也是我的妻子，这事我不能答应。"女子一听，心里很难受。这些话正好被这女子的丈夫听到了，她丈夫是专门制作迷魂药的，听了女子说的话，心里很有气，也不敢吭声，那时是女子当家呀。他不恨自己的妻子，而恨丹楚，心想：你若不来，也不会有这事？好啊！咱们一不做二不休，我今晚非把你们用迷魂药迷住，再杀你们不可。于是半夜时，他把迷魂药点燃了，用所冒的烟熏得这些人没了知觉，再到后院去拿早已磨好的刀，准备动手杀他们。

这一切行为都被他媳妇看见了，心想：好啊！你产生了忌妒心，人家救了我，你倒想害人家，今天我宁肯跟着他们走也不能让你得逞。这位女子手中有解药，只要往鼻子上一抹就清醒了，正当男的往后院取刀时，女子把六个人全部救活了，对他们说："你们快走吧，我男人要杀你们，不能多待了。"六人走出没有十里路，就看见女子追上来。女子说："我和你们一起走。"丹楚问："你的家怎么办？"那女子说："我把我丈夫杀了！"丹楚又问："你们是怎么回事呢？"那女子说："你们走后，他和我拼命，要杀我，我一气之下，把他杀了！我跟你们走。你们到哪儿，我就到哪儿！"丹楚同意了。此时格浑对那女人说："你比我小，我是你姐姐，你是我妹妹。"从此就是七个人向前行走了。

　　他们走到一个部落，正赶上夏天祭神树的时候。当地人祭神树与东海没有两样，也是在夜间举行，当祭祀到一定的时候，灯火全熄灭，男女开始找对象。这个妇女便到处找丹楚，想把丹楚拉到树林里，不成婚也是既成事实了。丹楚早已知道她这种想法，就躲起来了。这时色楞和胡楞反而看中了这女子。色楞对弟弟说："这女子很好，我让她给我当媳妇。"胡楞说："不行，我也要娶她当媳妇。"色楞讲："咱们谁也别争，去找这位女子，她看中谁，谁就嫁她。"胡楞说："行！"两人傻不拉即地到了这位女子面前说："我们都想嫁给你，你愿意娶哪一个？"女子一看傻啦吧叽的倒挺可爱，就说："行啊！你们俩先往后退十步。"于是二人退了十步，女子说："你们往前跑，谁抓住我，我就娶谁！"两位傻子就拼命向前跑去抓女子，谁知这女子还有跳跃之功，俩人累得呼哧呼哧地出粗气，还是抓不着。女子说："算啦！你们谁也没有抓到我，我也不要你们，就这样了。"俩人还是不死心。这女子找不到丹楚，也不死心！这时色楞就跑上去，色楞与丹楚相处的日子里，学会了丹楚的声音，长的比弟弟瘦溜一些，天也黑了，女子就把他当成丹楚拉去了。到了树林里，俩人就订了婚，发生了关系。第二天，女子一看不是丹楚是色楞，很生气。反悔说："我不娶你了。"色楞说："不行！咱们已经订婚了，丹楚是咱们的章京①，咱们找丹楚说说吧。"见了丹楚，丹楚当然高兴，这女子无奈就娶了色楞。以后这位女子还真起了很大作用。

　　祭神树完毕，七人正准备往前走时，胡楞很不服气大哥娶了这女子，色楞倒挺高兴的。胡楞就偷偷跑了。第二天，色楞没看见胡楞，于是几个人分头去找。要知情况如何，且听下回分解。

---

　　①　章京：官衔，意思是带很多兵的官员。

第十四章　群雄误入兴安部
　　　　　　　傻胡楞嫁野格格

　　大家分头去找胡楞，几天也没有找到，后来大家不约而同地来到了北边山头底下的兴安部落。这是一个比较大的部落，归属于东海窝集部。兴安部的穆昆达是一位七十多岁的老太太，她有八个姑娘、六个儿子，儿子先后都出嫁到其他部落去了。八个姑娘已有七个娶了丈夫，兴安部的大权在老太太和小格格手里，小格格已经十五六岁了。老太太年轻时由于脾气太暴躁，她先后娶过六个男人，都被她赶跑了。其实也不完全怪她，六个男人中，有四个是骗财而逃，尤其是最后一个，老太太更恨得不得了。于是，老太太对男人也越来越残忍，天天打过来骂过去。有一天，最后的这位男人，实在无活路了，准备在夜深人静时，把老太太杀死，正准备杀她的时候，老太太发现了，老太太也有点功夫，一狠心，杀了自己的丈夫。从此老太太不再娶男人了。

　　此时，佛勒恒和索尔赫楚二兄弟，安排好部落的事情后，也去寻找丹楚等人。在树林里，正巧遇上了丹楚他们寻找胡楞。

　　小格格从懂事起，对老太太就心怀不满，几次给她订婚她都不答应。老太太看着自己的年龄也大了，也应该物色接替王位的人了，本来想叫小格格接替，由于小格格一天比一天不听话，她就打消了这个念头。打算从其他姑娘中再选一个。小格格知道后，心情更不好，就带着几个阿哈到森林里去狩猎。就在这时遇到了丹楚等人寻找胡楞，小格格一看来了些生人，就骑着马冲了过去，人们很自然地往后退了几步，表示对女人的礼貌。小格格一看，这群人中高的、低的、男的、女的、瘦的、胖的、俊的、丑的、白的、黑的什么样人都有，心里很纳闷，就问："你们是干什么的？"丹楚上前走了一步说："我们有一位朋友走丢了，我们来找他。"

　　正在说话的时候，树上有一只老乌鸦呱呱叫了几声，索尔赫楚一听对丹楚说："你也不要着急了，也不要找他了，三天后胡楞就会回来的。而且还能带回些人马来，又娶了老婆。"小格格听了特别注意索尔赫楚。

索尔赫楚这位小伙子，二十多岁，长得一表人才，小格格就看中了他。心想，像这样的懂鸟语的人是很少的，把他娶到家里来才高兴呢！于是就问丹楚："我若没猜错的话，你是个领头的。请问刚才懂鸟语的那位小伙子是什么人啊？"丹楚就把索尔赫楚的聪明伶俐说了一遍，姑娘听了，朝索尔赫楚挤了下眼睛，问他："今年多大岁数了？"索尔赫楚说："二十一岁。"姑娘又问他："订婚了吗？"索尔赫楚摇了摇头，小格格说："真凑巧，我想娶你为婿如何？"索尔赫楚说："不行！我们现在正在创大业，建大功的时候，没有时间考虑婚姻，而且究竟谁娶谁，谁出嫁，在我们这里还没有定下来呢？"小格格听了很不满意，说："我是部落额真的格格，将来部落里就是我当家，你是外部落的人，我的话你还是应该尊重的呀！随随便便就顶了回来是不行的。"索尔赫楚心想：那是你们部落的规矩，甭看我们人少，我们的规矩和你们可不一样。心里这样想，嘴里可没敢说出来。因为当时女权的势力很大，就说："格格，我们是有事路过此地，你也不了解我们的底细，怎么能随便成婚呢？再说此时也不是祭神树的时候，到了祭神树的时候，那时再说好了。"小格格越听越生气，说："好吧，现在天黑了，就先到我们部落休息一下吧。"丹楚一想，这姑娘不会有歹意，不妨顺便休息一下也好。于是，就同意大家一起到兴安部落去。

当地的习惯是，不论哪个部落，只要有人来投宿，都不往外推，而且热情招待。所以老部落额真一看来了一帮人，挺高兴，马上腾出房子做了安排，把自己酿造的酒拿出来招待，这一顿饭吃得最好。大家吃饱了，喝足了，安安稳稳地睡了一夜。到了第二天，小格格来了，说："我们有些怠慢了，看样子你们每个人都很有本事，这么办，西边有一片窝集，咱们去那里打猎，看看谁的箭法、刀法最好。"大家一听挺高兴，正好很长时间没有打猎了，就说："好吧。"小格格就给他们每人准备了一匹马，大家骑上马高高兴兴地直奔窝集去了。

小格格穿了一件鹿皮铠甲，腰缠鹿筋软锤，大家一看这种武器很特别，从来没有见过，像板斧、石刀都看见过，就是没有看见这玩意。小格格见大家都瞅她，觉得很得意，就对丹楚说："为方便起见，我和索尔赫楚先走，你们随后紧跟，我愿意单独与索尔赫楚比赛一下。"索尔赫楚也不示弱，两人一扬马鞭，骑着马就冲向前走了。小格格的马跑得快，索尔赫楚的马跑得比较慢，小格格骑着马就往树林里冲了过去，索尔赫楚急忙追赶向前，突然，连人带马掉进了陷坑，大家非常害怕。小格格对索尔赫楚说："你不要怕，我是非娶你不可，我就是逼你成亲，如果不答应，就甭想活了。"又说："你觉得怎么样？不答应我的婚事，就在下边待着吧。"索尔赫楚在下面听见她的话，就大骂说："你就是用软锤把我砸死，我也不答应！"小格格说："我也不砸死你，那样会叫我大失所望，非要你服我不可！"此时丹楚一看这种情况，也没有办法解决了，就上前说："小格格，你贵姓？"小格格气呼呼地说："我叫色布登。"丹楚说："这样吧，我替他答应下这门婚事，你先把他搭救上来吧。"又对下边的索尔赫楚说："小格格人品不错，很直爽，心眼也好，索尔赫楚你就答应下这门亲事吧。"索尔赫楚一看丹楚已经发话了，就没吱声。小格格讲："你不吱声也不行，什么时候你答应下来，什么时候我才救你上来。"索尔赫楚在下面说："你不救我，我那几位兄弟也一定会救我的！"小格格说："我看哪个敢救你？只要他们靠近陷坑一步，我就豁出命来把他们砸死！"索尔赫楚一看没办法，就说："随你便吧，要砸死就砸死，要不就把我救上来咱们再说。"丹楚一听索尔赫楚这么一说，就知道他是嘴硬，实际上是愿意了，就对色布登格格说："你把他救上来吧，你们成婚的事包在我身上，否则我甘愿受你的惩罚。"小格格说："救他上来很容易。"于是，她就叫索尔赫楚朝北边看洞沿上，只要用刀一捅就出来一个洞，从洞里一步一步就能爬上来了。索尔赫楚一看，真的，这里是鲜土，一捅就出来一个洞，真没想到自己上了当，就说："早知道这样还用求你？"小格格说："早告诉你，你不就早跑掉了吗？我要是用钩子勾你，会伤害了你。"不一会儿，索尔赫楚从洞里爬上来了。他越想越生气，哪有在陷阱里逼着订婚的事呢！没有办法只好答应了。色布登高兴地说："你既然答应咱们是一家人了。"随后索尔赫楚把丹楚等人一一向色布登做了介绍，并介绍了丹楚是一位牛录额真，还讲了格浑四姐妹的情况等等。小格格一听，笑了，我就看出你们都是英雄好汉。这时杀了她丈夫的那位色勒安楚很不高兴地说："索尔赫楚，你介绍这个，介绍那个，怎么就是不介绍我呢？"索尔赫楚就把她的事情一五一十地说了一遍，小格格一听笑破了肚皮，说："你比我还厉害，我只是把未来的女婿放入了陷阱里，而你干脆把女婿杀了，咱们是一个比一个厉害！"色勒安楚也哈哈笑了，于是，大家都回到了部落里。

回来后，小格格就把订婚的事告诉了老太太。那时候女孩子自己订婚，长辈们也不过问，老太太一看索尔赫楚一表人才，又能听懂鸟兽语言，就更高兴了。吩咐大摆宴席，准备给她成亲。天有不测风云，人有旦夕祸福啊！老太太一乐可不要紧，她已经七十多岁了，第三天就得了一种病，眼斜鼻歪，口吐白沫不省人事了。不到一天工夫老太太就归天了。没来得及安排王位传给谁，结果八个姐妹都带着自己的丈夫，跑回来争夺王位。小格格就问索尔赫楚："怎么办？她们七个人都要这个王位，我也争不过她们呀？"索尔赫楚说："不要紧，你把格浑和丹楚找来，咱们四个人商量商量。"四人到了一起，丹楚说："无论如何，这个王位必须让小格格继承，她们七个来争夺王位，我们跟她们讲理，实在要动干戈，我们跟她们干！"色布登听后，胆子也壮了，说："好哇！"便出去对她的姐姐说："各位大姐，你们都娶了男人，我呢，新订了婚，请各位姐姐见见。"说着就喊索尔赫楚出来与大家相见。这些姐姐们心不在焉，哪管你结婚还是订婚呢！大姐说："我是老大，王位应该由我继承。"随后，二姐三姐等都不相让，都有自己的道理要当女王。小格格说："母亲在世时已经把王位委托给我了。"这七位姐姐哪听那一套，说着就掏出了兵器打起来了。打得是天昏地暗，难解难分，什么东西都毁坏了。丹楚几个人一看色布登很勇敢，也没有参战，一直打到天黑时才看到小格格力气不行了，于是索尔赫楚出来说："大家不要打了，我给你们调解一下，好不好？"大家也感到累了，就听他说："咱们八位格格，八个女婿，明天到野树林里去听听百鸟之语，再决定胜负。"她们说："那谁懂啊！"因为只有索尔赫楚才能听懂，八个姐妹哪里晓得？就说："好吧，去听鸟叫，那算什么呀，我们这里的鸟非常全，不比你听得少。"丹楚心想，这个索尔赫楚也真有招。

第二天，丹楚就召集起八个姐妹，领他们进了树林子，不远就碰到一对百灵鸟，说："看！她们姐妹打了一天，都想夺取王位，都是白费劲。因为老女王临死时已经有了安排，那就是在房的东北角上，埋了个托力，托力上有个木牌子，上面写着由谁继承王位的事。"索尔赫楚心里有了点底，再往前走，又碰到一对啄木鸟，说："她们八个姑娘打了一天，也是白打，老女王在东北角的木牌子上写的继承人的事，根本没有她们的份儿！"索尔赫楚听了说："好了，咱们不必再往前走了，我已经听懂了百灵鸟和啄木鸟说的话了。"于是索尔赫楚把鸟语说了一遍，八位格格听了都乐了，说："你别瞎扯了，那鸟怎么会知道这事呢？"索尔赫楚又说："你们不信，咱们回去看看就是了。"于是大家都怀着好奇心回来了。

回来后，三下五除二，一起跑到东北角去挖，果然挖出个木牌子，上面写着："继承我王位的是小格格的女婿。"八个姑娘一看都傻了眼，原来木牌子刚写了不出三天，就是自从色布登招了女婿之后，老太太还很明白的时候，一看这帮男的都是武艺出众，男人掌权一定比女人强，所以她就决定把王位传给小格格的女婿了，哪知牌子刚写好埋起来，自己就离开人世了。牌子上写的由索尔赫楚继承王位，不要说是那七位姐妹，就是色布登自己也不答应。这时丹楚说："咱们祖传习惯，男的没有当王的，还是由索尔赫楚辅佐色布登继承王位吧。"色布登同意了。七位姐姐还是不答应，于是小格格与七位姐姐展开了第二次争斗，这一次可不同于第一次了。这时索尔赫楚、色楞、浑楚等都参战了，七个姐姐与她们的丈夫哪是这几个人的对手，三下五除二，就把十四个人绑起来了。依照色楞的意见干脆把他(她)们脑袋都割下来，不留后患，只留下色布登和索尔赫楚就行了。丹楚不同意，这样会结下世仇。丹楚说："这样吧，我们是外来人，也不知道你们这里有什么规矩和讲究，还是叫色布登一人当王，你们七姐妹辅佐她，遇到什么难题你们八姐妹共同商量解决就是了。"经过了这一番周折，总算解决了。于是给十四个人也松了绑，决定八姐妹共同执政，由色布登领头，总算是暂时缓和了矛盾。部落也平静下来了，丹楚嘱咐索尔赫楚留下来，在这里招贤练兵，等我们回来时一起成就大业。

兴安部落的纠葛解决了，人人高兴，摆大宴，办大丧。所谓大丧就是按照东海窝集部的传统，老太太也没有老头子了，也不存在殉葬，只是一些部属人、亲朋好友披麻戴孝，吹着牛角号，抬着石棺材，葬在西边的窝集地里，这事就算结束了。

此时大家还在惦记着他们的兄弟胡楞呢。胡楞到现在还没有找到，索尔赫楚说："三天早过了，已经是六天了，还没有音讯。"正在说话之际，就听到外边兴安部的人，禀报小格格说："外边来了个人不人、鬼不鬼的妖精，一个劲地往里闯，说要找他们的什么额真丹楚。"丹楚一听很惊奇地说："在这里还会有人不人、鬼不鬼地找我？我出去看看吧！"丹楚刚一迈出脚，正看到胡楞领着两个人进来了，乍一看这两人也看不出是男是女，胡楞见到丹楚连忙跪下，含着眼泪说："我走时也没有和你们打招呼，很过意不去，现在我有媳妇了。"说着就从人群中拽出一个黄头发的女人，个头有五尺七，头发金黄，硬得像钢丝。胡楞说："拜见大哥，这女人就是我媳妇。"一看，这女人穿一身狍皮上衣，鹿皮靴，头戴豹皮帽，帽顶插两根野鸡翎，后边搭着豹尾梢，她也不会行礼，见了丹楚只是乐，丹楚心里明白了，大概是属于傻人之类吧。胡楞介绍说："我媳妇叫凡尔察，十五六岁了。"她的手里拿着两个石锤，和小格格的差不多，稍大一点。又指着一位男的说:"这是凡尔察的哥哥,叫牛古鲁,是山里来的。"

胡楞为什么能够嫁给这位女子呢? 当时胡楞出走时生了一肚子气,心想,我为什么嫁不上媳妇,我哥哥就能嫁媳妇呢? 越想越气,稀里糊涂地就出走了。来到离兴安部落不远的一个兴安沟里,他爱砍树,就噼里啪啦地砍倒一大片树林,正好树底下有一个地窖子,离得远了也看不清洞口,砍大树时无意之中碰到洞口,不料从洞口中钻出了一个女子,就是凡尔察。不容分说,俩人就打起来了,打得难解难分。女的说:"谁叫你砸了我的房子。"胡楞说:"谁叫你把房子盖在树底下?"俩人边说糊涂话边厮打着,正在此时,背着烤肉的牛古鲁回来了,一看房子倒了,还看到妹妹正和一个小子厮打,心想,凡尔察也十五六岁了,应该找女婿了,这个混小子长得和妹妹差不多,挺彪悍的,可真是天生一对,女婚男嫁嘛。于是就上去劝架,凡尔察不听,就说:"非叫他赔房子不可。"牛古鲁说:"他能帮咱们重新盖房子。你听我说,你看这小伙子怎么样?"凡尔察说:"我没有打过他,他也没有打过我。"牛古鲁说:"你能不能娶他做你的女婿?"凡尔察翻了翻眼睛说:"对呀! 我怎么就没想到呢? 行啊。"凡尔察就出来了,问胡楞多大年龄? 胡楞说:"十八岁了。"凡尔察说:"你十八,我十五,我娶你吧!"胡楞说:"正好,我正想要找媳妇呢!"俩人都乐了。牛古鲁说:"你们俩真是粗人,哪有这么找对象的呢?"胡楞高兴地把石斧扔了,凡尔察把石锤也扔了,俩人都站到了一边。这时牛古鲁说:"你们这样就成婚吧,我是凡尔察的哥哥,我为你们做主。"凡尔察说:"对,他是我哥哥,我们赶快向他磕头!"胡楞也不知道怎样磕头,凡尔察教了他,按规矩,妹夫是不能给大舅哥磕头的,但是胡楞也不管那一套了,就磕了几个头,俩人就这样结婚了,俩人都很高兴。

结婚后,胡楞就砍了些木头,把房子盖好,到了第四天,胡楞说:"不行,我得去找我那些哥们儿。"凡尔察这时才想起问胡楞从何方来的,胡楞就把他哥哥找媳妇和丹楚兴大业的事讲了一遍。又说:"我是背着他们出来找媳妇的。"凡尔察问:"他们现在在什么地方呢?"胡楞说:"我也不知道,估计也往这边来了。"这时,牛古鲁才听出他还有一帮子人,于是,就外出打听。几天后,他打听到了八女争王位以及小格格招婿为王的事都探听明白了,回来才告诉了他俩。于是凡尔察夫妻与哥哥商量说:"咱们三人收拾收拾,到兴安部找他们去吧。"这样,三人才找到了丹楚。丹楚听了这一番话后很高兴,决定凡尔察和胡楞一同出发,其他人留在兴安部落,与索尔赫楚共同治理部落大事。

　　兴安部落明的是女人当家，实际上是男人当权了。这时牛古鲁又告诉丹楚说："我有个朋友，如果你能把他找到，对你打天下可有用了，他一人能顶一万人。"丹楚问："是谁？"牛古鲁说："他在虎头岭，是我的结拜兄弟，叫他斯哈。他有刀枪不入的功夫，你砍他几百下就等于给他抓痒痒。他还力大无穷，养了一群虎，谁也对付不了他！"丹楚一听心里无比高兴，有这么一员猛将，就不愁夺不下江山，丹楚也没有打听清楚他斯哈的具体住处，就领着一帮人直奔虎头岭去了。要知情况如何，请听下回分解。

第十五章　虎头岭前收服他斯哈 兴安部落备战大练兵

他斯哈住在什么地方？是什么样的人？说法不一样。有的说，他斯哈只知道母亲，不知道父亲；也有的说，他的母亲和老虎结婚生了他；也有人说，他父亲在山里打猎时，被老虎吃掉了，其母亲武功很高，就准备把吃掉他父亲的老虎抓住，杀死报仇。当抓住老虎时，老虎却流着眼泪求饶，后来他母亲把老虎留在家里，帮助她照料孩子。总之，他斯哈是以老虎为伴的。那时的人们都住在山里，人少野兽多，出生的孩子都带有野性，尤其是虎头岭是老虎成群的地方，每年春天老虎都来这里聚会。他斯哈对老虎的脾气、生活习性都很熟悉，还懂老虎话，他生下来就在山林里转悠。他母亲为了使他能够抵挡住兵刃，每个月都在他身上涂一层松油，一来二去，身上的松油没有一寸厚，也有几分厚了。加上他每天在山上又奔、又跳、又滚、又爬，身上的松油子，经过十几年涂抹，已经成为松油盔甲，再加上一身的力气，手里拿着一把大石锤，不用说石头刀，就是再锋利的兵器也伤不着他。这个人，从来没有见过人是什么样的。

丹楚一听，有这么一位大英雄，心里自然高兴，决定明天一定亲自拜见这位英雄。索尔赫楚说："我也去，因为我也懂老虎语言，这样我能帮助你。"石鲁和牛古鲁一齐说："我们也去。"于是，丹楚决定说："好吧，咱们一起去。"但虎头岭到底在什么地方，谁也不清楚。几个人决定奔有虎的山上去，就向东北方向出发了。有一天，四人来到一座沙子山旁。这沙子山很怪，既像石碴子，又像宽大的台阶，一磴一磴的，每磴之间都有五六丈远，每一磴高出三四丈，就出现一个平坡，每个平坡的宽度都一样。他们在岭底下往上一看，可了不得，每个磴上都蹲着一群老虎，你要进山，那是很不容易的！此时，他们才知道已经到了虎头岭了。眼前的情景不由得使他们胆战心惊，立刻倒退了几步。索尔赫楚说："咱们先不要动，我听听它们说什么吧。"老虎一看有四个人来了，就呼啸着叫了一阵子，索尔赫楚听了听说："够呛，咱们进不去！"他又听到一个老虎问另一只老虎说："下边那四个人是干什么的？"另一只老虎说："不知道！"领头的那只虎："不知道咱们就把他们吃了！"索尔赫楚听了这一番话后，就告诉了丹楚，丹楚是又信又不信，因为他从来没有听说过老虎能说话，于是，丹楚决定说："咱们还是往前冲冲吧。"索尔赫楚几次阻止，也挡不住他们，只好领着三个人进了山。

老虎一看，就呼啦一下都跳了下来，共有四十多只老虎前后左右把他们围个水泄不通，他们不会轻功跳跃，要是格浑来了就好了，但她没有来。他们打跑了一群，又来了一群，结果丹楚左腿受了伤，差一点断了骨头，已经不能走路了。石鲁也受了伤，只剩下两个人了，也不能再攻打了。索尔赫楚就发出一种虎鸣的声音，意思是告诉它们我们败了，我们要走了。老虎一听，也很讲义气，既然你们被打败了，我们就不吃你们了，如果你们再不走，我们还是要吃你们的。索尔赫楚和牛古鲁就背着丹楚和石鲁顺原路回到了兴安部落。

大家见丹楚他们回来了，纷纷出迎，第一次进山就这样失败了。凡尔察看他们受伤了，便说："不要紧，我能给你们疗伤。"这时，大家才知道凡尔察还会治疗外伤。牛古鲁就把妹妹学会治疗外伤的事说了一遍。凡尔察看了下他们的伤口说："老虎咬的，没关系，我给你们治。"色楞和胡楞看了不服气说："它们能用老虎阻挡咱们，咱们不会带着熊群跟它们对抗？"色楞说："不行呀，咱们的熊没有来呀。"事有巧合，这时就听到外边呼噜呼噜的声音，一看从南边跑来了一大群黑熊瞎子，领头的那只足有一千斤重！这时色楞、胡楞可高兴了，说："咱们的救兵来了。"哥儿俩出去一呼唤，这帮黑熊瞎子高兴地用前爪扒啦他们的主人，有的还用嘴去亲胡楞的脸，胡楞见了它们都要掉泪了。这些日子你们咋撵上来的，这下可好了，明天你们就跟着我去跟老虎打仗！黑熊瞎子一听与老虎打仗，就更高兴了。色楞对石鲁说："好啦！明天我领着它们去跟老虎干仗去！"第二天就把这群熊喂得饱饱的，准备战斗。

准备好后，色楞和胡楞俩人带着一群熊进山了。自古以来，熊见了老虎，是非打不可，见面后就交了手，打得难解难分，开始谁也不敢咬伤谁，非得把对方打趴下，才能吃掉对方，没有打趴下，是不能吃掉的。打了半天，虎群一看打不过熊，就退到后边去了，叫唤了一阵子，蹲在那儿瞅着黑熊瞎子。黑熊瞎子一看气坏了，就像色楞和胡楞那样开始打场子砍树，胡楞比色楞聪明点儿，色楞也像黑熊瞎子一样，砍树打场子。

胡楞就招呼色楞回来，说："你别学黑熊瞎子那样笨了！你不记得丹楚告诉咱们的话了吗？丹楚叫咱们不再用那种笨招了，这样只会消耗体力，你快告诉那帮黑熊瞎子，叫它们不要打场子了，那是干傻事！"于是，色楞就招呼这帮熊回来了。老虎一看，这帮熊学精了，不打场子啦！那咱们就干！这一次干，可与上次不一样，老虎一下子就蹿到石砬子上了，黑熊瞎子呢？不会蹿，嗥嗥地在底下叫，想上去，笨的又上不去，老虎从石砬子上往下一跳，一砸就把黑熊瞎子砸了一个跟头。色楞觉得这样也打不败老虎，不如先回去，问问大家还有什么办法。哥儿俩领着黑熊瞎子，回到了兴安部。

回来后对大家说了打仗的情况，丹楚趴在炕上说："这好办，我告诉你，从部落内挑四五十人去砍柞木尖去，然后悄悄地把这些柞木尖插在石砬子底下，老虎一跳，不死也得伤，黑熊瞎子不就打胜了吗？"哥儿俩一听这办法好，就连夜叫人砍了些柞木桩，都削成尖的，每只熊驮着十几根，共有百十根柞木尖桩，奔向虎头山了。到了山前一看，老虎都在那儿蹲着呢，但它们不下来，害怕打不过，在台阶上等熊上来后，一齐压向黑熊瞎子。色楞和胡楞趁老虎还没下来这个时候，就将柞木桩埋伏好了，然后就躲在一边去了。黑熊瞎子不知主人搞的什么名堂，觉得奇怪，认为这玩艺碍事，就用前掌一个一个地往外拔尖桩，色楞和胡楞着急了，不准它们拔，黑熊瞎子一看主人不准拔就生了气，心想，本来这些树就很碍事的，你再栽上这些桩子我怎么跟老虎干仗？老虎一看黑熊瞎子正生气，正是时候，就呼地往下跳，这次可糟了，有五六只老虎受了伤，一个个刺得直叫，就告诉上边的老虎，不要再往下跳了，下边有暗尖桩子，从此上边的老虎再也不敢跳了。

这时色楞和胡楞就往前追了一个山口，抬头一看，大树上挂着一个青石牌子，用石头一碰，这牌子嗡嗡直响。心想，这玩意挺好的。也不知道怎么回事，把牌子摘下来了，认为已经把老虎群打败了，拿着牌子带着熊群回来了。半道上碰见一位老头，老头对熊一点儿也没有怕的意思，就问色楞说："你们是不是丹楚手下的战将？你们想进虎头岭吗？"色楞、胡楞瞪着眼睛说："你怎么知道的？"老头讲："甭瞪眼睛，我问你们手拿的青石牌有何用呢？你们知道吗？告诉你们，在一个月前，万路妈妈来，她从山里出来时，拿了这块石牌叫我挂在树上，并说，看到拿石牌在手里的人，就告诉他们，走一步敲三下，走一步敲三下，保管老虎不会吃他们了，就能找到他斯哈了。"哥儿俩一听，也不太清楚，但是回来以后，照老头说的话对丹楚说了一遍。丹楚心想，这一定是老妈妈为他们收大将指引道路。这时丹楚等人的伤口也好了。

　　第二天，丹楚就拿着青石牌带着他们出发了，照着老头说的话，进山就走一步敲三下，走一步敲三下，来到了虎头岭。这时老虎听到青石牌的声音，连动都不敢动了，只蹲在那儿瞅着，这样他们就平平安安地来到了山里石洞前。他们在洞口也敲了三下，不久出来一位小伙子，老远就闻到一股松油子味，他就是他斯哈。他斯哈一看来人拿着青石牌，马上跪下说："万路妈妈叫我等着你，你们可来了，我跟你们走，你们让我干什么，我就干什么。"丹楚心想：我的老妈妈，您真是为我们费尽了心血，又为我物色了一位能干的大将！原来是万路妈妈路过此地，看到这里的虎群不像野虎，行动都有规矩，不乱跑，知道这里边必有驯虎人，就进入石洞。他斯哈一看有位老太太进来了，对她特别敬重，就像见到了自己的额娘一样，说："额娘，你快进屋吧。"万路妈妈一看这小伙子很憨厚，就答应说："我看你一人在这里也没有什么出息，不如跟我孙子一块闯天下，你们都是栋梁之材！你有这么大能耐，蹲在这里太屈才了吧？"他斯哈说："我去哪儿找他呢？"老太太说："不要急，他会来找你的，我给你留下一块青石牌，你告诉你那些老虎，听到敲三下青石牌的人，进来不要伤害他们，拿青石牌的人就是你的哥哥。"万路妈妈又交给他斯哈一副绝招武器，两只大石杵。这石杵有三尺多粗，一头粗一头细，手拿着一头细的，这石杵一般人是拿不起来的，又教了他十几天的使用方法。他斯哈甭别看人粗性憨，但心很细，很聪明，一下都学会了，使起来得心应手。老太太一看放心了，说："我该走了。"就这样他斯哈今天才等到了丹楚，并行了拜见礼。丹楚见了他斯哈也非常高兴。

　　此时，丹楚已收了十几位精明强悍的大将，于是他们便披星戴月，浩浩荡荡地奔向兴安部，准备攻打东海窝集部。要知情况如何，请听下回分解。

第十六章　帝乌豪出师东大海 他斯哈率虎立头功

自从收了他斯哈之后，战将一天比一天多了，真是兵多将广。他们在兴安部落集中之后，丹楚心想，应该找一个正式的训练基地，在兴安部地盘小，也不方便，究竟应该在什么地方建根据地呢？于是，他们商量，小格格色布登提议说："有一个地方，在东北四十里处有个兴安哈达，这地方是易守难攻，三面环山，中间是平原，东西宽二十多里，南北长四十多里，我看在那个地方操练最好。"大家说："好吧。"色布登和丹楚合计说："应该把咱们的各路兵马都调到这个地方，等兵马来了再建新房子也不迟。"于是，丹楚决定让人们各回原部落，把人马都集合到兴安部来。于是大家行动起来了。

不到一个月工夫，人马都带来了。石鲁带着他那些山贼也来了，还有他的结拜兄弟胡鲁。人马到齐后，清点了一下，共六百多人。这地方是荒草之地，这下来了六百多人，大家都很高兴，把人分成两部分，一部分从事打猎提供食物，另一部分着手盖房。那时候房子也好盖，往地下挖三尺深，再盖上一个顶，留个窗口，留个门，新房就算盖好了。不到两个月一切都安排就绪了。丹楚与格浑商量说："咱们想攻打东海部，还得去中原找军师，什么时候能找到呢？"格浑说："我在这里驻兵训练，你领一两个人就去找军师吧。"丹楚这时急了，说："哥哥还在坟里，要报仇雪恨。现在应该整顿兵马，进攻东海部，夺取王位，救出我哥哥先楚。我的哥哥在坟里已经一年多了，是死是活也不知道！"格浑极力劝说，丹楚还是不同意，甚至到了闹僵的地步，说："愿意跟我的就去，不愿意的就留下。"格浑一看劝不住，说："怎么去打呀？就这样前呼后拥的，说上就一起拥上，说败就一窝蜂地往下退，也没有个队形，你不是在老女王那儿组织过队伍吗？老女王也不是那么容易打败的。"丹楚一听说："对！"两人马上把战将召集过来，丹楚把攻打东海部的打算说了一遍，大家听了都摩拳擦掌地赞成，想一下子夺取王位，并有人急切地追问什么时候出发？丹楚说："咱们是四面八方来的，得经过训练，那时才能整队出发。"大家一听也对。

第二天，丹楚找了几个人，在广场上做了个高台子，四周插上豹皮旗，把全部人马都召集到这里。这些人确实没有任何训练，大家嬉皮笑脸，你争我斗，你前啦，我后啦，整个广场争吵不休。这时丹楚在台上发话了，说："咱们这帮人从前都是奴隶，有的是兽奴，从不见天地的人，过着惨不忍睹的生活，今天我们聚集到这里，就是要向东海部兴师问罪，推翻老女王，我们来坐天下。"大家一听齐声叫好。丹楚接着说："既然大家都有这个心愿，就要努力，现在必须编成几路大军，每人都必须听从各路头领的指挥，叫大家进，就勇敢前进，叫大家退，大家就毫不犹豫地后退。每路大军再分成几个甲喇，每个甲喇有两个兵拿着熊头旗，两个兵拿着豹尾旗，凡是熊头旗举起来，你们就拼死冲上去，如果是豹尾旗举起来，你们就随着豹尾旗走，它到哪儿你们就跟到哪儿。"说完了，丹楚就公布了队伍编制，共编了四个甲喇，第一甲喇由佛勒恒和石鲁率领，一百五十人；第二甲喇由他斯哈和牛古鲁率领，一百五十人；第三甲喇由凡尔察和胡楞率领，一百五十个人；第四甲喇由色楞和色勒安楚率领，一百五十人。四个甲喇共有六百人，再加上丹楚和格浑等兴安部的五六十人，是保护丹楚的。这样，队伍就编制好了。

丹楚把四个甲喇头领召集到跟前，告诉他们应该怎么领队，怎么带兵打仗，什么情况下应该举熊头旗，什么情况下应该举豹尾旗，你们要看我们总部信号，我们举熊头旗，你们也举熊头旗，我们举豹尾旗，你们也举豹尾旗，丹楚都一一讲清楚了。老实说这支队伍没有经过训练，也站不好队，听不好口令，训练了很多日子，总算不错了。甲喇头领的领导技术和兵马战斗气势都有很大提高。然后是准备兵器，丹楚就组织人力到兴安哈达北部，打制石头兵器，大家磨的磨，凿的凿，很快就准备好了兵器。

什么时候出发进攻东海部呢？那时候，是两只牛蹄子，往天上一扔，如果出现牛蹄子尖对着牛蹄子尖时，就认为是出兵的好日子。丹楚他们天天扔牛蹄子，等待出现尖对尖的时候。有一天突然出现了尖对尖，大家高兴极了，于是，这六百大军浩浩荡荡地出发了，直杀向东海老女王的王府所在地。

队伍走到东海部的第一道关卡是呼尔哈城，也是呼尔哈部。丹楚他们在城外扎下营。这个呼尔哈城内的头领是位女将，长得身大力粗，想接近她是不容易的，她领的兵精明强悍，手下仅有一百多人，这时一下来了六百人的队伍，当然人数上是抵不过的，力量也难以对付，所以女城主对城外的丹楚大声说："你们不要靠人数多，想来欺负我们，有能耐的，咱们一对一地打，你们谁要打败我，就算你们有本事。"那时候打仗比现在人讲义气，是事先按规定好的规矩来打，双方同意，才能开仗。丹楚允许了，回来对部下人讲："你们谁敢出去应战？"他斯哈性子急，就说："我去，我一人领着十几只老虎，定能杀他个片甲不留！"丹楚说："你去吧。"于是他斯哈抢着两个大石杵，瞪着两只牛眼睛，带了十几只老虎就杀了上去。对方有使石刀的，也有使石斧的，叮当咣啷地在他身上乱砍了起来，但怎么也砍不动他，他斯哈一点伤也没有。这时，他抓紧机会，抢起石杵就像旋风似的打了起来，打得对方丢盔解甲，鬼哭狼嚎地跑回城内。

他斯哈领着老虎高高兴兴地回来了，说："我还以为他们有多厉害呢，原来这么不经打。照这样，你们这六百人都用不上了，我一个人加上十几只老虎就妥了，就可以打败老女王了。"丹楚心想：你哪里知道啊，这仅仅是边关一战，真正的苦战，还在后头呢！不管怎么说，他斯哈是胜利而归，大家都很高兴，晚上点起火把，拿出来后方准备的酒，又烤了些肉，大家喝酒吃肉庆贺一番。

第二天，呼尔哈的城主投降了丹楚。古时打仗与今不同：只要敌方投降，就归胜方管辖了，所以不一定进城占领，全由双方协商而定。丹楚他们订好协定后，又来到乌苏城，也是乌苏部，并驻扎下来。突然，有一小兵来报说："东海女王率领大军直奔我们杀来了。"丹楚一听说："好吧！赶紧准备应战。"丹楚与女王的战斗如何，且听下回分解。

第十七章 | 爱坤王挂帅亲征
乌苏城丹楚被擒

驻守乌苏城的女王用大木头把路堵住了，丹楚他们进不了城。这时爱坤女王怕丢掉城池，急忙从东海王府赶来，亲自领兵参战。她共领两千大军，与乌苏城女王共同作战。其中有奴隶兵、女兵各二百人，又带了十八位老太太和十八位萨满，军营中的一切调动和指挥都听从老太太、萨满和女王的。同时不管是行军和打仗，都有萨满祈祷天神保佑，而且每天还为各营寨里的安全祈祷祝福。军营中，还有二百多人叫死军。死军是只许胜利而归，不许战败，也就是在战场上不战死，活着回来也要被东海女王杀死；还有二百多名使用火攻的队伍，叫火军，就是用火把松油子点着，用弓箭射向对方，射到什么地方，就是一片火海；还有二百多名弓箭手，专门习武弓箭。这时，丹楚的弓箭手还没有训练好，那时的弓箭手没有一年半载是训练不出来的，而女王是经营了多少辈子的弓箭手了。这样看来，丹楚与女王的军事力量相差甚远。

两家队伍见阵之后，爱坤女王亲自由十八位老太太和十八位萨满保护着。女王说："叫你们的丹楚出来答话！"丹楚在没见到女王还能沉住气，一旦见到女王就感到心里发慌，也没有办法，只好硬着头皮领着格浑出来了。他们见到女王立即下马向女王深深请了安，女王大声说："好你个叛逆！你应该老老实实随你妻子殉葬，不曾想，你私自逃出来，又造反了！看，你才有几个人，我有多少人，今天非抓活的，拿你回去殉葬！"丹楚冷笑了一下说："今天我和你进行一次你死我活的决战！你把我们哥儿俩压制地无法生活，叫我们殉葬，你手下的哪一个男人有好下场呢？我带的这帮人除了兽奴就是阿哈，你欠他们的血债，今天向你讨还。你若是知道有罪，赶快投降，如果你执迷不悟，我就不客气了。"还没有说完双方就噼里啪啦地打了起来。这一仗是六百人对一千人，尽管他斯哈有一群老虎，还是抵不过一千人的力量。正在这时，对方突然射过来了像雨点似的火箭，那老虎还有什么用呢？尤其是老虎一见火，跑得更远更快，所以这一仗是一败涂地。六百人一退就是二十里，女王一看退了，这边也只好收兵。

这时，爱坤女王和丈夫气得牙根都咬酸啦，女王向大家宣告说："明天再打仗时，无论如何不能伤害丹楚和格浑，我要抓活的，谁要是把他们打死了，不要怪我不客气！"第二天又开始厮打起来。丹楚由于第一天吃了败仗，第二天士气更不高！不用说老虎不听使唤，人马也胆战心惊，这一仗更是全军溃败，谁也顾不了谁，各自奔命去了。只剩下丹楚和格浑带了十几个人钻进窝集里，女王的追兵也紧紧追赶，把他们围得水泄不通。丹楚对格浑说："你快跑吧，都怪我没有听万路妈妈的话，没有准备好，没有找到军师就出兵，结果是打败了，我哥哥也没有找到，看来我的命危在旦夕。我是死不了的，因为殉葬的人，被认为是死人了，任何时候谁也不准杀害，仍然是活着把他装在殉葬笼中。"所以丹楚幸亏是殉葬者，否则这次是非被杀不可。丹楚又说："格浑你不行，必须赶快逃跑，回到兴安部落，重新整顿兵马，有多少兵就训练多少兵，有机会能救我，就来救我出去，如果不能救我，你依靠石鲁完成大业。"夫妻俩眼巴巴就要分手了，而且是凶多吉少，那个难受劲就可想而知了。格浑不得已离开丹楚往外走，走一步回头看一看，丹楚追上去说："不能再留恋了，赶快向外冲。"格浑听了丹楚的话，说："好吧，希望你保重身体，咱们后会有期！我一定会重整兵马来救你。"丹楚说："咱们一定要有信心，一定能够胜利。"这样格浑自己就冲出去了。丹楚由色楞、他斯哈和石鲁、胡鲁保护着，一共带了十几个人，往西北角杀了去。

西北角正好是女王的兄弟把守，他带领的是精锐兵马，他斯哈一看说："你们放心吧，我来打头阵，反正他们打我几下，我也不在乎。"于是，抢起一对石杵在前面开路，谁碰到它都甭想活，脑袋非得开花。他在前边打一阵子，丹楚、石鲁就跟着向前跑一阵子，眼看就要冲出去了，又看到对面山上出现了二百多火箭军守在那里。丹楚一看不好，告诉大家往回跑，不能硬拼！于是又返了回去，其他三边守军听说丹楚从西北角要冲出去，其他三边的军马都集中到这边来了，围成第二个包围圈，这时尽管他斯哈力大无比，但毕竟是人，抢着一对石杵，打了这么长时间，确实也累了，石杵也不听使唤。围军是里外三层包围着，丹楚仰天长叹："万路妈妈，是我没有听你的话，才有今天的惨败！我没有脸再见您啦！"说着拔出黑石刀就要自刎。石鲁赶紧上前夺刀说："你不能自杀，你是殉葬人，谁也杀不了你，为什么要自寻短见呢。"正说着四面八方的兵马都冲过来了，其中正北方向，有一帮人正与围兵厮打，冲在前面的是胡楞，这胡楞可急红了两眼，他冲进来一看，丹楚在里边，高兴得不得了，背起丹楚就跑，其他人也跟上来了，他们看着丹楚被胡楞背着跑了，主要的围兵都向胡楞等人这方面冲来。丹楚他们想杀出条血路冲出去，可是他们没有成功，又被围兵冲散了。此时，就剩下胡鲁和丹楚在一起了，他们左跑有堵兵，右跑也有堵兵，胡鲁急眼了，把丹楚放下，砍倒了三四棵大树，扯起大树干就抡起来了。这一抡还真顶用，摔倒一大片，摔来摔去他也没有劲了，打了快一天了，气喘吁吁，丹楚叫胡鲁赶快逃跑，胡鲁说："不！你不走我就不走。"这时敌人的兵马在正东方向留了一个出口，丹楚正纳闷，胡鲁一看可乐了，拉着丹楚就往外冲，哪知冲了没有五十步远，两人扑通一下掉进陷阱了。就这样丹楚和胡鲁被敌人擒拿了。到底情况如何，且听下回分解。

第十八章 囚丹楚重举大丧 猛石鲁力救新王

那时候凡是抓回逃跑的殉葬人，还得举行第二次大丧，这些围兵的目的只是抓回丹楚，别的也不管了，就把胡鲁放在地窖子里，把丹楚五花大绑，带到了东海部。一些战将恨得咬牙切齿，非要杀了丹楚不可。东海女王说："这不行，咱们有祖传制度，殉葬的人等于死了，不能再杀他。这次咱们要加强防备，还要他殉葬！把他扔在另一个地窖子里，派一百多人轮流值班看守。"然后女王就派了六个女萨满，穿上神衣，系上腰铃，戴上鹿角神帽，到姑娘坟前把三个鹿头摆起来，跳神进行丧祭。萨满跪在坟前磕了几个头，点起了火把，敲起了皮鼓，在东南方向和西南方向生起了两堆火，五六把石头镐动手开坟，把二公主旁边原为丹楚殉葬之坟的石头棺材。重新挖出来，再把二格格的棺材从坟墓中挖出，同丹楚的棺材放在一起，运回王宫内。把石棺停好后，再把丹楚拉出来，叫他里里外外地换了一身新鹿皮衣裳，用一个半蹲式的木头笼子把丹楚装了进去，四周上下又放了带刺的树枝，使得丹楚在里边不能活动，真像上供人似的。把囚丹楚的笼子摆到石棺旁边，选择吉日，把各个部落的头目都召到一起，一方面为姑娘再次举行大丧，另一方面再次让丹楚殉葬，以示军威。各部落人都拿着吊礼，有牲口头、鹿头、猪头、牛头、豹头围着石棺摆了一圈，成为一座兽头山。

这种大丧连续举行了三天，那边重新修的新坟也修好了，这回的坟墓完全是用石条做成的，女王含着眼泪对死去的二格格说："格格，我替你报仇了，抓回了你的丈夫，叫他与你共同生活在一起，希望你好加管教，不许他再胡作非为。"然后就把丹楚放进了坟墓，也用大石条压住，只留了个洞。丹楚在坟墓中看天是黑洞洞的，看地是黑洞洞的，坟外只有一个送饭的小伙子陪伴着。丹楚知道他的大哥就在近处不远，究竟他现在怎么样了，还不知道，心里头像百爪挠心，难受得不得了，回想起这一年来，好不容易组织起来的六百人大军，今天却一败涂地，都怪自己没有听万路妈妈的话，没有走一万里路，只走了一半就忘乎所以，落到今天这地步，心里悔恨万分。又想到逃出去的人马现在何处呢？我还能不能见到他们呢？越想越觉得犯傻，我在墓中怎么能再见到他们呢？第一次殉葬时，坟墓是用土堆起来的，现在完全用石条筑起，唉，我逃不出去了，他们想进也进不来呀！

丹楚心里难受，暂先不说。再说格浑直奔东北方向逃去，途中遇到了石鲁和他斯哈，但一会儿又被追兵冲散了。格浑不分白天黑夜，一口气逃出了东海疆界。那时候人们交战只要越出界线，就不再追杀了。格浑回到兴安部一看没有什么人了，只剩下浑楚、索尔赫楚和小格格色布登手下的一些人，大家心里都很难受。格浑问索尔赫楚说："你看怎么办？我现在是一点头绪都没有了。"索尔赫楚笑了笑说："你要是这样的话，那丹楚就更没救了，兴大业成大事也就无望了。"格浑说："我现在心里乱糟糟的，怎么办呢？"索尔赫楚说："好办，咱们第一步是想法救丹楚出来；第二步是招兵买马，重新发兵夺王位。"格浑说："人家那么多兵，咱们怎能打败他们呢？"索尔赫楚说："你想用兵，甭说用一百兵，就是用一千兵也不行，我们是在明里攻，人家是在暗里守，哪能打过人家？依我看，咱们就去两三个人专门去救丹楚。"格浑说："这简直是笑话，一千人都不行，怎么去两三个人反而能救人呢？"索尔赫楚说："你不知道，我们现在只能用智慧救丹楚，明火执仗强夺那是不行的。我估计这次丹楚殉葬的不是土坟，肯定是用石条砌成。正好我们部落内有四个人，他们会使更锋利的黑金凿凿石头，别人凿石用几天，他们一天就能凿完，这四个人咱们得用上。"格浑说："行！这四个人怎么能到坟边呢？"索尔赫楚说："我已经想好了，你和我，再加上浑楚咱们三人，再带着这四个人去救丹楚，到底如何救我自有办法。"于是他就把四人找了来。格浑很仔细，当场就让这四个工匠凿石头看看，这四人就拿出一尺多长，胳膊粗的又黑又亮的黑金凿子，在花岗石上一凿，石粉立刻就飞起来了。一会儿把一块大石头一凿一个洞，或者是一凿两半。格浑一看说："真好啊！为什么不早说呢？咱们正需要这种人呢！那咱们就快去吧！"这样索尔赫楚、格浑和浑楚领着四人就上路了。为什么要带浑楚呢？因为这个人有点邪门，他与他斯哈有相同之处，全身是松油盔甲，刀枪不入，所以他在前面打头开路。

格浑他们是从北边过来的，离坟五六里地就有头道岗把守了，想进去人很难。浑楚说："你们在外边等等，我先去看看。"他就一个人晃晃荡荡地往前闯，前面守卫就问："是谁！干什么的？"浑楚说："他妈的，你连我都不认识了，我是浑楚！"对方说："我们不知道什么浑楚不浑楚。"浑楚又说："我就是丹楚的兄弟，我来救丹楚了。"对方一看是个傻子，说："好吧，你就进来吧。"他进来时，守卫就想用绳套子套他，哪能套得住他，刚套上就被他挣开了，再套又被他挣开了。这时浑楚也觉得不对头，心想，我为什么把救丹楚的事，告诉给他们呢！还说我是丹楚的兄弟，这不好，我也得撒点谎，他就大声叫道："你们真是混蛋，你们想一想丹楚哪有什么兄弟？我能是他兄弟吗？"大家一听也对呀，丹楚哪有什么兄弟，就问："那你到底是干什么的？"他说："我告诉你们吧，我是奉女王之命来办要事的，回去要向女王禀报。"对方问："有什么证据呢？"浑楚说着摸出了青石牌来，说："你们看，有此为证。"对方也不明白，心想反正只有你一人，料你也不敢怎的，就让他进来了。

再说蹲在树林里的格浑等人，半天不见浑楚回来，心里就急了。天也黑了，格浑等人没有见到浑楚，就进去了。索尔赫楚会百鸟百兽之语，他就在离看守人群不远处，学起虎吼狼叫，五十多个守卫一听这么多狼嚎虎叫，还听到周围的草也稀里哗啦地乱动，都吓得龟缩进地窖子里，谁也不敢出来。这时索尔赫楚对格浑说："咱们走吧，你不是走得快吗！你拉着我走。"格浑说："不用，我背着你走。"格浑背着索尔赫楚，领着四个凿手就窜了进去，又说："咱们进去把他们都杀死，一个不留！"索尔赫楚说："你说什么？都杀死可不行，看样子他们也就四五十个人，留几个我还有用处呢。"在走的过程中，索尔赫楚学着狼嚎虎叫，那些人在里边越听越害怕。格浑他们刚来到第一道岗哨门前，就听到北边有人喊："什么人，竟敢来此地？今天老爷来了。"格浑一看从北边黑乎乎的地方来了一小子，仔细一看原来是石鲁，可高兴了。就问他："你怎么来了。"石鲁说："打了败仗我就跑了，后来越想越不对，丹楚在里头，反正我也豁出去了，我非得救他出来！你们干什么来了？"格浑说："我们也是救丹楚的，那好，咱们一块进去救丹楚！不过里边还有五十多个人把守着呢！"石鲁一听有五十多人看管丹楚，气得眼都红了，抢起石斧就要砍进去。格浑劝说："要留下十几个人。"石鲁说："行！"不到一袋烟工夫，就稀里哗啦像切菜一样，砍得只剩下十几人了，活着的人就说："哎呀，好汉爷饶命啊！你们是哪里的，有何贵干尽管说。"索尔赫楚说："我们是丹楚的人，你们不要以为抓住了丹楚就得意忘形，我们的大队人马，还在后边呢？我们大队人马有两三千人，另外还有很多恩都力帮助我们作战，这恩都力能蹿房越脊，指谁谁死，那都是神仙，你们敢惹吗？我们大军就要到了，你们想一想，你们也是奴隶，我们也是奴隶，我们是为了推翻老女王王朝，建立新的江山，到时候你们的日子不是也好了吗？你们每人都可以娶妻成家了。"这一番话还真把十几位看守说动了心，问："你们真有那么多兵？"索尔赫楚说："真的，马上就到了！赶快把丹楚放出来！"这些人心眼实在，一听说是有神仙帮助，信服得五体投地，所以这十几个人带着石鲁、索尔赫楚和格浑再加上四位凿石手，就往里边去了。

走到第二道岗哨，也有重兵把守着，三十多人一个岗哨，每个岗哨相隔半里路。第二岗哨的人听见有动静，就问："你们是干什么的？"这十几个人说："我们是来换岗的！另外贝勒叫你们回去有要事吩咐。"到了跟前，对方一看果然是自己人，也就不细问了。他们就大胆地再往里摸去。摸来摸去就到了坟跟前，这里守坟的兵就更少了，因为前边已经设两道重兵把守，所以第三道岗哨多是些亲兵。那时的兵分为两种，一是女王的亲兵，都穿豹皮坎肩，谁也不敢惹他们，谁也不敢过问亲兵的事；另一种穿的比较杂，有的穿狍皮坎肩，有的穿狼皮坎肩，但绝对不能穿豹皮坎肩，那是亲兵的专用服装。因此，格浑、索尔赫楚和色楞对这十几个人讲："这回你们再说是换岗，人家就不信了，从穿戴上就不可信。"那十个人问："那该怎么办呢？"索尔赫楚讲："你们不必担心，咱们上去全部卡死他们，一人也不留，不要出声。"这帮人一听，就这么几个人，再多些人我们也能把他们全部卡死！格浑对索尔赫楚说："你动作笨，不可能不出声，你坐下，我会轻功，我一人收拾他们。"马上，她把袖子一挽，噌噌就蹿了上去，那坟前十几个守卫，一来没有任何防备，二来也不曾想到前两道岗会出事，所以还都懒洋洋地走来走去，眨眼工夫这十几人就被格浑全收拾完了。

之后，索尔赫楚叫那十几个兵士，换上豹皮坎肩装着巡逻放哨，这十几人乐着说："这样我们就安安全全地把坟盗出来了。"四位石匠不一会儿，动手把坟凿开一个大洞，格浑就呼叫丹楚的名字，丹楚在里边一听是格浑的声音，心里真像是打开一扇窗户，一纵身就爬出来了，两人抱头痛哭。丹楚说："没曾想到你又把我救出来了！"格浑说："现在还不是说话的时候，你知道人哥在什么地方？"丹楚说："人哥在那边。"格浑说："那好，咱们现在赶快打开第二个坟！"四位石匠就窜到第二座坟前，第二座坟本来就没有第一座坟那么结实，是半截土半截石成的，很容易打开一个大洞，丹楚把着洞口猛喊："大哥！"里边没回音，又喊："先楚！"里边还是没有回音。丹楚心里一阵心酸，我哥哥是不是死了？不管是死是活，就是死了也要把尸体背出来！丹楚就钻进去，一摸先楚还有气，这时格浑也进来了，两人把先楚抬出来，一看先楚骨瘦如柴，不像人样，只听先楚有气无力地，用低微的声音说着："饭、饭……"他们才知道这是饿的。丹楚流着眼泪守着哥哥发愣，格浑说："这是什么地方，咱们得赶快走，不能久留。"于是就招呼那十个穿着豹皮坎肩的士兵和四个石匠抬着先楚往外走，一路上没有什么阻拦。即使是有过问的，说是抬人去治病，也就畅通无阻了，这样，他们很顺利地就回到了兴安部落。

先楚被安排到一间空屋，由丹楚天天喂水喂饭，精心料理，几天工夫，先楚就能坐起来了，也能出去走动走动。丹楚一看哥哥终于缓过来了，这才把过去发生的一切，对先楚从头到尾讲了一遍。先楚说："咱们万路妈妈给咱们指明了道路，咱们没有按她老人家的指示办，才出了这么些差错。多亏兄弟你们，救我出来。"先楚又想起了那三个姐妹更是难受。正在这时，外边跑进来两个人，是浑楚和胡鲁，大家一愣，说："你们怎么回来了，以为你们俩已经死了，是怎么回来的呢？"浑楚说："我进坟地时，就让守坟人给挡住了，我原想一人去救，没曾想反倒被他们抓住了。他们把我塞到地窖子里，黑咕隆咚地我就摸，摸来摸去，摸到一个人，这人不耐烦地问我为什么摸他，我一听这不是胡鲁吗？"说到这里，浑楚迫不及待地说："我饿了，我要吃饭，以后咱们再说吧！"具体情况如何，且听下回分解。

第十九章　隐仙山上拜军师
　　　　　　苦读军书再出征

　　原来浑楚进坟地之后，他还以为格浑等人跟上来了，回头一看没有人了，他真来气了，一气之下他就想一人去救丹楚。他哪知道，这石坟哪是他能破的呀，他就愣往里闯，结果让人家用套马索绳给活捉了，被送到东海女王面前，女王一看，说："又来了一条好汉，不要杀死他，这人像野兽似的，把他驯好了，给咱们当大将用。"就这样浑楚也被关进了地窖子里，于是浑楚与胡鲁在牢中见面了。胡鲁还说："这下好，我一人待着怪寂寞的，你来了咱俩就有伴了。"实际浑楚还比胡鲁明白点，说："还做什么伴，咱们马上就会被人家杀头了。"胡鲁说："他敢！他杀我的头？我先要杀他们的头。"浑楚看胡鲁还在说梦话，就说："这么办吧，你听我的，我说怎么干，就怎么干。"胡鲁说："行！就这样吧。"

　　第二天，他们俩被五花大绑送到女王处，大家认为他们是野人，老女王问："你们都想好没有？能不能投降我们？"胡鲁瞅着浑楚看他怎么说，浑楚说："降！"老女王一听很高兴，当时就给他们换上黄豹皮马褂，并给他们封了官，住进铺着熊皮的地窖子，还有两个阿哈侍候着。胡鲁说："咱俩真投降呀？"浑楚说："你不要着急，我自有办法。"过了半个月，浑楚真领着胡鲁到各个练兵场转悠了一阵，并经常在女王面前出现。女王也很高兴，说："你们既然投降了我，你们就好好干，我不会亏待你们的。"俩人说："嗯呐！希望老女王多多提拔。"老女王一听这两位野人还真驯服过来了，高兴地把手下的头头们招来，把他俩介绍了一番，夸奖他们是大将，又问他俩叫什么名字，浑楚说："我叫浑楚。"老女王说："行，浑楚也行。"又问胡鲁叫什么名字，胡鲁想到浑楚告诉他的，我说啥你就说啥，也就不假思索地说："我叫浑楚。"老女王乐了，说："怎么你俩都叫浑楚？"胡鲁说："不是。他说了，他说啥我也说啥。"浑楚赶紧解释说："是这样的，他不会说话，怕他得罪老女王，我就告诉他跟我学着点，免得老女王生气。"老女王听了觉得好笑，真是呆子，也就算了。

过了两天，浑楚对老女王说："我俩在这里实在太闷了，你能不能叫我们带几个人去森林打猎？"老女王说："行！给你派一百人去！"浑楚说："用不了那么多，我们要十几个人就行了。"老女王说："也行。"于是就派了十几个小伙子，每人配备了弓箭、马匹就出发了。到了树林里，他们打什么猎呀，他们是打人，在路上浑楚就向胡鲁交代，说："到了树林你照着我行事，我举斧子，你也举斧子，我砍人，你也砍人。"到树林后，他俩三下五除二，把十几个小伙子杀了个精光，然后就往兴安部跑。

大家一听他们的经历，挺高兴，这回不但没有损失人马，还把丹楚、先楚都救出来了。丹楚说："大哥，这些人马都归你指挥了。"先楚说："那怎么行？我一直待在坟里，对于外界情况一点也不懂。"丹楚说："大哥，我没有按万路妈妈吩咐去做，她让我走万里路，我才走了五千里，还没有找到中原军师，就发兵攻打东海部了，所以才惨遭失败。我还得去寻求良将英才和军师，你和格浑留下。"丹楚又告诉胡鲁、索尔赫楚和他斯哈等人："赶快外出寻找失散的兄弟，让他们都到兴安部来集合，谁也不要再走开，我一年半载就会回来的。"随后丹楚带着石鲁、浑楚共三人，收拾一下，第二次从兴安部，骑马向西南方向走去。

丹楚他们越往南走，气候越变暖，人的样子、生活习惯与他们差别也越大，都穿布衣服，没有穿皮衣服的。一直走进一个屯子里，屯里人一看来了三个山里人，都不敢接近。丹楚三人还懂点礼节，说："我们是北边来的，我们要到中原一带，寻找山中一位隐士先师。"丹楚这样说后，人家勉强招待了他们。这样，丹楚三人边走边学习一些当地人的生产、生活知识。一路上丹楚见了人便问："你们是不是尼堪人？"对方说："什么是尼堪人？"丹楚说："我们管中原人叫尼堪人。"走着走着，他们就到了一个大的城镇，这座城镇有砖修的城墙，大高门楼，真是气派威严，他们就进去了。三人商量上哪儿找那位隐士呢？出发前，他们听说汉地缺人参，每人就背了一包人参，所以三人住店，哪个店都愿意接待他们。这样，当地一传十、十传百地说，山里来了有钱的人，带了许多人参，吃饭、住店都用人参代钱。他们还用人参换了些汉族的衣服穿在身上，就继续往前走。

后来走到一个山沟里，迷失了方向，又饿又累，天上还下着倾盆大雨，往哪里走呢？背篓里的人参已经烂得不像样子了，这样也没有以物易物的东西了，断了生活出路。三人盲目地往前走，又不知走了多少路，突然发现前面有灯光，就朝着灯光方向奔去。丹楚心里琢磨，先看看有没有东西可吃，即使没有，咱们先避避雨也好呀。进屋一看，吓了一跳，没想到炕上坐着的正是万路妈妈。丹楚马上跪下说："老祖母，我没有听从您的话，险些送了命。"老妈妈说："你不经一事是不长一智的！没有这一回先楚也救不出来呀，这是坏事变成了好事。本来我想再过一些时候去救先楚，这次算你是将功折罪了。我知道你必定按我的话来找军师的。"丹楚问："军师在什么地方呢？"万路妈妈说："从这儿往南走，再走一个多月，有一个地方叫隐仙山，到了隐仙山就会遇到这位仙人了。仙人姓孙，人称孙真人，他是孙膑的后代。"丹楚一一牢记在心中。老妈妈又说："那地方不是用人参、貂皮交换货物的，我给你些东西。"说着从口袋中拿出四锭银子、两锭金子交给了丹楚，说："用这些你们可以支应路上一切费用，无论是住店吃饭都用它们。"并给了他们一些零碎银两，并告诉他们如何花钱，等等。三人在老妈妈那儿足足待了三天，学了些汉族风俗习惯和语言礼节，但毕竟只有三天时间，哪能学得了这么多？尤其是汉语更懂得少。怎么办呢？老妈妈讲："你们等一下，我找来我的一位师弟，带你们一段，路上还可以向她学习。"就这么着，找来一位会汉话的老太太，给了她五十两银子。那时的五十两银子，是很值钱的，这位老太太当然很高兴了。住到了第五天时，万路妈妈讲："就这样吧，将来你们打天下遇到灾难时我还会回来的。"说完万路妈妈先走了。丹楚等四人也就接着往南出发了。

四人走了将近两个月，看见一座雄伟的大山，真是山高林密，都是一搂多粗的大松树，上山的路都是石台阶，一看就知道，这不是一般的地方。四人就很虔诚地一步步往上蹬，走不远有一座石头牌坊，牌坊上写着"隐仙山"三个大字。丹楚他们不懂，老太太还认识字，告诉他们这是"隐仙山"了。又向上走去，看到左面是石雕的仙鹤，右边是石雕的梅花鹿，真是美妙绝伦啊！走到半山腰有一平台，往远一看有五层大殿，金碧辉煌，山门矗立，山门前有两只大石狮子。丹楚他们从来没有见到过这些景物！心中纳闷，这是怎么做出来的？每只石狮还套着铁箍，石鲁等人都不懂这是什么玩意，丹楚对他们说："你们快来看呀，这就是铁，想当年我在长白山学习的时候，就听说有铁这东西，可惜女王不感兴趣。你们看人家这里，不但用铁做刀做枪，而且还用来装饰东西，相比之下，我们确实是太落后了。"石鲁点点头，心想这位老仙人如果能请下山，我们的事业就准保成功了。

到了山门之后，叫了半天也没有人开门，浑楚说："我一使劲保管把门推开。"丹楚阻止说："不行，你忘掉了老妈妈告诉咱们的礼节了吗？到什么地方都不许乱闯，要有规矩。"浑楚说："那咱们要等到啥时候呢？"丹楚说："那也得等呀！"一直到天黑也没有人出来。石鲁还比浑楚强一点，浑楚却急得不得了。石鲁说："咱们既然诚心来了，就要耐心地等下去。"一起来的那位当翻译的老太太看到了地儿，也就返回去了，丹楚把剩下的银两都给了这位老太太。他们三人就耐心地足足等了一天一宿，浑楚就想找块地方睡觉，丹楚说："不能！咱们是诚心拜访，宁肯站一夜，也不能离去。"

到了第二天，石鲁他们正在那儿打盹儿，忽听大门吱嘎一声开了，出来一个十五六岁的小孩。小孩问："三位从何而来？"丹楚讲："我们来自东海，我们是专门拜见孙真人的，我们已经等了一天一宿了。"道童说："啊，我昨天睡觉太死了，没有听见有人敲门声！实不相瞒，我师父三个月前就出门了，不在家，说是到很远的地方采药去了。"丹楚一听心就凉了半截。小孩说："你们要是不嫌弃的话，请到前殿厢房休息吧。"丹楚说："好吧。"三个人就到西厢房去了。道童还说："你们歇着，我去打点山泉水来。"丹楚是个很勤快的人，就说："小兄弟我跟你一块去，看看山泉是什么样的，我帮你抬水。"道童说："你恐怕抬不动这一桶水。"丹楚说："甭说这么个小桶，就是千斤大闸我也能举在手中，怎么能抬不动一个小桶呢？"道童说："那好吧！就麻烦你了，咱们一起去。"丹楚就上前去提小桶，结果就是拿不起来。哎呀！一下把丹楚吓出一身冷汗，为什么这么个小桶这么重呢？他又用两只手去提那只小桶，还是提不动。道童说："你还是歇着吧。"丹楚不好意思地退了下来，本想提一桶水来，叫大家洗洗脸，哪知提不动一只小桶，这说明自己的力气还差得远呢！

不一会儿，小道童提了一桶水回来，给大家烧了些水喝，又洗了脸，然后做了些吃的。丹楚到了中原一带，吃饭已经习惯了，不像从前那样连筷子都不会用，用手抓饭吃。吃饭时道童说："我师父临走时曾经吩咐说，有三位客人要来，其中有一位叫丹楚，不知是哪位？"丹楚站起来说："我就是丹楚。"道童说："啊！原来你就是依车王。"丹楚一听，不知什么是依车王，我也没有称王呀？道童接着说："我师父大约还有一个月就回来了，他说你们来了也没有别的，叫你们帮我干点活儿。"丹楚说："干什么活儿？"道童讲："西北山上有一片树林子，这树叫铁树，你们帮我把铁树砍些回来，师父说要用这些铁树再盖一层大殿。"他们也不知铁树是什么样子，浑楚讲："不用斧子，我用手拔也能拔出来。"道童说："不行，这种树不是一般树，它一百年才长一寸，这已经是千年的树了。"说着，就给每人一把斧子，叫他们去砍九十九棵铁树。并告诉他们："你们每砍倒一棵树，我就给你们一粒药丸吃。"

他们就拿着铁斧子，跟着小道童到了西北山上铁树林中，开始动手砍树。哪知这树砍一下只能砍一个印儿，费了九牛二虎之力才砍倒一棵树。砍倒一棵，遵嘱吃一丸药，当砍第二棵树时，就感到好砍一些了。树越砍越多，药丸也吃得越来越多，人也感到越来越轻松。这样每人砍到第三十三棵树时，只用斧头轻轻一碰，树就倒下来了，他们也不知道是怎么回事。道童说："依车王，你再帮我打桶水来吧！"丹楚说："小兄弟，我没有那么大力气。"道童讲："你就去吧，提得动！"丹楚一试，很轻松地把桶提起来了，知道自己的力气又增长了很多倍，心里非常高兴，就深深地给小道童作了个揖。小道童说："你不要谢我，这是师父临走时安排的。这几天，大家都很累了，我们后殿有个热水泉，你们到那儿洗个热水澡，好好睡一觉，休息一下。"大家说："好吧。"三人就到了泉水处，虽然已是十冬腊月天，但水还冒着热气，石鲁不管三七二十一，扑通一声跳了进去，差点没有烫出燎泡来，他哎呀一声就跳了出来，嚷道："是谁把水烧得这么热？"道童说："这是我们的仙泉水，洗的时候应该用舀子舀出来洗。"大家舀水洗过后，觉得全身轻快多了，随后道童领着他们参观了五大殿及其他地方，并指点给他们各种佛爷的名称和如何做功德。丹楚说："我们成功后，也要盖大殿建佛像敬拜。"

话要简说，过了不久孙真人也回来了，大家迎出很远。孙真人说："我知道你们已经来了一个月啦，叫我还有些事要办，然后我再跟你们下山。我也是受你的祖母万路妈妈再三邀请，才肯出山的。我也看出来你们女王当政的时期已经过去了，现在应该是男人为王当政的时候了。只是你们在用兵方面，还是不对头。"丹楚一听可高兴了。待了三天，孙真人说："你们先别急着走，为了建立你们的大业，我要教你们一些兵书战策。"从此，他们天天学兵书战策。石鲁不但学不懂，而且越学越糊涂，浑楚还行，他和丹楚学了不少兵书、兵法。真是不学不知道，一学心里就亮堂多了。他们学了两年多，掌握了一些孙子兵法战术。孙真人讲："咱们该起程了。"于是四人下山走到山口，这时孙真人打了个呼哨，从那边跑出来了四匹大马，四人上马直奔东海窝集部方向而去。从此，按照孙真人的方法重整队伍，第二次出征东海窝集部。要知情况如何，且听下回分解。

第二十章　对头崖九虎迎客
双石寨三女遇夫

　　话说孙真人领着他们三人昼夜兼程，走到了东海部的边缘。丹楚觉得面子抹不开，反复地向孙真人讲我们这地方太落后了，孙真人说："正因为如此，你的祖母才反复找我，叫我协助你们把东海窝集部整顿好嘛。你们还要和中原建立密切的友好关系，互通互利。"丹楚讲："除非我当不了王，我要当了王，头等大事就是派人到中原学习汉人的先进经验，给汉人送礼。"孙真人说："你不要讲送礼，那叫进贡。"他们走了大约一个来月的时间，来到了两座石碴子处，中间有一条直道，像石门一样。这时孙真人说："我们不能从这里走，怕有埋伏。"丹楚说："放心，这里人不会用伏兵。"于是四人继续往前走。不出一里路，就听到嗷嗷地叫唤声，震天动地，石鲁一听，知道是老虎，但没说什么，丹楚、浑楚也知道，这是司空见惯的事。但把孙真人吓坏了，哆哆嗦嗦地往后退，马也惊了，再也不往前走了。忽然出来九条斑斓猛虎把道路给拦住了，孙真人紧往后退。丹楚说："准备好武器。"他们都换武器了，三人亮出来铁刀、铁斧。这九只虎也不往前蹿，而是用爪子刨地，还点了点头。石鲁是驯虎出身，说："我看看是怎么回事。"九只虎一见他来，领头虎往中间一蹲，左右各蹲了四条，像似迎接贵宾，给让出一条道。石鲁一看说："行啦！往前走吧，它们是来接咱们的！"孙真人一看，深深叹道："这东海人驯兽的本领可是高超啊！连虎都列队迎接。"孙真人胆子也壮了许多，可是马不行，马见了老虎天生害怕，连拉带推，死逼着才牵着走过来。过来后，四匹马上吐下泻，全吓死了。石鲁说："算了，咱们也不需要它们了，这些马比不上本地马，这里的马不怕老虎。"又对老虎说："不叫你们白接，这四匹马就送你们吃了吧。"这九只老虎像是听懂了石鲁的话，忽地一下就扑了上去吃马。孙真人还是第一次看见这种情景，也吓了一跳，心想东海人怎么这么野。

　　丹楚等三人知道这山里有人，就继续往前走。不久到了一个卡子处，看见不少人在里边练兵，丹楚一看领兵的正是他斯哈。这下丹楚可高兴了，两年不见，就喊："他斯哈！"他斯哈不看则已，一看愣住了，丹楚回来了，扔下兵跑来就给丹楚跪下，"哇！哇！"哭了起来，说："大哥呀，真没想到在此能看到你，你们怎么来到这里？"又看到浑楚，两人抱在一起痛哭一场。与石鲁也是如此。丹楚把他叫过来指着孙真人说："这位是我们请来的孙真人，是帮我们建立大业的军师。"他斯哈一看是位尼堪人，摇了摇脑袋，不吭声。丹楚说："你快过来给孙真人见礼。"他斯哈只好捏着鼻子喊了一声："孙真人。"也算是见礼了，其实他也不懂什么礼节。倒是孙真人一看，心想有这么一位大英雄，何愁拿不下这东海的天下？但也看出这些人野性相当大，要想与他们合作，那是不太容易的事呀。这时他斯哈把这些人都让到帐篷里，拿出些酒肉招待了大家。

他斯哈是怎么来到此地的呢？这事也挺曲折。原来这个地方叫对头崖，自从上次打了败仗之后，他斯哈几次去找丹楚，都没有找到。他也不知道丹楚到什么地方去了，一气之下想一个人去攻打王城吧，又觉得势单力薄，只好回去。可回到原来的地方，发现已被老女王的兵占领了，这是由于奸细告了密，说丹楚一位最厉害的大将住在这里，所以女王就发兵占领了此地，并且到处设了陷阱和套索，专等他斯哈投网。没等他斯哈到跟前，就看到他的老虎群都蹲在西山口，他斯哈一看出了问题，就领着一群老虎往正南走去，不知走了多长时间，走到对头崖这地方来了。到了对头崖还没进去，就遇到了在对头崖住的二十多名单身汉，这些都是原来给东海窝集部当兵的，因为受不了那里的折磨，就来到对头崖自立门户，占山为王了。领头的那个人叫推苏。推苏这人也很粗野，凡是路过此地的人先杀死，再抢他们的财物，抓到女的是先奸污，后杀掉，弄得此地人烟稀少，谁也不敢往这地方来。他斯哈带了一群虎进来，推苏觉得这是一股力量，他就告诉手下二十多位弟兄，说："这二十多只虎的皮、肉、骨头都有用，你们快设置陷阱套绳，听我一喊，你们就动手。你们先用绳套子把老虎的主人擒住，只要抓到他，那二十多只老虎也跑不了，咱们一个一个地把它们打死。"这二十多个人都是精明能干的，只是在推苏的带领下没干过好事。虽然天已经漆黑，但他斯哈的眼睛像老虎的眼睛一样，天越黑就越看得清楚，那二十个人还以为他没有发现，其实早就被看得清清楚楚。心想，好小子，你们想把我套住，谈何容易！于是他装着不知道，紧擦着套子边过去了。一看没有套住他斯哈，推苏便领着这帮人窜了出来，他们用锤子、斧子、刀子等能用的武器，砍在他斯哈身上，结果他斯哈安然无恙，并逗趣地说："正好，很长时间没人给我挠痒痒了，你们今天就算是给我搓巴搓巴吧！"就这样他们又打了一阵子，他斯哈说："你们打够了吗？现在该我打了吧！"他斯哈看推苏像个领头的，没用多大力气就把他打死了。这二十多个人一看没有头了，就跪下求饶，说："我们跟着他也是没有办法。"他斯哈说："你们起来吧，告诉我，你们的窝棚在什么地方。"那些人说："就在那儿。"他斯哈带着二十多人和二十只老虎进去了，又问："你们在这儿呆了多少日子了？"那些人说："我们只知道是青草黄了三次啦！"他斯哈说："这样吧，我就在这儿领着你们干吧，咱们不抢也不劫，今后凡是再来人，咱们就劝他入伙，不入伙咱们就将他杀死！"就这样，他斯哈在这里用了一年多时间，共聚集了五十多人，他就带领五十多人和四五十只老虎镇守着对头崖。正好，此时遇到了丹楚。

孙真人头一次吃烤肉，觉得也很香，他斯哈就指着孙真人问丹楚："他是从哪里来的，什么孙真人孙假人的！"丹楚就把孙真人的来历告诉了他斯哈，他斯哈这才明白老是打不赢的道理。他说："这回有孙真人，帮咱们出谋划策就好办了，明天就去打东海窝集部去。"丹楚说："那不行，咱们不是说好了要到兴安部集合吗？咱们都到那里集合后，叫孙先生看看咱们如何训练，再说下步的安排。"他斯哈说："好吧。"他就简单地收拾了一下，带着人马和老虎，保护着孙真人和丹楚他们上路了。

走了大概有十几天的工夫，一天清早，就听到对面山上吹响了牛角号，号声一落，从山上蹭蹭蹭跳下十几个人来，全是女人打扮，这十几个人来了也不讲话。再往山上看，全是用鹿筋牵成网状的木桩，每排有九根，共有九排，这十来个女人就待在洼窝内，也不出来，紧盯着他们。孙真人一看不好，丹楚问："怎么回事？"孙真人讲："那里肯定有能人，你没看见吗？那山上是滚木大檑石，那九九八十一根滚木檑石下来，咱们就会被砸成肉泥烂酱。"丹楚说："这是谁想出的高招儿呢？"孙真人说："不知道，肯定是有能人。"

再说这十几个女人一看，来人不进来，她们也没有招了，就退了回去。正在这时，从山后冲出四匹大马，为首的是一位老太太，个子不算小，鼻子戴鼻环，这种鼻环男的戴左边、女的戴右边鼻孔，是用玉石磨制成的。手上、脚上也都戴着手环和脚环，脖子上戴着脖环。丹楚一看就知道，这是北方靠海边的一位女头领，身穿鱼皮衣，用植物叶染成各种颜色，即柔软又好看，后边三匹马上端坐着三位穿鼻环的年轻女子，其打扮与老太太不同，一看就知道是东海窝集部的穿法，因为天黑看不清楚究竟是谁。这位女头人手握两个大石锤，这对石锤，不用说女子，就是男子汉也难以摆弄的。他斯哈一瞧心里就乐了，说："这不是又来了一位额娘吗？"丹楚讲："你不能胡闹，凡是老太太都是你的额娘？这山上的滚木雷阵，不都是她们摆的吗？她是我们的敌人，一不小心咱们的脑袋就会开花的。"他斯哈说："不能！凡是老太太就是好人。老太太可不像年轻的女人，那年轻的女人我也不要她们，我非把她们砸死不可。"说话间，对方就来到了跟前，老太太大吼一声问："来人是干什么的？"这时后边那三位年轻女子跳下马来，将丹楚包围起来。丹楚不看则已，细细一看，面前站着的，正是几年前失踪的那三位姑娘啊！格浑的三个姐姐。丹楚高兴得不知怎么好，他急忙过去，紧紧拉着三位姑娘的手，三位姑娘也看清楚了，是丹楚。她们眼泪像珍珠般流下来，这老太太是丈二和尚摸不着头脑。三位姑娘马上上前给老太太请安，说："老妈妈，这位就是我们白天黑夜，向您老叨念的丹楚啊！"老太太一听，啊了一声，赶快把石锤挂在马背上，哈哈大笑说："原来是自己人。来，来，赶快请回寨里。"她们的寨子叫双石寨，就是双石部。大家都很高兴，尤其是丹楚从小和这些姑娘们在一起长大，原以为三位姑娘已经不在人世了，今天突然相见，实在是太兴奋啦！那么这三位姑娘们是怎么死里逃生的呢？说来还有段故事。

这三位姑娘过河时胆子比老四小，掉进河里挣扎不出来，哪知这条白色的河水浮力比一般的河水都大，三位姑娘在河里漂着，慢慢地冻昏过去了。等苏醒过来一看，已在一间地窖里，一位老太太正在一勺一勺地喂她们马奶。老太太一看三位姑娘睁开了眼睛，就叫人预备温水，老太太从墙上桦皮篓中取出一包白色药粉，放在温水中，用药水给姑娘浑身上上下下一擦，这样三四天工夫，三位姑娘身体就恢复健康了。三位姑娘跪下感谢老太太的救命之恩。老太太说："那天我正在河上打鱼，看到你们漂在河里，就把你们捞了上来。"原来这位妈妈叫富鲁，是双石寨的首领。这位富鲁妈妈也是一辈子走南闯北，虽然关内中原一带没有去过，但山海关一带她是经常来往的，尤其是当今的抚顺、开原这一带她是没少去，对汉族的风俗习惯也熟悉一些，但她看不惯。她认为中原人的生活不如关外好，所以双石寨还完全是东海窝集部的老模样。她四十多岁那年，背了些山货到外边去卖，她住的那家店的房主生病了，因为她会用药，把房主的病治好了。这时也快到冬天了，偏偏在她住的东下屋里，还有一位汉族老太太也生了病，满族人自古以来就有一个习惯，那就是不论在什么时候，什么地方，若遇到生病的人，必须把他们侍候好，才能离开。这位富鲁妈妈一看汉族老太太生病，就天天给她端汤熬药，这位老太太的病也很快好了。汉族老太太一看这位外族人心眼这么好，哪像人们传说的那样野蛮凶狠，吃人不眨眼，根本不是那回事嘛！这位老太太是当朝退役的一员女将，她也没有什么可报答的，就教给富鲁妈妈一些打仗的方法，这种礌石就是这位汉族老太太教给她的。

富鲁妈妈回来后，就组织双石寨的人在周围安装了滚木礌石，保证她们安全，为此周围的部落一提到双石寨都不敢招惹她们。另外她也训练部落内的人学了些张弓射箭、骑马狩猎等武艺，所以双石寨人个个都会武功。三个姑娘来后，一看这里的生活远远不如东海窝集部，尤其是婚姻上很乱，兄妹间、舅舅与外甥女之间都可以结婚，而且每年萨满跳神时，总要抓几个外来的人把他们杀死，用人头放在桌子下面镇邪，意思是谁要在这里兴妖作怪，就如同桌子下面人头一样下场，年年都是如此。还有一个怪规矩，就是凡是入本寨的人，首先鼻子上要穿环，三位姑娘看到这些不合理的陈风旧俗，心里也很不舒服，刚来这里也不好讲什么。但老太太很喜欢这三个姑娘，就认她们为自己的亲女儿，三个姑娘跪下致谢。老太太说："可有一样，你们必须穿鼻环，否则部落内的人不认你们，迟早要把你们杀死的。"三个姑娘一听有点发怵，老太太讲："不要紧，我这里有药，用药揉上穿孔就不疼了。"三个姑娘一合计，也穿了鼻环。老太太虽然与汉人有过接触，但生活习惯跟从前一样，婚姻制度以及住房都非常落后，房子是用土或石头堆起来，在底下挖个洞，上面盖个盖就住人了。饭也是半生不熟的肉，带着血汁就吃，完全是一种半野蛮的生活。三位姑娘从此天天开导老太太，给她讲："弟兄姐妹都是你老生的，他们都是兄妹关系，不能结婚。"这些道理老太太一点一点地也明白了，她就下令改正。三位姐妹来了后教她们烤肉，又教她们用皮革制衣，冬天用带毛的皮衣防寒。原来这里的人一到冬天就躲在洞里过冬天，所以这里的人口不兴旺，进洞若是二十人，第二年有十四五个活着出来就不错了。三位姑娘教她们熟皮子、做衣服，把这七八十口人的部落，管理得井井有条。老太太非常高兴，也很信任她们，并向全部落交代："除了我，三位姑娘有调配全部落的权力。"部落内的人都非常尊敬三位姑娘。日子长了，三位姑娘才向富鲁妈妈讲述，东海老女王那种管理是多么残暴，老太太讲："我也到过长城山海关一带，看到人家那里整治得不错。想学吧，又觉得我们这些风俗是老祖宗传下来的，哪能改动呢？要是那样改动，就对不起我们的祖宗了。不过，照三位姑娘说的，也有道理，应该是谁有能力谁就管寨子。"经过三个姑娘的说服，老太太就领着姑娘在屯子里挑选出三十多位壮男、壮女，学习操练、行军布阵，这三十多人也很用心学，学会了很多打仗技术。经过这些改动，寨子治理的一天比一天像样子了。那天，丹楚等人来的时候，十几个女子准备拉索，丹楚一旦上来就用滚木礌石把他们砸死；另一些人急忙回去向老太太报信。老太太一看来者不善，这才领着三个姑娘骑着马出来。谁知竟巧遇丹楚。

丹楚也把他们自己的经历讲了一遍，并把孙真人介绍给老太太。寨子里的人叫富鲁妈妈也称双石妈妈。双石妈妈也会点汉话，与孙真人也很谈得来。老太太高兴地说："好哇！没有别的，我们四个人，还有我们训练出的四五十个人都加入你们的队伍。"这一说，丹楚很高兴，说："既然三位姑娘认您为额娘，我也认您为额娘。"说着趴在地上磕头，老太太就更乐了，说："我本来不应该收你这个儿子，大家都说你是依车王嘛，你要是依车王，那我怎么能认你呢！"丹楚讲："不，哪能那样呢？您老把三个姐妹照料得这样好，我就感恩不尽了。何况您老武功又高强，人又开朗，我当然应该认您为额娘啦。"经丹楚这么一说，老太太打心眼里高兴，说："我也到外边周游过，觉着应该谁有能力谁当王，甭看我是部落达，我觉得像你这样的精明强干的小伙子，是应该执掌天下了。这样吧，我把全部落的人马集合起来，咱们兵合一处，将打一家，共同建立新王朝。"丹楚一听当然高兴，他斯哈的人马，再加上双石老妈妈的军队，休整几天后，就朝兴安哈达方向进发了，重整旗鼓，准备第二次攻打东海窝集部。要知情况如何，且听下回分解。

第二十一章 ┃ 一十八路英雄聚会
　　　　　　　三十二路阿哈从军

　　话说丹楚率领队伍日行夜宿回到了兴安部落。一看不少兄弟们已经回到部落，并且聚集了很多兵马。大家把丹楚迎进房内，丹楚把带回来的人一一做了介绍。这时，索尔赫楚、佛勒恒、格浑都前来相见。格浑一看，三个姐姐也来了，真是意料不到，喜出望外，赶紧上前，姐妹四人紧紧抱在一起，泣不成声，哭得像泪人一样。三位姐姐把她们的经历，从头至尾诉说了一遍，格浑扑通一下就面朝南跪下，念道："感谢天神保佑，叫我们姐妹重新团圆。"就在这时，兴安部七姐妹中最小的格格色布登也来了，大伙都团聚了。丹楚对大家说："我这次外出，请来了孙真人，今后兴兵布阵都靠孙真人出谋划策了。他是很早以前中原大军事家孙膑的后人。"大家都一一见了礼，正要入座时，忽听外边有人大声叫道："啊！你们都回来了，我们也回来了。"丹楚一看不是别人，正是两位傻兄弟二熊色楞和胡楞。

　　色楞和胡楞两兄弟是怎么回事呢？原来那次与东海作战打了败仗之后，佛勒恒、胡楞及色楞和他的老婆色勒安楚四人聚到了一块儿，就慌不择路地跑了。后边有追兵紧追，他们且战且退，一直跑到一座高山大岭跟前，四面全是大山，他们已经跑了几天几宿，每天都要跑百八十里。从东海部往东北方向，跑了有三四天工夫，实在累急了，坐下来休息，发现有一条大河，他们以为是呼尔哈河，跟当地人一打听，才知道这个地方叫乌苏里江，周围山高林茂、人烟稀少。他们进到寨子里，寨里人一看，心想，这是从哪儿来了四个陌生人呢？有高、有低，有丑、有俊，还有粗鲁的。佛勒恒看见这地方的人还算精干，就是生产、生活比东海部还差些，主要以打鱼为生。每家每户都养狗，用狗拉爬犁从事生产，谁家权势大，谁最富，也就是看谁家养的狗大、狗多。这个部落头人家就养了一百多条大狗，他们的吃、喝、住、打围全都用狗。

　　色楞他们四人看到这家门户比较大，就想进去，结果有两条大狗扑过来。胡楞急了想杀狗，同伴讲这是家狗，不能随便杀，这样会引起部落人的不满，咱们还能站得住脚吗？四人只好离开这家。这狗呢，只要你们离开，它也不再追了。正在这时又跑出个小巴儿狗，向着大狗"汪汪"叫了一阵，两条大狗就吓回去了。这个小巴儿狗就到佛勒恒四人跟前，又摆尾又摇头，咬着佛勒恒的衣襟就往里拖。四人一看这小狗可真好，它把两条大狗给吓回去了，对咱们挺友好，咱们还是进屋吧。

进去后，看到有老两口儿，老太太坐在西炕上，老头坐在北炕上。老头首先站了起来，老太太没动弹，看来是个有身份的人。佛勒恒上去行了礼，老太太对四人上下端看了一番就笑了，指着佛勒恒和色楞说："你们两个长得还挺俊，那两个人长得嘛……咳！我就不说了吧！"胡楞一听，就急了说："老妈妈，你小看人，我们俩长得也不错嘛！我们有我们的模样，他们有他们的模样嘛！"又指着色勒安楚说："她是我嫂子，我们不是两口子。"老太太一听就主动找这个色勒安楚去了，问色勒安楚："你们从哪里来？"色勒安楚说："我们是来找我们主人的，不知道他跑到什么地方去了，天黑了，我们就到您这儿投宿来了。"接着佛勒恒说："老妈妈，你养的狗可真好，又听话又能守家，我们从来也没见过这么高大雄壮的狗。"佛勒恒无意中的一句话，正好符合了当地的风俗，就是进门首先要夸奖主人的狗，你若说人家的狗多么厉害或者说不懂人事啦，那你甭说投宿，连一顿饭也混不上吃。你要说他们的狗如何如何地好，那就像亲如一家，马上得热情招待。老太太一听就来劲儿了，说："好啊，你们四人可真有眼力，我家的狗远近百八十里没有能比得上的。"老太太说完吹了呼哨，马上一百多条狗都集中到院子里来了。老太太拿出两个木牌子，一个红的，一个黑的，老太太红牌一举，狗都排好了队，黑牌一举，狗都躺下了。佛勒恒一看，这真是一个地方一个风俗啊，就说："我看过他斯哈驯虎，也看到色楞、胡楞驯过熊，我还没看到过驯狗的呢！"老太太越听越高兴，说："咱们先吃饭，等明天我再领你们去看看用狗布阵。"

吃了晚饭，老太太一声口哨，就进来二十多条狗，老太太对狗讲："今天来客了，你们出去给我捕些野味来，明天我要招待客人。"这群狗不一会儿就捕回了狍子、鹿、野鸡等动物，四人一看个个伸出了大拇指称赞！

第二天，大家到了一个广场，老太太一敲青石板，全部落的大小头人，都带着自家的狗聚来。各家狗多少不等，有二十条的，也有三十条的，都在广场上集合。老太太站在台上，下边还有四个老妇人拿着各色旗帜，有豹皮旗，有鹿皮旗和鱼皮旗，还有的是用各种羽毛做的旗。站好后，老太太下令："开始操练！"于是西首的老妇人把豹皮旗一摆，西边的一百多条狗就站了出来开始表演，又蹦又跳，遇到高处就跃过去，见到洞就钻过去，甚至可以爬到树上去。另一个老太太把鱼皮旗一举，西边的狗都匍匐前进，把狗驯的真像兵似的。老太太说："我们这个叫音达浑超哈，就是狗兵。你们不要小看这些狗，真要是来个百八十人，我这狗一哄而上，谁也对付不了，任何人休想进寨。"四人一看，觉得真了不起。晚上睡觉的时候，胡楞说梦话："什么时候能够看到我丹楚哥哥，重新组织兵马把老女王干掉，叫我们男的当王！"这位老太太是个很精明的人，虽然热情招待了这四个人，但他们的真正来历还不清楚，所以也留了点神。半夜听到胡楞说的梦话，这才明白，原来他们就是前个时期被东海女王打败的一帮子人，早就听说有个丹楚从坟里逃走，组织人马夺女王王位。老太太心里暗暗揣摩，我得想法把这些人抓住送到东海去，我就立了大功啦！她把想法跟自己的老头子说了，老头子说："这事由你做主，可我劝你，你不是不知道东海老女王不得人心，咱们都受过她气，有五六个村寨都被她抢去了。要不然的话，咱们为什么只许养狗呢？你想想，这些人夺老女王的权有什么坏处呢？"老太太说："你也知道，要是男人当王，我怎能答应呢？"

大家都住在一个屋子里，老两口这些话都被色勒安楚听到了，她感到四人将有危险，就起来，靠近一些听老两口讲话，听着老头把老太太劝得不吱声了。老太太说："还是再看一看吧，如果这些人能和我们一起干，那就收了他们。如果他们不和我们一起干，那就得把他们干掉！"色勒安楚一听，心想，好啊，你们想宰我们，那我们先把你们宰了再说。她一个箭步蹿了过去，就把老两口宰了。听见动静，佛勒恒才醒了，一看杀了人，就问："这是怎么回事？"色勒安楚把听到的情况说了一遍，佛勒恒说："即使是这样，咱们可以悄悄走掉，也不能把人家两位老人杀掉呀！"色勒安楚说："不行，不仅要杀，我还要在这儿当王呢！"

第二天，色勒安楚就告诉了胡楞等三人说："你们不要管我，我在这里当了王之后，你们都会有好处的，不然连你们都杀了！"胡楞一看就急眼了，上去就跟她打起来。色勒安楚打不过胡楞，就说："我是替你们打江山的，将来你哥哥丹楚回来，咱们一块治理天下该多好呢！"佛勒恒一看，事情已经到了这个地步，也只能将计就计了，但警告她以后再不能轻易杀人了。色勒安楚说："好吧。"

第二天，她把全寨的人召集起来，对寨人讲："昨天晚上你们这个部落达，想要投奔东海王，东海老女王对你们怎么样，你们是清楚的，是她夺了你们的寨，夺了你们的地，夺了你们的人，夺了你们的妻，你们对东海是否有仇？"大家齐声喊："有仇！"她又说："既然这样，你们的部落达要投降东海，我为你们报仇，一气之下，就把他们杀了。"那时人也太实在，一听就说："既然这样，我们就推你为我们的王吧！"于是色勒安楚在这里当了寨王。色勒安楚就封色楞为头排将，胡楞为二排将，又封了个女的为三排将，就这样她就当了这个部落的部落达。

从此以后，色勒安楚野心越来越大，她想我已经当了王，还和色楞为夫妻，那算什么玩意呢，人不人，熊不熊的！心里觉得不是滋味，又看到佛勒恒和自己在一起，相貌长相都挺般配的，他人也很聪明，是个堂堂正正的男子汉。有一天，她单独把佛勒恒找了去，那时人心里怎么想就怎么讲，不懂拐弯抹角，她问他："你知道我找你来干什么？"佛勒恒答道："不知道。"她说："你知道我同色楞是怎么结的婚吗？是色楞骗的我，本来我是看上丹楚了，由于色楞和丹楚长相差不多，结果色楞把我骗了，我从来就不想和他结婚。今天没有别的，我是看中你了，你看我已经当了王，你要是嫁了我之后，咱们俩共同打天下，我也绝对不像老女王那样把男人不当人，咱们平分秋色，我当王，你也当王。"佛勒恒听了很不高兴地说："这就不对了，论起来你是我嫂子，咱们共同的大事是帮助丹楚推翻东海老女王建立新王朝，这样一来，那算什么呢！"色勒安楚说："丹楚算什么？只不过是殉葬人吧！已经是死了的人了，还能当什么王？咱们操练兵吧，将来打到东海去，把老女王杀了，我当王！你看怎么样？"佛勒恒不吭声，实际上就是不答应。色勒安楚就说："来人！把他绑起来打入冷宫去！"

这事被胡楞知道了，为什么要把佛勒恒打入地窖子里呢？就去见色勒安楚，问其原因。色勒安楚说："你不要打听此事，越打听与你我脸上都无光彩。"胡楞说："到底什么事呀，怎么会让你我脸上无光呢？"色勒安楚说："他要调戏我，叫我娶他，你说我能容他吗？我不杀他，就不错了。"胡楞一听，心中大怒，心想，佛勒恒原来是这么个小人，所以也没有去看他。

再说这个色勒安楚也算有点能耐，在这里招兵买马，制定了许多规章制度，部下谁要犯了她的条法，该杀就杀，该惩就惩。另外她也笼络了一些能摆弄弓箭的人，形成了一支队伍。其中有一位二十五六岁的年轻小伙子，长得比佛勒恒还好，只是眼睛有点小，还老眨巴眼，这人叫格登保。他对色勒安楚是百依百顺，不多久色勒安楚就看中他了，然后正式公布，三天后在神树下，我正式娶他为我男人。这下格登保可乐坏了，心想嫁给她我就成了部落达的丈夫了。这事叫色楞知道了，觉得纳闷，心想得找找佛勒恒去。趁着天黑没有人的工夫，他就到了囚房，看守见他来了也不敢得罪呀，佛勒恒看到色楞就掉泪了，说："兄弟，你们傻乎乎的，什么也不知道。"于是就把色勒安楚的野心和逼娶他做她男人的事，详细地说了一遍。色楞讲："她已经正式跟格登保结婚了。"佛勒恒说："你们看出她是个什么样的人了吧！"色楞说："我不怕她，既然这样，那我也不要她了。"说完两人合计了一下，决定当晚就把她和格登保一块砍掉！就在那天晚上色楞去见色勒安楚，她还不知道怎么回事呢。色楞问她："你跟格登保结婚了？"色勒安楚说："那是一种假象，格登保很有能耐，不这样，我拉不住他，我还是你的夫人，他只是我的偏房罢了！"色楞说："什么偏房不偏房！"抡起大斧子一下就把色勒安楚和格登保砍死了，随后就到囚房把佛勒恒放了出来。

话说色楞等人一时兴起，把色勒安楚和格登保杀死了，而且凡是与她亲近的人，一个也没留，全部砍掉了，共杀了三四十个人。之后就把部落里的人召集起来，佛勒恒就给大家讲："乡亲们，你们听着，色勒安楚把你们的老女王夫妇杀了，为什么杀他们呢？并不是他们要投降东海老女王，是她想自己当你们的部落王，实不相瞒，真正要消灭东海老女王的是我们，我们是真正要推翻东海部的。"于是就把为什么要推翻东海部，建立新王朝的打算说了一遍后，接着又说："你们好好想一想，愿意跟我们一块干的就站出来，不愿意跟我们干的，那你们就根据自己的愿望选一个王，你们该怎么过就怎么过。不过有一样要讲清楚，东海老女王再来祸害你们，我们可管不了。我们有很多大军，我们这次出来就是招兵买马的，我们的大队人马都驻在兴安哈达，那里有我们的队伍两千多人，还有恩都力帮助我们。他能指谁谁死，真是神力无比。我们的目标是召集到四五千人，所以我们才出来的。"佛勒恒连真带假这么一说，全部落的人都归顺他们了。经过近两年的训练，佛勒恒、色楞和胡楞便领着这帮人马直奔兴安部来了！

丹楚一看，现在部落里兵是兵，将是将，心里真是高兴。心想现在有了这么多兵马，又有军师，自己也懂得了许多兵法，想起了第一次出征，觉得那时太好笑了，那真是乌合之众啊，怎么能够打胜仗呢？就在石鲁训练兵马整理队形时，有人来报，说是外边来了四个大汉，口口声声要杀你们，如果你们不出战，他们就放火烧死全寨人马，而这四个人声称非丹楚和格浑他俩出来不可，如果他俩不出来那就要马踏全营。石鲁马上把这事告诉了丹楚，丹楚问："此人是什么样子？"来报人说："是高高的个子，每人都是黑脸庞，手拿双石锤，四人长相都差不多。"丹楚听了说："好吧，那我们俩就去吧。"于是俩人就出去了。到底来人是谁？且听下回分解。

第二十二章　整寨营兵分四路 竖大旗立誓出征

四个大汉骑着马来找丹楚。当丹楚出来后，四人便问："你是不是丹楚？"丹楚说："是我呀。"不容分说，四人抡起大锤就朝丹楚打去，丹楚急忙躲开，便问："四位壮士与我有什么大仇呢？"对方说："少废话，打死你再说！"说着几双大锤又打了过来。丹楚左闪右躲的，心想：这也不是个办法呀，就说："好吧，你们要真打，我就奉陪了，我一个人跟你们四人打打。"这时，丹楚已经跟格浑学会了不少轻功夫，丹楚在马上左蹦右跳，四个人在马上四面围着砍杀。经过一番较量，丹楚看出这是四位好汉，只是不知自己怎么惹了他们，瞅准机会丹楚就用刀背在四人的马屁股上拍了几下，四匹马惊跳起来，险些把四个人摔了下来。丹楚是有意挑斗这四个人的，没有把他们当一回事，那四个人气得哇啦哇啦直叫，四人索性跳下马来与丹楚拼命。

正打得难解难分的时候，格浑也看出这四人是个人才，性格很憨厚，上前就拦住问："四位壮士，你们到底为什么同我们拼命呢？"四人干瞪着眼也不说话，寻找着机会还要打。格浑一看用话是说服不了他们，就说："你们要是真想打，可知道后果吗？"四人说："我们不懂啥后果，只要打着你们一锤，就是死在这儿也高兴。"格浑说："你们不就是专门来打我们吗？你们先住下，晚上到树林里来，咱们一对一地打，可以打我们十锤二十锤，只要你们累了，不想打了，就结束。"这四人听后说："好吧，我们等着，一言为定。"于是他们就回去了。丹楚对格浑说："你这不是胡扯嘛，咱们能顶得住他们四十锤吗？"格浑说："你又犯傻了，我说的是半夜，那时黑灯瞎火地，咱们把他斯哈用上，他们也看不出来呀！甭说是四个人，就是再多些人也没关系，任他们去打吧。他斯哈是刀枪不入的。"丹楚一听说："对呀，准保他们没辙了。"

晚上，丹楚就把他挨打的事对他斯哈说了一遍，他斯哈一听就生气了，说："我非把他们砸死不可！"丹楚讲："不能呀，还不知道这四人是干什么的，先让他们服了输，抓住他们问个明白，然后再决定如何处置。今晚你就替我们挨打吧。"他斯哈说："没说的。"随后格浑又让人布置好了绊索绳。时到半夜，他斯哈就穿上丹楚的衣服，尽管他斯哈身材粗大有点穿不上，也勉强凑合，他在树林里等着。不多会儿，四个老小子就来了，口里叫着："丹楚、格浑你们出来！"他斯哈说："正等着你们呢！"来人说："你是丹楚吗？"他斯哈学着丹楚的声调说："我不是丹楚又是谁呢！"来人说："你敢对天发誓？"他斯哈说："我对天发誓。"还未发誓，就只听见对方说："好小子看锤！"说着就抡起双锤咣咣给了两下子，一看没怎么地，于是八只大锤雨点般地砸了下来。砸了约一袋烟的工夫，还没怎的，四人傻了眼啦，丹楚怎么这样厉害？怪不得谁也捉不住他，原来是刀枪不入啊，扭头就走，说："不与你干啦！以后咱们再说。"四人刚要往回走，只听见哗啦一声，钩杆套索全上来了，套住了四个人。格浑立即让人把他们绑了起来，带回驻地。此时丹楚亲自给他们解了绑，又让人送来了四大盘肉说："你们吃吧，也累了一天了。"四人也正饿了，拿起肉来狼吞虎咽地吃了起来。吃完了饭又送来了四大碗米酒，渴得他们拿起来咕噜咕噜喝下去。吃喝完后，其中一位有心眼的人说："咱们打丹楚，被他套住了并不杀，还对咱们这样好，给吃又给喝，这是怎么回事呢？"其他三人说："不管怎的，报了仇再说！"

这四个人是怎么回事呢？原来他们是东海女王手下的卫兵，在东海部里也是有点名气的战将，每次女王外出，都是由他们四人再加上十六人，共二十个卫兵护驾，论武功他们四个最好。他们四人都嫁给了女王的侄女，也是额驸，四个侄女中，有一个长得挺不错，在丹楚受难期间，她暗中看上了丹楚，其实丹楚并不晓得这回事，她经常派人到坟地看望丹楚。丹楚要逃的时候，她想要跟着跑出来，没等逃跑被老女王知道了，她的男人也知道了。女王一看丹楚有这么大威望，就设一条妙计：让她们的丈夫都仇恨丹楚。于是就把四个卫士和四个侄女找来了，当着卫士的面把侄女都砸死了。四个卫士不知为什么，老女王说："你们不知道，她们和丹楚勾搭上了，还想跟丹楚一起逃跑。她们在你们家里放了四瓶毒酒(这是女王设的计策)，你们不信，就派人到你们各家看看如何。"立刻派人从各家取来了四瓶酒，给牲口喝下去，不一会儿，牲口就死了。女王说："怎么样？这下你们信了吧。"四个卫士也就是女王侄女的丈夫，他们一看可急坏啦，说："这仇非报不可。"女王讲："不必着急，等我发兵后，你们打头阵。"四人说："好哇！四人越想越憋气，不出这口气一天也待不住了。就这样他们知道丹楚在兴安哈达练兵，就赶来报仇。

第二天，丹楚把这四个人叫了去，问道："你们为什么对我这样深仇大恨呢？"四人回答说："你说说，我们四人是得罪你啦，还是反对你啦？"丹楚一看这四人，昨天原来都戴着假面具，今天一看才知道是老女王的卫兵，就说："我明白了，你们是奉老女王之命，取我人头向老女王报功的吧？"四人讲："实不相瞒，我们是来报仇的。你做的事不像个男子汉大丈夫的样子，你为什么干了肮脏的事情，就逃出来了？"丹楚讲："我到底干了哪些对不起你们的事情？"四人讲："你装什么大葱啊？"丹楚说："我敢对天发誓，我做的事情我承担。"四人说："那四瓶毒酒是谁放到我们家的？"丹楚讲："你能不能详细给我讲一讲？"四人一想，反正咱们也被他抓住了，就如实说吧，便一五一十地把仇恨丹楚的原因全盘托出。丹楚一听就乐了，说："这事我是一点儿也不知道。另外你们想一想，你们家的酒我是什么时候放的？你们什么时候发现的？"四人说了整个过程，丹楚又问："我是什么时候出逃的？"四人讲："月亮圆三回了。"丹楚说："那是三个月了，东海的毒酒能放多少天？"四人说："三七二十一天。"丹楚讲："二十一天的毒酒，三个月后还好使吗？"四人听了这一席话，全明白了。四人马上趴在地下磕头说："我们受骗了。"丹楚讲："我知道你们是勇猛的战将，东海女王始终用阴一套、阳一套计策欺骗大家，压制你们，你们想一想，连她的亲生侄女，都可以砸死，用心太狠毒了，其目的是怕她的计谋被她的侄女揭发。"四人听后痛哭流涕，提出加入丹楚的队伍，这四人的用处很大，老女王的内部情况他们全了解，孙真人知道这件事后，对丹楚说："这四人今后对咱们大有用处。"便收留了他们。

各路军马都已聚集在兴安哈达，共有兵马一千三百多人，能征善战的将领有几十人，丹楚就请教孙真人下一步该怎么办。孙真人说："咱们的计划是：第一步是要制造刀枪；第二步要制造战车和云梯；第三步是用布做衣服和旗帜；第四步要有一批好马。"丹楚说："需要好马很容易，我们已从山沟里收一批野马，经过训练即可使用。"

这批神马是天助二王获宝马而来：自从先楚和丹楚，从乌申阔那里回到东海以后，感到建立大业没有一批好马难以完成。听老一辈常常提到在东海窝集的深山老林里，有一群野马，时常出现在各部落里，就是没人敢靠近它。这群野马个个膘满肉肥，跑起来真是风驰电掣似的，眨眼工夫跑得无影无踪。

自从收服他斯哈以后，丹楚心想，老虎都能驯服，何况野马？天天琢磨这件事。

传说，这一天，刚要到教场，只见他骑过那两匹神马突然而至，还驮着两副铁盔铁甲。还听到老妈妈在空中说："孩子，要想得到那群野马，这两匹神马能领你们去，两副铁盔是送你哥儿俩的。"丹楚和先楚一听可高兴了，望空磕了三个响头，高声说道："谢谢老妈妈。"他俩告别了众人，骑上神马信步走去。

二人骑着神马，跑了两天，终于在一条小河旁，找到这批野马。说也真怪，这批野马，一见神马都服服帖帖地跟着走，一直走到练兵场地。大家看到神马领着一群野马，个个都乐得合不上嘴。他斯哈当场表示一定驯服这批野马。

接着丹楚又问孙真人："其他的事情怎么办？"孙真人讲："你派出一百人马，驮上豹皮、人参等贵重物品到关里换取铁器、布匹之类的东西，回来装备咱们的队伍。"随后，孙真人就挑选了一百名精明能干的人，由石鲁带领到开原一带去换取所需物品。随后孙真人又建议丹楚为军队建立兵营，于是，很快建立了不少的草房，还有东西配房的王府。新房建成后，大家都不敢进去，一是怕房屋倒塌，二是认为冬天不保暖，不像原来他们住的半地下窑洞方便。建造了房子就算初步有了点眉目了，大家一心想夺取老女王的天下，建立男人掌权的新朝政。

选定了吉日，刚要准备出发的时候，有人报说："老女王派来了大军攻打咱们了。"孙真人听了微微一笑说："正合我意，收下他们，正好缺种地的劳力呢！"大家一听孙真人的话，像是吹糖人般容易，不得其解。女王的三百人马来围攻兴安部了，依着丹楚是出动大军，可一下子解决三百名进犯者，孙真人对丹楚讲："咱们当前还是缺人，打起仗来人马一出动，谁来种地，守后方作供应，粮饷怎么办？"停了一会儿，又说："你不必急，我用小计就可劝他们归降。"随后孙真人招呼石鲁过来，交代说："你带领五十人去，如此这般……"石鲁走后，又对格浑说："你带着五十人照我说的去办……"然后又对胡楞说："你很聪明，你领着一百人马迎敌，只许你打败仗。你去的方向是西北，那儿自然有人接应你。"布置好了，像这种战术在东海是没有的，现在一改过去的对阵立誓、互相定期的那种陈旧战术。孙真人又对丹楚说："咱们到高岗那边去。"又让人带上一些肉、米酒，坐在高岗上观战去了。

再说胡楞领着一百人的队伍，心里很憋气，哪有专派我来打败仗的！这是什么鸟玩意儿战术呀？一会儿，交战就开始了，胡楞也太直不转弯，一交手就咕噜着说："我不打了，我打败了，我要逃跑了。"对方也不知怎么回事，心想一定是无能之辈，是傻瓜，大声叫喊着："攮!"二百多人攮过来一道防线后，就被鹿筋套网阵封了起来，想回也回不去了，马上又滚下礌石，把道路全部封死了，往南山跑，南山有人马挥动旗帜火把；往北山跑，同样兵马林立叫喊捉活的。那时候打仗打败了，就没什么人再坚持冲杀了，只有跪地求饶，这样二百人马就活活地被俘虏了。

丹楚问孙真人："还有一百来人如何擒拿？"孙真人说："你放心，会有办法的。"这时只看见从东北角上来了十几个人，由石鲁领着，穿着东海兵丁的服装，并对这一百人说："咱们头头有令，叫你们赶紧到东北沟去。"这一百人稀里糊涂地就朝东北角方向去。此时其中有一人问："你们是哪路的？"石鲁说："我们是后路大军，是女王派来五百大军在东北沟助战的，叫我们前去引路。"于是这些人马就跟着石鲁他们向东北方向去了。走来走去走到闹瞎子塘里去了。他们说："怎么来到这儿来呢？"石鲁说："是因为让我们秘密的截堵丹楚的后路，大家千万别吱声，跟着我们往前摸就是了。"他们来到一个地方，石鲁对这一百号人说："你们在此地等候，我先到前边禀报，听到我们的号角声，就往前走，说明咱们的队伍已经到了。"石鲁大约走出五六里远，就听到号角呜呜响起来了，这些人一听到就认为自己的队伍来了，于是赶紧跑去。哪知这些人一跑，一个一个都被早以设置好的鹿筋绊马索套住了，这一百多人像被抓小鸡似的全都被俘虏了。随后丹楚把这三百人召集到一个广场说："你们归顺我们吧！你们看看我们的刀、斧，再看看你们用的刀、斧，你们是抵不过的。"说着就用刀往树上一砍，咔嚓一声树断了，人们一看，从来没见过这样的利刀，个个惊慌失措。丹楚又让他们看了一百多人骑着战马，穿着铠甲操练，说："我们都是刀枪不入的人。"这些人不认识铁器，还用他们的石头刀往铁甲砍，怎么能砍得动。大家一看说："啊呀！这是神人，是天兵天将！"丹楚说："对了，我们就是天兵天将。"这三百人老老实实地归顺了丹楚，随后就由索尔赫楚组织他们开荒种地去了。就这样保证军粮供应，队伍也组织起来了，大队叫阿木巴超哈章京①；中队叫超哈章京；小队叫章京，小队中还有额真。丹楚亲自担任阿木巴超哈章京，石鲁担任第一路超哈章京。其他将领都一个一个地分配了任务。随后孙真人叫第一路超哈章京石鲁，带领马队，一律着穿盔甲，去打头阵。任务

---

① 阿木巴超哈章京：阿木巴是大之意，此处有多样的意思，超哈是士兵。

是逢山开道，筑路搭桥，而且见到敌人先抢关夺寨，石鲁接受命令后出发了。丹楚领着大队人马，直杀向东海窝集部老女王的老巢。要知情况如何，且听下回分解

第二十三章 | 连夺三城十八寨 女王败兵提条件

　　石鲁先锋带着二百多马队，身披盔甲，手握龟头刀，耀武扬威地冲向第一道关卡。龟头刀，刀把有二尺多长，刀身是二尺多长，共四尺多长，在马上抡起来灵活自如，所向无敌。第一道关卡叫乌朱关，把守乌朱关的是女王的心腹大将，也是第一流战将。这支马队专使用长硬木杆嵌上石锥，腰中还带着十八粒飞石。尤其是这飞石，在百步之内打鸟鸟中，打兽兽亡，百发百中。女将带领二百多人把守乌朱关。石鲁的人马冲过来了，把她吓坏了，没有见过穿这种衣服的人马，究竟是人还是神呢，把她弄糊涂了。正在犹豫之间，石鲁带着人马、云梯来攻城了。两军开战了，石刀、石斧、石锤、石锥对石鲁的铁制兵器，哪能是对手，不一会儿工夫死伤大半，飞石打在盔甲上也没用，不像牛皮能打成洞，老女王的将领一看不好，就退回到关里去了，把大木门关上，再不出来。按过去老规矩，对方一关门，敌方就不能再进攻了。但现在是新式作战术，不管那一套，石鲁命令披上盔甲抬上云梯攻城。云梯搭了上去，里边的人还以为敌人不再攻城了，哪知石鲁的人马已爬上云梯进了城，不大工夫，城池被占领了，二百多人被消灭的一个不剩。那时候的战争很残酷，石鲁进城后，杀光了城内的人马及老少。

　　夺取第一关后，石鲁一鼓作气，不到三天工夫，攻下三关五寨。随后飞快向孙真人报捷，在夺取的三关五寨里，杀了不下五百多人，血流成河。报马把情况报给了老女王，还添枝加叶地说："丹楚的人马是神兵神将，身穿明亮的衣服，用的武器碰到石头冒火花，人家还会飞，大队人马不经过城门就进了城，刀枪不入，咱们的武器一碰到他们的兵器就稀巴烂。"女王一听，不知如何是好，但她多少也知道中原是有些怪兵器，听说过钢铁盔甲，女王说："你们知道啥？丹楚一定是到中原学了他们的一些武艺和战术来对付我了。"心中暗暗悔恨，当年丹楚向我提出过炼铁制造兵器等事，可惜我没有听。咳！不管怎样，我一定豁出老命对付这帮人！立即把总将、十个老太太和十八个萨满都请了来，那时作战双方都配有萨满，丹楚军营中的萨满仅仅是祈祷，不直接上阵；老女王的萨满是直接参加战斗。老女王问大家如何对付丹楚这帮叛逆？被女王砸死的四个女人的父亲心里想：女王气数已到，要战胜丹楚真是白日做梦，但不敢明说。其手下的一位战将说："咱们必须用火攻来对付丹楚，不然无法迎敌。"十个老太太也说："想当年咱们建朝时，也是用火攻占领东海城的，咱们还可以用死奴迎敌。就是在每个死奴身上绑上用兽油浸泡过带刺的松油条，点上火逼着死奴往前冲入敌方。"这种在人身上涂松树油的战术叫火龙术。老女王一听也只好用这些办法了，就把牢房中二百多死囚身上剥个精光，然后用鹿筋织成的刺网，把用兽油泡过的松明条紧紧地绑在身上，每个柞木桩上都涂上熊油、狼油，再绑上火龙，就这样一层层地把二百多名死奴涂抹得面目全非，即使不点火，松油脱下来，人也活不了了。老女王以为这样丹楚就必败无疑了，亲自挂帅上阵，同时又派出队伍，从两翼包围丹楚的大队人马。

再说石鲁，三天夺下三关五寨，杀了五六百人，单等丹楚和孙真人到来领功请赏。没几天，丹楚他们来了，很高兴，孙真人对石鲁讲："你打得很好，但有个问题。"石鲁问："什么问题？"孙真人说："你这样屠杀是不行的，杀得男女不留，大小不剩，老百姓会怨恨咱们的。就是真正的敌人也得劝他们投降，才能逼得老女王无依无靠，死无葬身之地呀！我们这样地杀害，反而逼着他们投奔老女王，误了咱们大事了！"孙真人这么一说，石鲁也明白这个道理了。大军驻扎的第二天，孙真人说："我们要充分做好准备，我估计老女王一定出动大军与我们拼命。"正说着，前哨回报说："老女王那边派火龙大军来了，是二百多名死囚。"孙真人点点头说："我在兵书上看到过东夷人用过这样的战术，在当时管用，现在已经落后了。"孙真人传令集合各路军马宣布："今天是我们全军人马与老女王决一雌雄的关键时刻，如果今天一仗打好了，就能直捣东海部老巢，如果打不好，那我们也可能失败。"大家听了摩拳擦掌，精神焕发。孙真人拿出第一支令旗告诉石鲁："你带领二百轻骑、四架云梯，如何这般这般……"丹楚就在旁边问："他们能否战胜？"孙真人讲："没问题。"孙真人又对丹楚讲："你还是照你们东海部的作战规矩，该喊话的喊话，该定日子祈祷的祈祷，尽量把交战的日子往后拖延七至九天，就能轻易地打破老女王的四千大军。"丹楚不信，说："哪能用一千五百人破人家四千人？"要知道古代作战是用人海战术。孙真人又叫胡楞和梅赫勒带兵五百人迎敌，并嘱咐说："你们绕到女王营后去攻打，必须打她个出其不意，一定要先把领头人擒拿下。"胡楞一听说叫他打胜仗就高兴了，就和梅赫勒领兵而去。

孙真人又把管火库的人叫来，准备了二十七辆风火车，上边都堆着蘸过松油的有小碗口粗的箭头，再放上硫黄点着它，不用人射，叫弩攻，也就是连发，一次发出五六支，箭射一百步，它能射三百步甚至四百步远，那时候已经是很先进了。丹楚等人清楚地知道，东海女王的作战术是老一套，当胡楞他们打胜仗之后，老女王肯定往后退十里，到那时二十七台风火车一齐进发，老女王前后都断了路，这是最后一战了。咱们参战不到五百人，剩下的一千人就准备力量进城，打扫战场拾兵器吧！丹楚等人如此这般议论纷纷，他们行军到了战地，丹楚向老女王发了战书，接着研究什么时候交锋，怎么个打法。此时胡楞就叫阵了，老女王很不高兴，说丹楚违反了祖规，不下战书就来交锋，气得女王不知如何是好，就派了两员大将领着一百来大军，出来迎战。胡楞也是一百兵马。胡楞哪管那一套，见了人就砍就杀，身穿半截铁甲，就像一头熊冲了上去，几个回合就把女王的两员大将杀掉了。其余活着的就往后退，老女王一看，还没有交战就败下阵啦，就下令往后退十里，重新整顿兵马以备再战。不料往后一退，对方的二十七辆风火车就迎面而上，一排排火箭射了过来，烧得老女王的队伍人仰马翻。此时后边的一千兵马也杀过来了，这一仗使老女王的火龙兵死伤过半。女王一看不行，就指挥大家往西又撤出五十里，一清点兵马死伤大半，只好扎营驻下。

再说丹楚，看到杀死的都是女王的奴隶兵，都是自己的贫苦兄弟，心里过意不去，就对孙真人说："不要再追赶了，再追下去，恐怕死的人还多，虽然他们在老女王手下效力，也都是穷苦兄弟，杀他们叫人心痛。"孙真人点了点头说："你真是仁慈，很好。"就下令停止了追杀。

此时两军对峙相隔有二十多里，孙真人说："这下已经打掉了老女王的锐气，可以长驱直入到东海。"丹楚说："不行。按我们祖训，既然对方打败了，必须宣布向我们投降、起誓，我们才敢进城。要不然我们进了城，东海部的乡亲们不服我们。"孙真人也知道到哪河脱哪鞋呀，入乡随俗，明知打仗是不应讲究这些，但为了照顾到民情也就答应了。然后丹楚带领十八员大将，威风凛凛地举着大旗出阵，问："老女王投降不投降，请老女王出来对话。"老女王听到丹楚叫阵，也只好出来。她心中有数，想，我还有十八个萨满也能对付你一阵子，丹楚见到女王，赶快下马见礼，女王一见丹楚气坏了，说："好个丹楚，你本是我的死因，还敢与我为敌，你要是识时务，就乖乖地跟我来，去继续殉葬；你要不识时务，老娘即使死了也不向你投降！"丹楚说："老女王，你应该放明白一点儿，你睁眼看一看，你们的武器，你们的装备，你们的人马和战法，再看看我们的装备是什么样，你细想一下，你能打胜仗吗？再看看你们的士气，这一仗就损兵折将一大半，还有再战的力量吗？依我看老女王你还是投降吧，这样能保住你的性命，虽然你把我强制殉葬，但我考虑我们还有一段缘分，不记你的过去，也不怨你，但要对老百姓仁慈，也不会失掉你的王位。"女王听了这些话，就说："好吧，丹楚你如果肯答应我一件事，我就可以投降。"丹楚说："什么事，你说吧。"究竟老女王提出了什么要求，且听下回分解。

第二十四章 | 萨满跳神来参战
双方比武决雌雄

东海老女王打了败仗，又向丹楚提出新的条件，说："咱们不打仗了，凭真本事决定胜负。我提出一个条件，就是以萨满跳神比武，决定胜负。"丹楚同意了这种办法。老女王说："咱们选个好日子，比四件事。"于是双方撤兵回到各自的营地。第二天，双方来到中间地带，老女王说："第一件是比赛跑火池，就是把火升得高高的，光着脚跑三圈就算赢了；第二件是上刀山，就是在八十一阶石刀搭成的梯子上，光着脚上下走一趟就算赢了，不能划破脚一点。"此时丹楚心想：我们没有把握，因为我们部落里没有大萨满，即使有也只是在后面打打鼓，祈祷祈祷罢了，没有上阵的大萨满。紧接着老女王又说："第三件是走木桩，用削得溜尖溜尖的八十一个木桩摆成的方阵，在上面走来走去，这样就算赢了；第四件是手指穿石板，就是在一寸五厚的石板上连穿九个窟窿。这四件萨满的跳神比赛，你们如果赢了，我甘愿向你们投降，任凭你们处罚。"丹楚年轻气盛说："甭说四件，就是四十件也敢应战，没问题！还规定这四项不准一人完成，一项换一个人。"老女王说："那好，什么时间开始比赛？"丹楚心里实在没有数，就说："明天正式答复你。"

丹楚回到营地，就把各位将领召集来讲了老女王的四个条件。又说："穿石板我自己能行，其他三件看谁能承担。"据说，丹楚本来力气就很大，又吃了老者做的许多熊和虎肉饽饽，力气增到两三千斤，曾躲过十八道大闸门，又在孙真人那里经过训练，力气增大到四千多斤，如果他把四千斤力量集中到手指上来，穿石板是没问题的，别说九个，就是十八个也不在话下。大家听完丹楚的话，你看我、我看你，心里也没底，此时有位老太太笑起来，说："这好办，我可以请一位高明的萨满。"大家朝话音方向一看，原来是双石妈妈。双石妈妈说："在我们那里有一位老萨满，从来不出门，多年在家修炼内功，这位老萨满在东海一带没有不知道的，如果需要我去请她，或许她能出来。因为我出来时，她曾告诉我说，你走的是正道，如果有用得着我的地方，我会帮忙的。"大家一听问道："她能跑火池吗？"双石妈妈说："她能。"丹楚说："主要难点是跑火池，请她要多少天？"双石妈妈讲："她教了不少徒弟，请她来回需要十多天。"话后，丹楚立刻让双石妈妈上路了。接着商量第二条上刀山，由谁来完成。大家一齐想到了他斯哈，因为他斯哈不仅是刀枪不入，又因为他年年光着脚在山石路上走动，脚板比什么都硬。孙真人说："我有一种药涂在松油泡过的皮肤上，皮肤变得比石头还硬，比钢铁还坚。"说罢就从褡裢袋中取出一包白粉末，交给了丹楚，大家一看高兴了。当商量第三件萨满比武时，丹楚想到了四姐妹，就说："四姐妹都会轻功，能蹿能跳，叫她们走尖木桩应该是没问题的。"说完格浑乐了说："甭说是三尺，就是九尺高，咱们也没问题。"经过这一商量，四项萨满比武都一一落实了，丹楚心中有了数，非常高兴。

第二天早晨双方擂鼓挂旗见面，丹楚说："火池子你们准备，两架刀山咱们各负责摆一架。"老女王说："那行。地点就在这里，时间是第十二天，木桩由我方准备，青石板由你方准备。"决定后，丹楚又和他斯哈做了进一步安排，他斯哈说："如果走石刀，就是不用孙先生的药我也能走，如果走钢刀，我可没走过。"孙真人说："没问题，我先给你抹上试一下，这种药能挺两个时辰，两个时辰后就失效了。"他斯哈说："两个时辰足够用了。"说完孙真人在他脚底下抹上了药面，先在一把刀上试验，当药抹在他斯哈的脚上后，觉得有点刺痒，后又觉得有点木，站在刀尖上没有什么感觉。在刀刃上来回走也无妨。他斯哈说："行了，萨满上刀山的跳神我包到底了，甭说走一遍，就是走两遍也不在话下。"大家高兴了，各自准备跳神用具去了。

这时，已经到了十一天了，双石妈妈领着老萨满妈妈也回来了，大家出来迎接。虽然是八十多岁老人，看来像是五十来岁，银发飘然，精神旺盛。老萨满妈妈说："我知道双石妈妈会来找我的，因为老女王那边肯定会用这条件为难你们的，我也看透了老女王气数已尽，应该出现真祖了，治理东海之王就在你们这里，这真是大劫难逃啊！"

第二天两边阵势已摆好，虽然都知道萨满跳神比武，也都是听说而已，亲眼见过的人很少，因此，看热闹的人很多。同时，又是显示双方力量的机会，来人很多。比赛开始了，那边摆好了火池子，红彤彤的，升起了大火；另一边架起了石头刀梯。老女王一看，心中有点胆怯了，心想：这是钢刀啊！他们的萨满也更心惊胆战。跑木桩子丹楚准备的是九尺高，女王急切地追问："丹楚，你是怎么准备的呢？不是规定三尺高吗？"丹楚说："三尺高的也有。"丹楚用手一指，果然有一架是三尺高的，又说："咱们走完三尺的以后，再走九尺的。"女王也只能硬着头皮答应了，因为她没有看过她的萨满走过九尺高的木桩。石板也准备好了。

比武开始了，第一项是跑火池。当丹楚这边的老萨满妈妈跳神时，老女王的萨满一看，吓出了一身汗，同他比武的正是他师父，赶忙跪倒在地，向师父请罪说："我不知是您老人家来，也没有出迎，要知道你老人家来，我怎么也不敢比呀！"老萨满妈妈说："你不知道老女王气数已尽吗？你还保她干什么？"这时，旁边四个姑娘说："老萨满妈妈，这是我的叔叔，是东海部的萨满达，当年我们从老女王那边逃出来，多亏了我叔叔保护，才把我们送出来，若不是这样，我们四个是活不成的。"老萨满妈妈说："这说明你还有点人味，做了点好事，救了四位格格。今天你还跟我比吗？"女王的萨满达说："哪敢，我宁可逃跑也不敢与师父比。"老萨满妈妈说："为了成全你，我就陪你走三圈，多了我也不走。"萨满达高兴了，两边一擂鼓，牛角号一响，腰铃也都响起来了，丹楚那边也准备了鼓，敲打起来，旗帜一晃，两边的萨满就上阵了。先是女王那边的萨满达精神抖擞地在火池里走了三圈；紧接着是丹楚这边的老萨满妈妈，只见她，扎上腰铃，手拿抓鼓，就像年轻人一样，稳稳地在火池里走了三圈。在跳神当中，甩出的乌龙架，像是抛火球，像一碗水似的流动了三圈。大家一看，这老萨满妈妈的功夫真是到家了，真是高人呀！丹楚问："老萨满妈妈，你怎么只走了三圈呢？"老萨满妈妈说："你知道吗，他是我的徒弟，我不能当面把他给卷了，那样他有生命危险！等以后我会劝他到咱这边来。"丹楚一听非常高兴，萨满达如果过来，太好了。丹楚就更加尊敬这位老萨满妈妈的高尚品质。第一项比赛的结果是双方平局。

第二项比赛开始了。第一项是由女王的萨满先上的，第二项该由丹楚的萨满先上了。他斯哈迫不及待地说："我上！"老女王看了看他斯哈，装扮不像萨满，但也没有十分把握说他不是萨满呀，再说旁边还站着一位真高手老萨满妈妈，她要说是她的徒弟，也没什么招儿，所以也就不吭声了。他斯哈先走的是石头刀山，易如反掌的轻松愉快走了两三个来回。他斯哈还显示自己的能耐说："这种刀山不解渴，算不了什么，再看我上这座刀山。"老女王心想，吹牛不留余地，看你敢不敢上。他斯哈因为事先练习过，心里有了底，就一步一步上去了，又一步一步下来，上去站在顶上，在刀尖上还耍了一会儿，双手一举还转了一圈，全场金鼓齐鸣，号角连天，同声叫好。随后是老女王的萨满上，只见他夺拉下脑袋，偷偷对老女王说："咱们只能走石头刀，不能走钢刀，你看怎么办？"老女王急眼了说："就是死你也得给我上去，不上就杀！上也死，不上也死，平时不就常说上刀山下火海吗？"老女王又问："你哪个弟子能上啊？"萨满达瞅了瞅他三徒弟说："我的第三徒弟能上。"他的三弟子咬了咬牙对萨满达说："那我今天就向您告别了。"说完又向她每个师兄弟都请了安，含着眼泪，扎上腰铃，击鼓跳起神来了。看样子好像是来相抗。当她上了刀山，走完了石头刀山后，丹楚出来说："三师父你能行吗？"三师父说："行也得上，不行也得上，你还不知道老女王的脾气，反正是死路一条了。"丹楚说："你到我们这边来吧。"三师父说："不行，我们这儿萨满有规矩，我们不同当兵的，我们是由神管辖的，师父不发话，我们谁也不能随便行事。"丹楚又问："你师父说话算数，还是你师奶奶说话算数？"三师父纳闷地问了一声："怎么？谁是我师奶奶？"丹楚说："你看，我们那边的老萨满是你师父的师父，不就是你的师奶奶吗？"三师父听罢，马上跑去相见，跪倒在师奶奶跟前说："师奶奶，徒孙见礼了，你得救救我，要不今天我只有死路一条。"老萨满妈妈说："好吧，你在这儿等着。"说完就走到老女王面前说："你还认识我吗？"老女王愣了一下，想了想："你不是东海的阿木巴萨满妈妈吗？"老萨满妈妈说："对了，你知道不？连你们萨满达也只能上石头刀山，你为什么硬逼她上钢刀山呢？你败就是败了，胜就是胜了，你不能拿人命当儿戏呀！如果你执迷不悟，没有好说的，我敢上。"这位老萨满妈妈到过中原，接触过钢铁之类的东西。老女王看着老萨满妈妈没吱声，停了一会儿说："好吧，这一局我认输了。"心想，还有第三局、第四局，如果这两局赢了，我还是胜利了。

到了第三局，又是丹楚这边先上场，丹楚问四个姐妹："你们谁去？"格浑说："我上！我比她们稍微灵巧一些。"说完，格浑就把鞋一脱，一个鹞子翻身，跳到九尺高的柞木杆子上了，一脚踩在柞木尖上，一脚悬空，又在色木木桩上跳来跳去，后又一翻身跳到三尺高的柞木杆子上，在柞木尖上又舞蹈了一会儿，回头又一个鹞子飞身，回到九尺高的柞木杆子上。众人是目瞪口呆，赞不绝口。格浑下来后，老女王对她的萨满说："该咱们的人上了。"她的那位萨满达说："四徒弟，该你上了吧。"四徒弟平日里只踩过三尺高的，当她走到九尺高杆前，勉强地在上面走了几根之后，就头昏眼花，再也找不到杆的位置了，一个倒栽葱栽了下来。

老女王一看，这三局是一局平，二局输，没有办法，只能硬着头皮奉陪到底。

　　第四局开始了。女王的萨满先开始表演，这位萨满确实有一手绝招。她有一块给人力量的神石，叫黑石夹指盖，此物握到手心，可助长她加大一倍力量。这位萨满扎上腰铃，首先跪下拜天运气，一憋气，一指捅了九个洞，二次连捅八个洞，就再没有力气表演了。丹楚一看心里有数了。她下去后，丹楚即上来，全身运气，把四千斤力量全用到一个手指头顶上。丹楚心中又默默祈祷，阿布卡保佑我，如果我能得天下，能当了王，就能穿透二十七个洞，如果穿不透二十七个洞，说明我没有资格当王。我马上偃旗息鼓，还是让老女王当家。丹楚是个心地善良忠厚的人，证明不是为自己的名利王位，而是为了部落的进步，无奈和萨满比武。这样他磕了几个头，他不是萨满，所以也不用扎腰铃，用足了气向青石板穿去，周围的人鸦雀无声，一次穿了九个眼，没有下场，第二次又穿了九个眼还没有下场。一憋气，第三次又穿了九个眼，全场轰动了，都看傻了，连舌头都忘了收回去了。人人张着大嘴，大眼瞪小眼，半天才缓过神来，雷鸣般掌声、呼叫声、赞叹声，不知怎么表达激动的心情了！丹楚很自然地回到自己队伍中来，平和地对老女王说："老女王你还有什么说的？我们赢了。"老女王气得脸色像猪肝，喊着："给我杀！"孙真人立即把战旗一摆，这边的兵将像老虎下山般地冲了过去，把老女王的阵营冲了个稀巴烂，近一半死在兵刃之下。老女王一看不妙，叫喊着回城去了，哪晓得从城那边来了一帮穿戴破烂的人群，见到老女王跪下就说："咱们的东海城，已经被人家占领了！"老女王气急败坏地问："是谁？"有人回答："是丹楚他们。"这时老女王望天长叹："命该如此啊！"心想，难道我就如此完了吗？

　　东海城池是孙真人，他早已派石鲁绕道，抄后路占领了城池。石鲁带着他二百多兵马和云梯，没有费多大劲儿就拿下了东海城。一是城内本来就没有什么兵力了，二来他们也没什么预防，见到石鲁他们进来，以为是天兵天将，丝毫没有抵抗能力，就这样轻而易举地占领了全城。孙真人与丹楚一合计说："咱们进城吧。"于是，把四个章京的兵集合起来，准备进城时，发现老女王不见了。问谁谁也不知道下落，老女王失踪了。丹楚讲："不行，必须抓到老女王！留下她是个后患。"孙真人说："她可能还有一定的势力。"老女王到底跑到何处？且听下回分解。

第二十五章　比高低老女王败北
设埋伏智取东山城

大家打扫战场，把东海的残兵败将集中起来，按照孙真人的计划，派他们到后方去开荒种地。再说，寻找不到老女王，大家很着急，尤其是丹楚。这时先楚说："老女王准是被人救走了。"丹楚说："她能去什么地方呢？"先楚说："北边被我们占领了，南边是沿海，也没有什么大城堡，她不可能去。只有东边有座东山城，镇守东山城的是得尔给玛法，也叫东山玛法，老太太武功高强，人又机智，她手下有女将二十多名，不比东海窝集部的军事力量差多少，控制了许多机关要塞，甭说一二千人，就是再多的人马进攻东山城也难。"他这一说，使丹楚也想起来了，说："咱们还是先进城吧，安顿一下再说。"于是他们组织了一百多人的队伍，到处告示大家："不必惊慌。我们都是丹楚和先楚的人，本是乡亲，只要不反叛，我们和你们如同父老兄弟一样，请大家安心。"

丹楚、孙真人带了几个卫兵进驻到老女王王府，杀了老女王王府还要反抗的亲信三十多人，人头挂在树上示众。意思表明，谁要不投降，以此为戒！简单地安置了一下，然后，丹楚和孙真人就把先楚找来，让他详细说一说东山城的情况。先楚说，我了解得不多，还是我同丹楚领兵经过东山城时，住过一天，东山妈妈领我们四处观看了一次，只记得西边是山口，其他三面是群山环抱，天然屏障，山崖陡峭，像利刀一样，想要从耸立的石碴子上往下跳，那是万万不可能的。据东山妈妈介绍，西山口内有十八道障碍，这十八道障碍不是石闸，也不是滚木礌石，它是长白山上一位机智妈妈帮助设计的，怎么设置的我不清楚，我们出来时没有看到什么设施。孙真人听了一寻思，说："发大兵攻打等于用大炮打苍蝇，瞎子点灯，白搭！进去多少死多少。"孙真人沉思了一会儿又说："明天我拿出方案来，保管半月内擒住老女王，之后才能立新王。"

孙真人回到自己屋里，夜里就把外出的衣服收拾好了，然后又把格浑和她的三姐额尔赫叫来，说："这件事只有我亲自出马，你们俩陪我，别人有多大力量都帮不上忙的。"格浑和额尔赫对孙真人说："你没有单独出征打仗的经验，一人深入虎穴能行吗？"孙真人说："你们放心，各种机关设置在中原我都学过，我心里有底，东山的十八道机关是中原十八家机关战术。据我的分析，东夷人设置的机关，一般是仿五台山派系。如果是五台山派系，那是很难破的，在中原也是高水平的。究竟是不是五台山派，只有到现场观察才得知。明天咱们三人，也不带武器，就出发。"经孙真人这一分析，两位姑娘心中才有底了。

第二天升帐时，孙真人又布置了阵容，叫他斯哈带领一百人推着二十四辆风火车，领着他的老虎在北山上等候，其中十四辆留在北山上，其余十辆随队进发；因为北山最陡，能下去的只有老虎，人是无法下去的。他斯哈说："行。"孙真人又问："你能不能舍得你这二十多只老虎？"这下可把他斯哈问住了，他斯哈一生最爱的就是老虎，虎就是他的亲兄弟，哪天见不到虎，就像是缺了魂似的。孙真人这一问，他斯哈低了头不吭声了。孙真人又说："我们是为了事业，为了抓到老女王，保住江山，甭说二十只老虎，就是二十个人，二百个人也值得！你能否下这个决心？"他斯哈说："二十个人，二百个人我舍得，可二十只老虎我舍不得！"这怎么办？说不通！丹楚说："他斯哈，你要能舍得这二十只虎，将来的江山，你一半我一半！"他斯哈一听，说："好啊！如果是这样，我就牺牲这二十只虎。"这句话说得有点走了嘴，先楚、浑楚、孙真人都着急了，只是丹楚得胜心切，便许了这个愿。所以以后又引出了他斯哈反叛之事，这是后话。他斯哈答应后，心想这样对我器重，哪有不卖命之理！含着眼泪把二十只虎放了出来，二十只虎见了他斯哈高兴地活蹦乱跳，他斯哈摸摸这只暗掉眼泪，摸摸那只暗掉眼泪，他越哭，老虎越是跟他撒娇，他越是舍不得，最后咬着牙按照孙真人的吩咐领上了山。孙真人叫来石鲁说："你和浑楚带二百兵马，在东山口等我们，一旦我们在里边有了信号，我就放出几只老鹰，我们放第一批鹰时，你们就往前走，看到树干上砍了三道斧头的记号，就停下来，再等信号，等第二批老鹰出来，你们就放心大胆地往里进攻，支援我们。"孙真人又嘱咐丹楚和先楚，你们俩等胡楞他们二百兵马进去后，赶紧也进去。否则没有当家做主的，就乱了套。孙真人又吩咐其余人把住南山和北山，这样整个阵容就布置好了。大家按军师的布置各行其是，孙真人等三人当夜也出发了。丹楚的军队也经过多次的战斗，不仅胆量越来越大，情绪也越来越高，战斗技术提高很快。他们到了各自的目的地，埋锅造饭，一切井井有条，准备参战。

当天半夜孙真人三人奔向东山城，一路平安。孙真人夜行术比她们姐妹都高，他走起来鸦雀无声，如猫行步，姐妹俩还有点草动声。到了北山山口有一对松树，周围却干干净净，没有别的树了。孙真人叫停，不能再前进了，并说："再往前进，就中埋伏了。"孙真人观察地形，分析说："从东海部方向看，这里是西边，是庚辛金，金能生水，他们的机关就在附近小河沟里。"于是，他领着两位格格寻找，果然不出二十步有一口泉眼。啊！如果咱们不把这道机关解除的话，就会下来石刀、飞刀，那我们每个人的脑袋就被削下去，地下的地刀会削掉你的腿。孙真人说："咱们必须找到机关的开关才行。"果然在不远的地方，找到一个像磨盘一样的石头，孙真人拿着石头左转三圈，右转三圈，再向上一拔，听到两棵松树呼隆一声响，露出了许多刀器，叮哩哐啷放了一地。姐妹俩一看，孙真人真是神人，要是咱们自己来了，还以为是座门呢。当他们进入第一道山口时就放出第一批鹰，石鲁自然照孙真人的安排来到了第一道山口。看到树上砍的三道斧头记号，停下扎营了。

孙真人领着二人再往前走，到了一座像漂泊甸子一样的地方，也就是哈溏甸子。这地方你要是踩错了，一下子掉到烂泥里，烂泥一会儿就没到你的脖子，你越使劲越往里陷，不一会儿就连头也看不见了。孙真人一看，不能再走了，漂泊甸子有五六里长，两边全是立陡山崖，过不去，再一细看，哈溏甸子里隔不远有块大青石头铺成的路，每一个青石板之间有一丈多远。格浑和额尔赫说："这是她们进山的道路吧，咱们踩着大青石头就能进山了。"孙真人摇摇头说："不能！她们明知咱们是来抓老女王的，能给你摆上进山的石道吗？"格浑和额尔赫说："她们怎么过去呢？"孙真人说："不能轻信啊！你们俩跟着我，当我踩上第一块青石时，你们在后边看有何异常没有？若有，就赶紧告诉我，我要集中精神观看石头的动静。"说完，就蹦到第一块大青石板上，孙真人刚一接触这一块青石板，就飞快地蹿到了离这一块青石板一丈远的第二块青石板上。此时，两位姑娘左右东西仔细观察，好像没有什么异常，仔细一看，石头一点一点地往下沉，就大叫孙真人快回来。孙真人回来后，石头还继续下沉，孙真人明白了，这是个机关，如果把这块青石破了，其他青石都可以破。孙真人说："你们俩不是会轻功嘛！你们就轮换着踩青石板，我在下边观察一下，但千万不要多停留，最好是刚一沾边，马上往下一块青石板上跳，以防不测。"这两位姑娘就按照孙真人说的轮换着踩青石板，孙真人一看，原来大青石板，沉到一定深度就不再沉了，等你再踩下一块青石板时，它会蹦出来，把你砸死。紧接着下边会冒出许许多多石器来杀伤你，孙真人就告诉二位姑娘，你们赶快跑出二百步以外，等我招呼你们时再回来。等她们走远后，孙真人就把气力往上一拔，再一次跳上了第一块青石板，并有意地用力踩了一下，急忙跳向第二块青石板。忽听，第一块青石板像山崩一样，轰隆一声巨响，石头打向了孙真人。但他早有防备，躲开了砸来的石头。他赶紧蹲下，猛一跳，又跳上了下一块青石板，又躲过斜着向上冲射的碎石块。他继续跳上了下一块青石板，当孙真人向下一个青石板跳时，又像前一块青石板一样，轰隆一声巨响，爆发出许多石块。就这样，一块一块的青石板都爆发了。

　　孙真人回来了，把二位姑娘叫过来说："不要紧了，可以在固定一起的圆木上过河了。"就把如何走一块一块的圆木讲了一遍。接着他们轻而易举地、一跳一蹲地过了这一关卡，放出了第二批鹰。石鲁的二百多兵马，踩着碎石烂渣子，在圆木排成的桥上冲了过去！孙真人他们再往前走，到了一处都很光滑的石板地段，离其不远之处有一用木头搭成的凉亭。格浑、额尔赫说："她们想得挺周全的，太阳也晒不到，走一段路就可以在凉亭里休息一下。"孙真人听了笑了笑说："你们不想一想，不到一里地就造一凉亭，你们这里不至于热成这个样子呀！这里边一定有奥妙。"孙真人看了半天，凉亭是四根柱子，上边盖上柴草，五台山派也不这样啊？想从旁边绕过去又怕旁边有暗器，这时候大家一筹莫展，天也快黑了。孙真人说："咱们先找个地方休息一下，明天早上再说吧。"于是三人找了个地方，搭了个窝棚住了下来。

　　半夜，突然听到连续轰隆轰隆的响声，第二天早上一看，十几个凉亭全没有了。大家正在惊奇，不一会儿，从东边来了一个人，格浑、额尔赫一看不是别人，正是双石老大萨满。老大萨满说："我知道你们这一关过不去，这关不属于五台山派，这机关是我帮他们设计的，那时我一心想保女王，现在就由我来破了它，别的机关我不知道。你们可以安全地通过这一关了。"三人对双石老萨满能够认清形势，主动帮助过关卡的行为十分敬佩，孙真人赶忙向老人行了个窝集礼[1]，老人高兴地说："你帮助我们满族人建大功，立大业，还懂得窝集礼节，今后我们是不会忘记

---

　　[1]　窝集礼：行礼时，主人双手手心向上，客人双手手心向下，两手相搭。双方左腿向前迈半步，屈膝，右膝着地，两人右肩相撞一下，行礼完毕。

你的。今天我帮你破了这道关，使你们大军顺利通过，以后的关卡我就无能为力了。"大家互相致谢。

三人继续往前走，又来到东山城城门口，城墙全是用大木头建起来的，中间还有窟窿。孙真人说："这里需要你们两位姑娘的功夫了，这门楼完全是仿照五台山正殿建造起来的。你们可要小心跟着我走。"孙真人像燕子一样飞到门楼顶上。顶门上有一个立桩，看起来像个旗杆，实际上又是一个机关，孙真人不容分说，把旗杆拧了三下拔了出来，山门楼立刻咣当一声就倒了，三人如同燕子一样，飞跃离去。从左边露出来两扇大石门，有一二尺厚，人要夹在中间立刻变成肉饼子，碰一下石门，马上就自动关闭了，石门又自动一倒，把整个木头城墙推倒。孙真人说："好了，咱们进去吧。"进去后看到的是五层台阶深的地窖子，这大概是她们部落达住的地方。孙真人前后左右一看说："前边有陷阱，直通第五层大殿，谁要一掉进去，第五层大殿里的人就知道了，人就从地道里跑出来。"格浑问："那怎么办呢？"孙真人说："不要紧，你们能不能从这几间房屋顶上飞跃行走呢？"格浑说："能。"孙真人说："好，你们绕着飞跃到上面去，我从地道走，那里有些机关暗器我都知道，另外你们进入第五殿后，尽量不要出声音，不要暴露目标，咱们在第五座大殿后面的地道口相会。"孙真人又说："我估计你们到了第五大殿后，我也把全部的机关破了。"两位姑娘问："我们进大殿后干什么呢？"孙真人说："在东山墙上一定有个葫芦或是什么篓，或是其他东西，你们想办法把它摘下来，摘下来后赶快往外跑出一百多步远，中间千万不要停留，你们稍微不小心，就有死亡的危险。"临行前孙真人又再三嘱咐说："格浑经过多少次战斗我是了解的，三格格你参加战斗是第一次，胆子也小，要更加小心。千万不要像以前过河那样害怕，掉进河里。"三格格脸一红说："一定照你说的办。"三个人合计好后，孙真人就在大门口的松树上砍了三斧头做记号，随后二百多人就进来了。

在进入第五大殿的门口旁，孙真人估计有陷阱，他观察了好一阵子，但没有发现什么迹象，只是门口立了棵松树杆子。一看这杆子立的不是地方，按东海风俗，如果是神杆应立在左边，哪有堵在大门口中间的呢，而且还立在门外。他这么一寻思觉得有问题，一定是设有机关。于是就把杆了拔出来，一看里边连着牛皮筋，他三倒两倒皮筋自动脱离开了。脱离开后他就钻了进去，一看里面是很深的地洞，他往里走去，共有五套房，设有五道机关，每道机关的设立就不一一说了。当孙真人破了第一道机关时，没有见到女王。破了第二道机关时也没有，一直破了第五道机关时，才看到东山妈妈和老女王在里边。老女王垂头丧气，东山妈妈安慰她说："这里是任何敌人都进不来的，请放心，尤其是咱们那青石板关，那是双石萨满达设计的，机关一开动，全部下沉，就是来一万人也都葬身在里边。你还怕啥呀，就好好待着吧！等我把兵练好后，咱们打回东海部去，把江山再夺回来。"孙真人一听，心想：你不用打出去了，我们已经打进来啦。这时孙真人退出了第五大殿，从一个天井钻了出来，他一计算，那两个格格应该在那里等着他了。孙真人与两位姑娘见了面。两位姑娘说："不错，第五殿东山墙上有一个桦木篓。"孙真人讲："对！你快点把那桦木篓摘下来赶紧跑。"两位姑娘听了，又一纵身向东山头跑去，当把桦木篓摘下来赶紧跑出时，忽听后面轰隆一声，大火苗马上蹿了出来。格浑拉着三姐就跑，可是三格格害怕了，脚也哆嗦起来了，格浑一纵身先跳出去，三姐却被大火烧死了。格浑一看三姐死了，也不知该怎么办，连尸体也找不到。这时东山妈妈和老女王出来了，孙真人说："咱们赶快往外跑，快点把援兵引进来。"此时，驻扎在北山上的兵士，一看火苗，就发射出了火箭，并将二十只老虎尾巴上拴上引火捻点起来，把老虎放出去，虎尾巴着了火，老虎还不像疯了吗？加上二百多兵马一起，把全东山城踏得一塌糊涂，谁也甭想逃出去。东山妈妈一看，东山城大势已去，一纵身跳进火海里自寻短见了。老女王正要往火中跳，一把被石鲁抓了回来，活捉了她。就这样老女王被活擒，引出下回请功授赏和第二次老女王手下人造反，又引起了一场巨大的血案。要知情况如何，且听下回分解。

第二十六章　女超哈奇袭新政权
　　　　　　　新王朝击败女儿兵

　　老女王被擒，东海城落到丹楚的手中。当丹楚乘胜进入东海城时，丹楚的兵马一片混乱，士兵在各寨到处抢劫，抢女人，抢财产，所到之处没有不抢的！孙真人一看，这可不行，这不是治国安邦的行为，叫丹楚赶紧集合兵马，把所有的部队，一律退出城外，听候军令，按顺序安排。孙真人、丹楚、先楚、浑楚、石鲁、他斯哈下了命令，部队才撤了出去。孙真人、丹楚、先楚、石鲁、他斯哈一起到王府共同商议立朝规矩、定国号等大事。先楚说："国号应为东海部。"丹楚说："想当年带有窝集二字，应定为东海窝集国。"大家没有异议，孙真人也点了头，就定国名为"东海窝集国"。孙真人之意要设一国王，叫窝集王，先楚为大，但业绩贡献大的还是丹楚，还有老三叫浑楚，不好排。于是定为：大王为先楚，二王是丹楚，三王是浑楚，一国三王。所以，满族有的姓氏举行萨满祭祀时，有"依兰汗神"，但祭祀浑楚时另设一香炉，因为他是外来祖先神。

　　第二天，孙真人给他们讲述了如何当王，然后将各个扎兰开国元勋召进王府，一一对他们进行了礼节训练。从此有了抱腰礼①，抱见礼②和三跪九叩礼，分上下两级，上有王，下有臣，再往下是奴隶等规矩。

　　第三天，按孙真人的意见，按东夷窝集部服装和汉族的服装，混合起来研究制定出一整套的官服，定为王位穿黄色，凡是小于王者穿红袍，如大将军；第三类如额真穿蓝袍，其他都只许穿绿袍。女的还是按东海窝集部风俗，不过加了些花边、花点、披肩等级别，为王的福晋披肩用五色羽毛做，大将军夫人用白色羽毛做，其他用杂色，即灰色等，一些

---

　　① 抱腰礼：这是长辈对晚辈的祝福礼节。具体做法为：首先是晚辈离长辈三步远站立好。晚辈再向前二步，左脚再向前半步，此时双手抱长者之腰，半跪式；此时，长者右手摸晚辈的头顶，以祝福。

　　② 抱见礼：这是平辈人相见之礼。双方将左脚迈出半步，两人都成半蹲式，同时双方将右肩互相轻轻一碰。

礼仪制度都制定好了。到了第四天，召开满朝文武庆典，在广场上搭了一个一丈二尺高的土台子，四面八方插上旗帜，当中供上猪、牛、羊，烧上年祈香，供上米酒，三王身穿黄袍，孙真人选好时辰，先是拜天，后是三王发誓，以二王丹楚为主，大王和三王辅佐。二王发誓说："我一定按天的旨意治理好窝集国，如果我对老百姓或我的将属，有三心二意，愿受天责。"那二位王也发誓说："如果我们和二王有三心二意，愿受天责！"发誓后，那些老大萨满撒占，请神灵，祈求神灵降灵。这些萨满都是从东海窝集部劝降过来的。那时建国没有萨满老百姓是不承认的。等萨满把神灵请下来安排好后，宣布庆贺大典开始，下边各路阿木巴萨满妈妈把旗帜按固定位置插好，三大王即行三拜九叩大礼。随后开始分封，别人都没什么，只是他斯哈心中不乐，寻思他们三个人当了王，为什么没有我的份呢？开始封他为大将军，其他人都封将军，当招呼他斯哈上台时，连招呼两次他都不吱声，等招呼到第三次时，他才慢腾腾地走了上去。上台后丹楚咯噔一下想起一个问题。啊呀，以前为了动员他牺牲那二十只老虎，曾许诺把江山分给他一半，这事该怎么办呢？这时候也不能再给了，再三安慰他，并封他为大将军。他斯哈眼睛一瞪，还是不服气。说："想当年，我那二十只虎像我的亲兄弟一样！那是二十只虎兵将军呀？"丹楚安慰他斯哈说："你放心，死去的那二十只虎，我一定通知各姓氏作为虎神来祭祀它们，因为老虎也打过江山。"满族有祭祀虎神的风俗，也就是由此而来。无论丹楚怎么说，他斯哈也不满意。孙真人一看，对丹楚说："以我之意把他烧死，这种人如果用的话，就得重用，不用，千万不能留下后患。"丹楚说："不行，还是好言相劝吧。"

他斯哈回到家里越想越生气，他手下的一百多人也越想越窝火，咱们同他们拼死打江山，结果什么也没捞到。他斯哈一气之下当天夜里，率领一百来人冲出北门就出走了。哨兵报告丹楚说："可不得了啦！大将军他斯哈打开大门出走了。"丹楚想了想，掉了几滴眼泪，站起来走到北门口，这时他斯哈的军队已经走出十几里路了。丹楚向他斯哈走去方向跪下，深深地磕了三个头，说："兄弟，是我对不起你，是我把你逼走的。"说完，含着眼泪回来。他斯哈这一走，给窝集国留下了不少后患。才引起窝集国兴兵征西北的事情，当然这是以后的事情了，此传说也未涉及此事。回来后，就提拔石鲁为大将军，各部都杀猪宰羊，每一个队伍都有一些封赏，把老女王库房打开，把祖辈留下那些好的东西都分了下去。

一天，孙真人到下面走了一圈，感到大家并不是一条心，天下还未太平，回来后对丹楚说："明天我要回去了，万路妈妈叫我帮助你们打江山，现在江山已经打下，我该回山了。"三位大王听说孙真人要回山，感到意外，真是难舍难分呀！他们还以为孙真人能和他们一起坐天下呢？当然是不可能的。第三天，满朝文武倾巢出动，欢送孙真人上路，走一段，丹楚骑着马跟一段，走一段跟一段，别人都回去了，丹楚还在后边跟着孙真人。孙真人下马对丹楚说："咱们俩在此歇一歇吧！我告诉你几件事你得牢记。第一要加强与中原的联系，中原王朝要比你们进步强盛；第二要防止老女王的旧势力复活，宁可多杀一些，也要把她的旧势力镇住；第三要广集人才，光靠你们这些人绝对是不够的，今后你们有什么为难的事，还可以找我，我尽力帮助。"所以后来他们到中原进贡，都专门去隐仙山拜见孙真人。据说有些户主祭祀时，还有孙真人之位，牌位称呼不一，记不清楚了。

把孙真人送走了，丹楚回来后，尽管记住了孙先生的叮咛，还是在几天后的半夜里，突然发生了事件。有一天的半夜，听到外面四个扎兰吹起了牛角号，一看可不得了，不知从什么地方来了一帮女兵，她们连衣服都没穿，用树皮挡住身体中间部位，两眼通红通红地就冲杀进来。见人不是杀就是砍，丹楚手下的兵士立马被砍倒许多，丹楚的兵士一边拿枪，一边寻刀，还有的在穿衣服，好不容易才整顿起来，当他们反击时，就折兵一半了，城内城外血流成河。丹楚叹气说："我怎么就没有想到，会出这么大的乱子呢？从哪儿昌来了一帮女兵呢？"

当丹楚建立王朝封赏之时，老女王手下的旧部，约四百余人偷偷地跑到西山里，而且全部是女的，离东海城二十来里地，她们摆下了用石板做的牌位，中间是老女王之位，两边竖豹皮大旗，四百多人怀抱石碑痛哭起来。哭了一阵子后，每人便脱掉了全身衣服赤条精光，后来每人围上一块遮羞布，把左臂割开口，以血当酒，并发誓，宁死也要为老女王报仇。但大家没有刀也没有枪，怎么办呢？她们来到东边的一个小部落，那里的部落女王在洞内贮藏了不少武器，都是石头兵器，有黑宝石刀，这些兵器谁也不知道，大家决定到那里去取。她们过了三道岗，就从山洞里把这些黑宝石刀拿了出来。她们事先打听好丹楚兵营驻扎情况，临行前她们每个人摆起一个土堆，代表了她们的坟，表示誓死不回的决心。到了丹楚的兵营所在地，也不用指挥，因为大家都不要命了，就砍杀起来。这就是软的怕硬的，硬的怕横的，横的怕不要命的！她们深知江山已完，只求多杀些丹楚的人马，为老女王出气罢了。好一阵厮杀，鬼哭狼嚎，一直打到王府。丹楚一看这些人是为老女王报仇的，想去劝说，格浑阻止说："不行！这些人已经疯了，完全失去理智，你和她们搭话，那不是白费劲吗。"丹楚说："有道理。"就把先楚叫来说："我想发兵讨伐这帮疯子，你意下如何？"先楚说："我授权于你，全权办理。"格浑叫石鲁进帐，并说："你带二百兵马出征，见到不穿衣服的女敌格杀勿论，不这样，镇不住这帮疯女人。"经过这一回击，才把这帮老女王的兵镇压下去了，其中剩余的百十来人窜到山林中去了。据传这些人钻入森林延续了很长时间，成为女儿国，一直发展到清初后金时，才成立了一个朱色里部。这帮人直到清初时还是那么彪悍，生死不怕。经此一战，丹楚他们才真正提高了警惕。

　第二天，清点兵马，死伤三四百人，又重新整顿后，每个军营都设置了站岗放哨、巡逻、守夜等制度，这叫不经一事，不长一智。又过了一个月，三王共同研究，浑楚说："咱们老是待着也不是个办法，咱们首先逼着老女王写投降书，这样号召其旧部真正归顺；其二咱们还要出兵，把东海部的所属部落一一占领，一方面可以增加咱们的兵力，另一方面也是显示咱们的威力。"先楚说："咱们还须大兴垦荒，把所有的俘虏作为奴隶开荒种地。"丹楚说："我走万里路的时候，已经发现两块地方有铁矿，可以开矿炼铁，虽然做不出细致的东西，制作些农业上、生活上的工具还是可以的。"于是决定把梅赫勒抽出来，专门开矿炼铁。先楚因为学过炼铁，他负责管理。这样又把全体官兵召集起来，丹楚告诉大家三王的决定，说："我们不能满足于现状，应该去征服各部，你们下去到各部落后，如果他们投降归顺，我们欢迎；如果不听，就与他们作战，尽快地把东海各部版图统一起来，然后再决定发展计划。"随后选出了五百精兵，把朝中大事都先交给先楚掌管，丹楚和石鲁率兵出征，用了六七个月时间，他们收服了九部十八寨，都归顺了东海窝集国，建立了男人掌权的朝政，从此结束了女人统治东海窝集的局面。唯独他的家乡佛涅部落还是女人掌权，没有归顺。因为那是丹楚母亲所统治的部落，等最后收复佛涅部的时候又引出骨肉之间、母子之间的最大冲突，也是母系政权与男性政权的最后一次冲突。到底如何解决，且听下回分解。

第二十七章 女王投降东海归顺 母子夺权再起纷争

　　当丹楚他们横扫九部十八寨之后，石鲁主张当着众人把老女王杀掉，丹楚不同意，他说："表面上老女王的旧部都归顺了，但心里总认为老女王没有写投降书，还不算数。"石鲁说："怎么办？"丹楚说："我去见老女王。"石鲁说："不行，你是一国之王，哪能随便露面呢？还是让大王和三王先去和她讲吧。如果写了投降书就罢，如果她不写咱们再想办法。"丹楚也同意了。大王和三王就去了，看守人见二王就跪下迎接，二王问了看守人老女王的饮食情况，看守人说："她的饮食一天比一天少。"二王问："今天是什么时候吃的？"看守人说："已经日出三竿了，还未进食，我们也没敢叫。"看守人虽然看守着老女王，心里总认为她是女王，所以总有些胆怯，不敢惊动她。先楚觉得有问题，就进去了，一看大门紧闭着，那时也没有锁，而是用三道横木头拦起来，先楚叫人打开横木，把门推开，里边鸦雀无声。怎么人跑了？点火把一看，老女王上吊了，在石桌子上留了块木牌子，牌子上刻着月亮、日头、星星都落入水中。这时先楚明白了：老女王投降了，这是投降书。他把老女王放下来，流着眼泪，又把老女王放好，然后仍是按女王的身份埋葬了她。埋葬时，丹楚、先楚、浑楚都是以晚辈身份对她进行了祭祀，从此东海窝集部最后一个女王时代宣告结束。

　　三王埋葬了老女王后，说："咱们回家去吧。"暂且不说丹楚、先楚如何解决佛涅部的问题，单说佛涅部两位部落头领，也就是丹楚和先楚的父母，听到两个儿子打胜仗的消息，他的母亲很不高兴，在先楚和丹楚从坟中跑出去之后，亲曾多次跑到老女王跟前自刎，说："我养的儿子是杂种，他们不应该从坟里逃出去。"当面就把自己的头发削剪下两缕，表示不要自己的儿子了。老女王一看能剪下自己的两缕头发，那是表示自己最大的决心，就说："你能够效忠本王，本王也不加责怪你了。"丹楚的母亲、佛涅部落女王塔斯丹德回到部落后，白天黑夜都练兵，因为周围其他部落都知道佛涅部是丹楚、先楚的父母的部落，哪个部落也不敢骚扰，她有机会就操练兵马。她所以加强练兵，是为老女王撑腰和报仇，想制服甚至杀死丹楚和先楚。当她觉得自己的实力差不多时，就跟丈夫伯克兹说："我们可以出兵了，去声讨两个逆子，把他们重新捉拿入坟，为两位格格殉葬。"老头不同意塔斯丹德的做法，说："从你向老女王自刎剪发时，我就不赞成这种行为，你打听打听，咱们两个儿子逃出坟墓后的所作所为，除了夺女权之外，有哪样事情不合民意？他们跑出时只有两人，现在兵马战将那么多了，这是什么道理呢？你为什么就不仔细想想其原因呢？你一心只护着女权，我看这是多余的。"塔斯丹德一听急了，噌一下拔出了黑宝石刀说："你不从命，就把你杀掉。再把先楚、丹楚杀死，然后我再自杀！以此报效老女王，我死后见到老女王，心里也无愧。"伯克兹听了笑了一声说："你只知其一，不知其二，即使你是对的，你那点兵马能抵挡得了先楚、丹楚那么多的军队吗？"塔斯丹德说："不！我们是正义之师，我们根据阿布卡恩都力旨意，从古至今，东海窝集部祖祖辈辈是女权社会，这是永远不可改变的，从来没有男人掌权这一说。"塔斯丹德仍坚持自己的主张。后来听说两个逆子真的坐了王位，就带着兵马向东海城出征，讨伐两个儿子来了。

这时先楚和丹楚都没想到自己的母亲会这么坚定地效忠老女王。于是两人带了几个随从，拿了厚礼，再加上浑楚准备回到佛涅部去见母亲。没想到，在半路上碰上了母亲，心里挺高兴。以为母亲改变了主意，理解了儿子的行为，离挺远就赶紧下马迎上去，跪下说："额娘，您的儿子不孝，多年忙于军务，没有回来看望您老人家，也没有问候阿玛，孩儿甚感有愧。"同时又把浑楚介绍给母亲说："这是您的干儿子。"他们的母亲连理都不理，浑楚还是跪下请安。说罢跪着磕头，脑袋低下听候。这时塔斯丹德一看两个儿子，气就不打一处来，咬牙切齿地说："你们两个不孝的逆子，老女王现在何处啊？"先楚和丹楚只好把老女王吊死的情况说了一遍，又告诉母亲，他们仍按女王的身份厚葬，给她披麻戴孝的事。塔斯丹德一听老女王上吊死了，气更不打一处来，说："两个逆子，逼老女王上吊，篡取王位，你们不是我的儿子，是东海的叛逆。"即刻抽出宝刀砍向儿子。先楚、丹楚正跪地低头听从母亲的教海，这时丹楚的父亲发现了，立刻大喊一声："孩儿注意。"两人一抬头，看见母亲的刀正砍下来，赶快往旁边一闪，才躲开了母亲的砍刀，并对母亲说："额娘息怒，听儿子把话说完，如果您还不原谅我们，要杀要砍随额娘的便吧。"塔斯丹德哪里听得进去，说："我宁可不要儿子，也要把你们杀了祭奠老女王，为老女王报仇。"哥俩一听，额娘把话说到这份上，也就绝情了，站了起来，左躲右闪地躲避母亲的砍刀。母子正在砍杀之中，忽听西北角上大喊一声："住手。"欲知来人是谁，且听下回分解。

第二十八章 先楚三让亲生母 护女权老母丧身

　　母子仨正在争论不相上下，塔斯丹德挥刀定要杀子为老女王祭奠，突然从西北方向有人大喊一声："住手！"一看是一位骨瘦如柴的老太太，微风都能吹倒，可精神异常好，走路似燕飞，嗖嗖几步就来到跟前。不看则已，一看认识，原来是塔斯丹德的姐姐，即先楚的姨母。塔斯丹德一下愣住了！啊？四十多年没有音讯了，今天怎么在这儿出现了呢？

　　四十年前，佛涅部上辈传权，本应由塔斯丹德的姐姐，就是这位老太太继位的，只因当时塔斯丹德争权不相让，老太太一气之下就出走了。从此佛涅部就成了塔斯丹德的天下。老太太出走后也未成婚，孤身一人来到菲沃城的菲沃部落，在那里认识了一位当地的老萨满达。老太太跟着学了几年后，感到光学这些也没有多大用处，就向师傅讨教还有什么地方可学武功？她的师傅一听，甚是高兴，就说："你虽是姑娘，倒是挺有出息，我的师兄①武功非凡，我推荐你到她那儿去吧。"她就简单地收拾了一下，在师傅的指点下投奔到长白山的山脚下，果然找到了师伯，师伯已是年过半百的老太太了，她就在师伯门下专心学习拉弓射箭，以及东海一些特殊的石器刀法。在这里学了几年后，又听她的师伯讲，中原一带还有更先进的东西值得学习。老太太那时还很年轻，也不找对象，一个人周游了关内关外许多地方，接触了不少先进的东西，讲得一口流利的汉语，对中原一带的制度也了如指掌。后来又回到长白山下与师伯相依为命，两人也不出山了，同时师伯也预见到女权气数不会太长了。有一天，她也听到有关她两个外甥起誓改变东海旧俗的情况，并听说先楚、丹楚两次攻打东海部，心里非常高兴，她急忙赶回到东海窝集国，想亲眼见到家乡的转机、社会的进步。当她风尘仆仆赶了回来时，正遇到娘仨在打架，塔斯丹德正要砍杀老太太的外甥，她就大吼一声：

---

① 师兄：此处应为"师姐"，但行武人亦称师兄。

"住手！"

塔斯丹德一看老太太来了，就生气了，心想四十年了，你还活着，心中不悦，但也勉强向前说："姐姐，一别四十年，你在什么地方呢？"姐姐说："我的事，咱们以后再说，我问你们娘仨吵什么？你为什么要杀你的两个儿子？你干脆再下一次毒手，连我也杀死！你把我们姨甥仨一起杀死就更好了。"关于老太太出走，先楚和丹楚什么也不清楚，今天才知道老太太和母亲是姐妹。这时，又听老太太说："要杀你儿子就先把我杀死，你可以朝我身上砍上数刀，看你能不能把我杀死！如果你杀不了我，那你休想动这两个孩子！因为他们不但是我的外甥，更重要的他们是新立的窝集王。你不能再扭转乾坤，倒行逆施了。"塔斯丹德听了非常生气。心想，今天咱们干脆一不做二不休。塔斯丹德就说："你的话差也，想当年你的出走，并非是我逼你所为，咱们俩谁当王都一样嘛！"她姐姐说："你今天不要再提那件事了，你当额真，还是我当额真都没什么，我觉得你现在不识大局、不识大体，一心保护着一个落后、陈旧的僵尸不松手，实质是为了保护你那点权势！什么不孝的逆子，违反祖训，我看谁能把部落推向进步谁就对，否则那才是逆潮流而动。"话刚说完，塔斯丹德顺手抽出了刀，奔向她姐姐杀去。先楚、丹楚一看自己的母亲太狠心了，连被逼出走四十多年的姐姐都要杀，不免心凉了半截，心想，额娘啊额娘！你为了自己的权势，真的六亲不认了。这时哥儿俩看母亲向姨母连砍了三刀，姨母连躲都不躲，结果是刀下去没能动她一根毫毛，连个刀印都没留下。塔斯丹德一看，姐姐倒真有些功夫，不然怎么会这样。她姐姐说："你砍了我三刀，我也不砍你，你看到对面那棵树了吗？"离这儿不过十步远，说着把手掌一伸一推，咔嚓一声，树倒了。说："你看见了吗，我要是对付你，是不费劲的。"塔斯丹德一看才把刀扔下去。她姐姐又对她说："你呀，真是利令智昏。我今天就是来劝你的，如果你今天胆敢伤害先楚和丹楚，就是动他们一根毫毛我都会知道的，我现在也不走了，等你什么时候回心转意，顺从了他们的安排，我再走。咱们先回佛涅部去。"就这样塔斯丹德被姐姐拖了回去，先楚和丹楚也只好先回到东海窝集国去了。

第二天，哥儿俩又带上厚礼来到佛涅部，进了寨子，人们看到他们就躲开。那时有个习俗，认为他们是已经殉葬的人，是被人们欺侮和轻视的，碰见这种人是不吉利的。先楚和丹楚也知道那些肮脏的风俗，把活人当死人看待，把他们当成鬼魂看待，太可恶又太可笑啦！不一会儿，两人就走到自己家门，看见自己小时种的树也长成大树了，看看前边，又看看后边，哥俩不由得引起一阵心酸，咱们离家已经十多年了，十年中咱们的部落没有任何变化。因为毕竟他们是本族的阿哥，所以看门的人也没有再阻拦他们，进来后看到姨母和母亲分住两边房屋，按规矩应先去见姨母，因为她在母辈中排行老大，所以先到了姨母屋里，一番问候，哥俩把礼品献上。姨母说："你们给我什么东西我都不要，我这次回来，听到你们打天下，建立新王朝，听了很高兴。因为这几十年我在关内外闯荡，在外边做牛做马，也收过许多徒弟。这次我回来是看你们如何治理朝政，如果你们治理得好，我就帮助你们；如果你们治理得不好，那我就把你们废掉，另立新王。"哥俩一听马上跪倒，说："姨母，我们虽然打了天下，但在治理国家上还没有经验。"接着就把几次的失败，以及请来孙真人做军师，才把旧王朝打倒的经过，原原本本地说了一遍。老太太一听笑了说："你们做得对，要继续好好地干！"先楚和丹楚说："您老可以劝劝母亲放弃旧俗，交出权力，跟我们回王府，我们会很好地安排她的生活，别的部落都进行了改制，唯独剩下佛涅部墨守旧俗，我自己的家乡还保留着落后，我们哥俩无脸向天下人交代！"姨母一听，二话没说，就领着他们，找他们的母亲去了。

两个儿子到了母亲房间，扑通一声先跪下了。他母亲把身子向旁边一扭，表示不接见。姨母说："怎么，你不接见。今天就来和你说个明白，你到底是怎么打算的，说出来我也听听。"塔斯丹德尽管害怕她姐姐，但还硬着嘴皮说："他们是入坟去为格格殉葬的人。"姐姐说："算啦！你不是不知道，咱们祖祖辈辈有多少能人，毫无价值地殉了葬，你往前追想一下，咱们的阿玛、咱们的玛法不都是这样吗，有什么好处呢？能人都殉葬了，这落后的江山，谁能够改变呢？不用说远的，你看看你穿的是什么，你的两个儿子穿的是什么，你不还是穿着什么野兽皮嘛！"塔斯丹德不吭声，她姐姐又说："我已经是世外之人了，我本不愿意干预红尘之事，我走到中原认识了许多真人、高人，我都拜他们为师，我不愿意再回到咱们的家乡，只因为有你们这一帮守旧的人，今天我不得不回来看看。如果你听我的好言相劝，那你赶快随你儿子走。"塔斯丹德还是坚持己见，说："这样吧，他们治理他们的国家，我治理我的部落，咱们井水不犯河水，你也别来，我也不去，如果你们一意逼我交权，那我只能自杀！"塔斯丹德性格是很刚烈的，说完就要抽刀自刎，当儿子的哪能看着母亲自杀呢，急忙阻止。这时他们的阿玛出来了，说你们这两个逆子，难道真要逼你母亲自杀吗？两个儿子赶忙把母亲的刀夺下说："我们尊重您的意见，您老可以治理您的部落，可我们希望您什么时候想通了，咱们再合在一起。"先楚和丹楚第二次劝母亲没有成功，于是又回到东海窝集国了。

回去后就和大臣们商议，胡楞不像其他大臣，他是个糊涂人，他说："像这样的老顽固，我看把她捏把死算了。"石鲁说："不许你胡说，你知道什么，塔斯丹德是大王、二王的额娘，能像其他女王一样吗？"胡楞又说："他们不敢去，我去把她捏把死！"石鲁阻止说："你是大王和二王的臣子，你敢！"就这样大家议论一阵说："老太太一时还想不通，就允许塔斯丹德自己治理部落，试试看吧。"

再说这个塔斯丹德，也并非是为了自己那点权势，她还是为了东山再起，维护旧俗，恢复女权制。塔斯丹德一看儿子走了，允许自己部落寻求发展，她也清楚光凭佛涅部，恢复旧制那是根本无望的。塔斯丹德就得寸进尺，很快就吞并了四周的几个弱小部落，把东海窝集国安排去的男章京都给赶了出来。先楚说："行呀，既然她撺，那咱们就回来，回来得越多越好。"塔斯丹德把那些亡命之徒、维护女权之辈都搜罗进来，先楚一看，不行，不能再容忍了，再这样下去对他们治理国家有莫大的威胁。因为原东海各部落还有维护女权的残存势力，所以允许佛涅部的存在和发展就等于挖新建立王朝的墙角，这样下去，她的声势反而大了，所以不得不进行第二次的流血战争。哥俩一商议说："咱们这次把胡楞和梅赫勒带去，老太太若还是不答应，咱们就强行把她接回来，把她软禁起来再说。咱们每天给她磕三次头，求她老人家原谅，这样慢慢地感化她。只有这一招，别无他法。"

于是丹楚就命令石鲁先带领精兵，把归顺佛涅部的那些寨子先收过来。母子间的矛盾已到了你死我活的地步了。国家之前途大于母子之感情，两个儿子也下了决心非解决不可了。安排好后，哥俩就带着胡楞和梅赫勒回到佛涅部了。那时他姨母还在，就问："你们又来了。"丹楚问姨母劝说母亲进展如何，姨母说："还是顽固不化，我想把她处理了吧，对你对我都没有好处，你们是怎么个打算？"哥俩就把用强制手段把塔斯丹德掳走的想法说了一遍，当时他们的阿玛也就跟了进去。他姨母经过思考后说："只好如此了！"丹楚和先楚就去见塔斯丹德，但她还是不搭理他们。先楚和丹楚说："额娘，原来我们商议好的是你只治理佛涅部，你不应该祸害邻寨，广招东海旧部，反对我们新建政权，还把我们派去的官员撵出来，这样对我们是很不利的，难道说你老人家还想看到第二次流血战争吗？"塔斯丹德说："我就这么办了，你能怎样？除非你把我杀掉，不杀我，我活一天，就这么办一天。"先楚说："既然这样，那也没有别的，请你老人家到我们那儿去看看，你看了说不好，你就把我杀掉，你在东海窝集国当王好了！如果那地方是好，你还有什么说的呢？"其实塔斯丹德什么都清楚，说："我哪里也不去，你们也不用费口舌，咱们就是井水不犯河水。"先楚说："你这样，我们就强请你去！"说完向胡楞使了个眼色，胡楞上去抓住塔斯丹德就说："请老太太走吧！"说着抓住塔斯丹德就往外拖。塔斯丹德在胡楞怀里直翻白眼，先楚一看就怕了，说："算了，算了，快撒手。"这老太太可急了，说："好小子，你们现在是来抢我来了，我今天非和你们拼到底不可。"说着塔斯丹德就对着先楚撞了一头，又对丹楚撞了一头，哥俩谁也不敢还手，回过头来就破口大骂她大儿子，说："这都是你出的主意。"随后她就戴上她的用黑石做的帽子，向先楚撞去。这黑石帽子，一般女头目都备有，上头有尖，那是待到打了败仗又不服气时，就闯了过去拼命的，它可以将对方的肚皮穿透。先楚一看不好，塔斯丹德使出了歹毒的拼命招数。说时迟那时快，塔斯丹德戴上帽子一头就撞了过去，先楚一闪叫道："你不能这样，我是你儿子呀！"塔斯丹德哪管你什么儿子不儿子，还是拼命撞了上去，先楚一闪，结果她撞在石柱上，从此结束了生命。

　　哥俩与他的姨母一看傻了眼，先楚和丹楚号啕痛哭。老太太一死不要紧，老头不干了，本来老头是支持儿子的，一看把老伴给折腾死了，就嚷："仗你们势力大，这就是你当王的本领，派来了力气大的人，把你母亲逼死了，我今天也与你们势不两立了。"说着，也撞向丹楚他们。这时先楚和丹楚也知道了，就赶紧给胡楞使眼色，意思不要他使劲抱，胡楞就使了一小招，把伯克兹抱了起来，带回到东海窝集国了。这时姨母也跟来了，并亲自把塔斯丹德的遗体用木板抬回来，举行了一次大丧。先楚总觉得是自己这一躲闪使母亲丧命的，心里难过。举行大丧时他的阿玛出来守灵，早早地穿上了孝服。伯克兹和塔斯丹德毕竟是老夫老妻，连哭带骂地数落他的大儿子。老头这么添枝加叶地一说，大家都对先楚不理解了。先楚本来就难过，经老头子这么一折腾，就趴到地上痛哭得死去活来。老头还在一边添油加醋，先楚实在忍受不住了，就起来对阿玛说："这样吧，阿玛你也不用再骂我了，是我逼死母亲的，我还有什么脸面，见大家呢？没有好说的，我愿意随母亲一起死，时刻陪伴我的母亲。"说完，拔出钢刀，要在母亲灵前自刎。这下老头傻眼了，丹楚和浑楚在一旁急忙过去夺刀，谁也没夺下，结果先楚自杀了。自杀后，先楚的未婚妻哭得死去活来，在先楚遗体前，说："你先走了，我们虽然还没有结婚，我随后会跟你去的，咱们完婚吧！"就这样大姑娘也死了。老头一看傻眼了，丹楚跪在阿玛面前说："你看到了吗？这不都是我母亲非得维护女权造成的恶果嘛！这才把我哥哥逼死了，把我未婚嫂子也逼死了。为了避免流血，我们接二连三地一让再让，没有办法，如果阿玛你也让我去，那王位我也不要了，我去死。"大家一听，马上就乱起来，义愤填膺地对老头讲："如果你敢动窝集王一根毫毛，我们就不放过你。"老头一看群众的力量，再也不吭声了。心想，我也太糊涂了，大家拥护他，我怎么伤害他呢，抱着大儿子尸体痛哭了一阵子。就这样老太太为了维护女权，大儿子为了报母恩，大格格为了与先楚在另一个世界完婚，一转眼工夫，两个忠诚孝子，与一个维护旧世俗的老顽固同归于尽。内部纷争仍在继续，要知情况如何，且听下回分解。

第二十九章　举大军横扫宇内 定乾坤四海归附

　　经过你死我活的征战，夺取了东海老女王的王位，最后解决了丹楚母亲所管辖的佛涅部，其他东海部的残余部落都归顺了东海窝集国。有些角落仍残存着旧势力，如东海窝集部南边的珲春部，因为地处山沟，丹楚的大军还没有精力顾及他们，所以珲春部仍然保持着女权制度。其额真是东海老女王的外甥女，她听说东海老女王，自己的姨母被丹楚灭亡后，日夜痛哭不止，一心想要报仇。但她深知自己能力不足，怎么办呢？她只能用暗斗的策略，就想使用本部落特有的毒药。这种药不但能制毒箭，还可以造成大面积的瘟疫。于是她就准备到东海窝集国，丹楚所在地区去下毒药，到时候准备再收拾残局。决定后，就派了二十多人带着用熊尿炮制的毒药，上路了。这种药物来自长白山山顶，采集回来后，再配上本部落特有的红泉水，就成了产生瘟疫的毒药水。把这种药水放入饮用水中，人、畜喝了准闹瘟疫。或者抹上也有同样效果，使人发烧、呕吐、说胡话甚至死亡。

　　女王派了一批女人，身穿东海部服装，到了东海部，因为语言相通，当她们混进了东海窝集国时，也没有引起人们的注意。不到两天，东海窝集国就发生了瘟病，人们上吐下泻，发高烧，逐步蔓延到整个东海窝集国。这时候部落的人都把武器挂起来了，每人手持一只木盘跪在老女王的坟前，磕头祷告。丹楚一看纳闷了，这是怎么回事呀。这时丹楚也觉得头昏，不想吃饭，他派人到外边去打听，回来的人说："是阿布卡恩都力降灾难给丹楚，因为丹楚把阿布卡恩都力派来掌权的姑娘夺去了，老天爷发怒了，撒下了瘟疫。如果不把丹楚除掉，那瘟疫是无法根治的。"丹楚一听心凉了半截，真是这样，还是有坏人？他把老萨满达请了出来，请她求神拜天，并对天神祈祷说："我向阿布卡恩都力认罪，如果真是这样，我丹楚就退出王位，愿意离开东海窝集国；如果不是这样，那咱们再想办法。"这个女萨满达也是一心想要建立男权的人，她不能再欺骗大家了，就琢磨了一阵子说："启禀二王，没有那么回事，里边定有坏人，坏人是谁？坏人在哪儿？我不知道。"这时胡楞过来说："想当年我嫂子活着的时候，不是教给咱们一些秘方吗？都刻在木牌子上了，还有三个口袋，我随身带着，我也不知怎么用。"丹楚说："你拿出来看看。"一看木牌上没有字，只画着一棵树，树枝上标着一疙瘩白的，另一疙瘩标着红的，还有一疙瘩是绿的，大家看了莫名其妙。这是怎么回事？丹楚就问胡楞："你嫂子说什么了没有？"胡楞说："我嫂子说，白的、黄的、绿的是三样药，如果抹上白的就知道是什么病，或中了什么毒；如果病人有好转，接着再用红的，如果用了红药还不好就再用绿药，管保能好。"于是大家明白了，打开药包，每种药大约有七八两。胡楞说："不能拿多了，多了不好使。"他们就拿着药挨家挨户地把药投入水桶中，凡是有病人的都给他喝一点，果然稍有好转。再把红的放进水桶里，给每个生病的人再喝一点儿，就都好了。治好一批，又犯了一批，没法治根。

正在没招的时候，丹楚的姨母、万路妈妈、长白山主，就是长白妈妈都从山上下来了。三人下来是庆贺男权王位的建立，丹楚出来迎接，长白妈妈不欢不乐，万路妈妈和他姨母进了丹楚屋里，看到丹楚愁眉不展，姨母乐了，说："你是兴兵不到底，抓住了芝麻丢掉了西瓜，你没想到还有许多小部落没有收复回来？瘟疫病，就是豆满江深山里的东海女王的外甥女干的。她们专门制造毒药，如果你不去收复她们，那里不解决好，你们想得到安稳是不可能的。"丹楚听了气炸了肺，立刻发大军征讨珲春部，老太太说："你发大军也不行，你看那里的水，人家喝了没有事，你们喝了非死不可。"丹楚问："那怎么办？"万路妈妈讲："你们这些孩子办事不老练，我同你姨母俩人去说服她们，如果能够说服更好，说服不了也不用出兵，我会有办法的。"丹楚害怕出意外，就派了五十名精明能干的人，护送两位老太太出发了。

到了珲春部一进门，对方就知道她们的来意了。一看，只有五十来人，是两位老太太带领，心中有些纳闷。她们是来讨伐呢，还是与我们合伙恢复女权？正在犹豫之中，万路妈妈发话了，叫她们额真出来答话，女额真出来后，不认识万路老人。老人说："你可能不认识我了，我是佛涅部的，你知道有个万路妈妈吗？那就是我。"珲春部女额真一听，说："万路妈妈，哪能不知道？全关外部落没有不知晓万路妈妈大名的。"一下子把这位部落达吓得不知进好还是退好，又一想，你不就是领了五十个小兵嘛，那好，就请进吧。万路妈妈他们进来后，部落达令人端来三碗水，说："听说万路妈妈酒道好，实不相瞒，我这三碗水都是毒水，你可敢喝？如果你敢喝进去，我在一个时辰内，投降你们。如果你不敢喝，说明你们没有能耐收复珲春部，你们赶快回去，我也不侵占你们。"万路妈妈说："怎么的，你不侵占？请问东海窝集国的瘟疫是怎么回事？请你不要撒谎，你可对天发誓，说实话。"那时，人一对天发誓就讲真话，比现在的严刑拷打都厉害。珲春部落达说："不错，是我们撒下的，如果他们有招，就能解毒了，听说他们能解决，我们再撒一批，没完没了地撒下去。现在他们那里的饮水都被我放入毒药了，即使现在我不去撒，也没有干净水喝了。"这时万路妈妈笑着说："既然如此，我就喝你这三碗水吧，你还有没有比这更厉害的毒水呢？"珲春部落达说："实不相瞒，没有了。"万路妈妈望着丹楚的姨母说："这三碗水不是一般的水，这是她们部落内最厉害的毒水，别说是一般人受不了，就是有点道功的人喝了也是七窍生烟，当时毙命。"万路妈妈对珲春部落达说："你这三碗水我一定喝下去，可有一样，你说话要算数。如果你胆敢不守诺言，你要后悔的！我告诉你，我已经六十多年未开杀戒啦！今天为了东海窝集国的利益，我不能不开杀戒，我会立即把你杀死。如果你是通达事理，我喝完这三碗水你赶快跪下投降，我会留你的性命，你也就不能再当部落达了。"

说完老太太猛地站起来，把第一碗水喝了下去。这时丹楚姨母有点担心老太太受不了，喝过第一碗后，万路妈妈再一次问珲春部落达："你想好了没有，能不能投降？"珲春部落达不吱声，紧接着老太太又把第二碗、第三碗喝下去。她只感觉浑身发烧，但一用内功，把三碗毒水的效力全部解除了。她在山上曾研究过各种毒药的解除方法，事先已经吃了解药，这下可把珲春部落达吓蒙了。这种药抹在石头上，石头也得烧化的，何况人呢！她怎么能顶得住呢？真不愧是漠北的一代名人！吓得哆哆嗦嗦跪在地下，万路老人讲："你起来吧，你能不能投降？"珲春部落达说："我投降，可有一个条件。"万路妈妈说："说吧！"珲春部落达说："能不能允许我辞去一切职务，跟随你老人家走。"万路妈妈一看她说："你若真心跟我，我也愿意收你，以后你还会发挥作用的。"珲春部落达就深深地磕了头，正式认万路妈妈为她的师父。简单收拾一下就跟万路妈妈走了，珲春部落归降了丹楚。

这个部落有制毒药的特长，还能制造毒箭，在以后丹楚征服东北各地期间起了很大作用。老娘儿俩领着珲春部额真，回到东海窝集国之后，丹楚就跟他姨母商量，说："我哥哥死了，四个姑娘也只剩下两个，最近我看二姑娘与浑楚有点意思，你能不能做主，把浑楚与二姑娘的婚事办了。"他姨母讲："既然这样，你把浑楚和二姑娘都叫来。"二姑娘自从失去两个姐妹，早已心灰意冷，但浑楚一直有这个意思，想娶依尔哈格格为妻子，多次到她房间表示情意。由于依尔哈失去姐姐没有留意，浑楚就认为依尔哈已经同意了，就同丹楚透露了此事，丹楚趁此机会对其姨母说了。两人被叫到姨母面前后，浑楚首先表示，如果依尔哈格格愿意，我是求之不得的。依尔哈一听就哭了，跪下说："我是再不能嫁人啦，我和先楚从小就情投意合，并且我姐姐、母亲和我都是一个意思，与先楚早已订下了这桩婚事，既然先楚、姐姐先走了，我帮助丹楚把东海窝集国治理好以后，我愿意拜你老人家为师，永远跟随你周游各处，修炼自己，了此终身。"姨母一听，说："孩子，就这样吧，既然姑娘有此心愿，你们也不能强迫她。"就这样二姑娘依尔哈拜了丹楚姨母为师，老娘儿俩收下了两个徒弟，第二天辞别了丹楚，就走了。以后又引出了丹楚到中原朝贡，大业成一统。下步如何，且听下回分解。

第三十章 | 东海大业成一统 父系王位定乾坤

　　老娘儿俩领着两个徒弟，还有长白山主一起，飘然而去。丹楚统治东海窝集国之后，大家想起孙真人临走时讲过，中原有个至高无上的皇帝，那里有不少先进的东西，生活、礼节，都比东海好得多。丹楚他们也曾从中原以物换物方式，换来了不少有用的物品，感到和中原联系对他们治理国家是少不了的，所以，他们就组织了五百人马，其中二百人是到中原做贸易的，其余是专门朝贡。他们准备了一年多的时间，知道关里需要的物品，如豹皮、貂皮、鹿茸、人参，他们怕路远人参损坏，用米酒把人参泡起来，用一百多匹快马驮着先行运走，还让石鲁带着东海的舞蹈队，大队人马浩浩荡荡进关入中原。这五百人进入关内后，石鲁一看不行，首先是语言不通，生活习惯不同，穿着打扮也不行。半路上石鲁就让停止前进，组织人先用所带物品换来些汉族的衣服，找一位汉人教大家语言、风俗、礼节等，共整编了六个多月，这才基本上能与汉人进行简单的交往了，衣服也换了。此时正是春花三月之时，大家就兴高采烈地继续向前进发。

　　首先到了咸阳，把东西搁下，又带上厚礼朝拜了咸阳王。咸阳王一看是东海窝集国来的人，挺高兴，当时就赠送给来人金银首饰和绸缎以及布匹、名贵药材，等等，并封他为窝集国国王，还下了诏书。他们得到咸阳王恩赐之后，非常高兴，在咸阳游览了一阵子，二百人到处去做买卖，其余三百人足足在咸阳住了一年，学会很多汉族人先进的生产、生活、交际等方面的知识，第一次朝圣来回了两年时间，带着汉族的文化满载而归。回来后，东海窝集国面貌焕然一新。从那以后，他们就更加养兵练武，尤其是自造各种船只，以后由丹楚王领着兵马远征、横扫西北，使东海窝集部地盘扩大了二到三倍，确立了漠北一带名声大震的东海窝集国。

　　有一天，满朝文武向丹楚王朝贺，丹楚王说："要是没有大家的支持，要是没有阿布卡恩都力的保佑，我是当不了这个王的。"散朝后，他回到后宫，将要睡熟时，就觉得有人打着两个灯笼进来，说："窝集王，外面有请。"丹楚出来飘飘悠悠跟着打灯笼的人走，走到高山峻岭上，一看那楼台殿阁是从来没有见过的，他就随同两人进入殿内，进去一看，左边是仙鹤，右边是美鹿，仙鹤成对，美鹿成双。有一赤面白须老头坐在当中，好像认识。另一边坐一位长脸绿眼老太太。老头看见丹楚到来就乐了，用飓风般的声音说："你不愧是我把你派下去的。"回头就对老太太说："你看怎么样？想当年咱们不是打过赌嘛，你说天下总是女人当家，男权永远胜不了女权！你看今天我的子孙当王得胜了吧。"老太太讲："不管怎么说，没有女的男的也不行！没有男的女的也不行！"老头乐了说："对！对!"这两位老者，一位是长白山玛法，一位是佛多妈妈。以后这两位神仙又言归于好，保佑着满族一天比一天昌盛繁荣起来。

傅英仁小传

（一）

我家是满洲镶黄旗人。清太祖以前属于东海窝集部，居于绥芬大甸子（现在的吉林省汪清县）木克通，我先祖是该城城主，归乌拉部所辖。后随八旗入关，先祖留守北京，曾任头等侍卫，前门城守尉等职。

曾祖父作战有功官封三品，祖父满汉齐通官至五品。不幸三十二岁

亡故。祖母梅氏封为六品恭人，出门九棒锣。父亲官封六品云骑尉，洋务运动考入吉林陆军将弁学堂专修测绘。曾奉旨代表大清给日俄战后画图定界。本来毕业之后，可以担任新军营官，可是毕业不到半年，清政府垮台民国建立。凡属清朝文武官员一律退职。父亲只好回归故里，在县政府保安队充当绘图员。在我出生前后，家中已达到六口之家，靠微薄工资维持这个家，其贫困生活可想而知了。

（二）

1919年我出生在宁安城西西园子（现为宁安镇红城村）。

那时西园子百分之七十的土地掌握在南岗子孙家、北岗子梅家、东头李家、北园子葛家、姚家，号称五大户。祖父去世祖母领着五岁孤儿回到西园子，寄居在梅姓娘家。

清末和民国时期，西园子出了一批人才。有的是留日学生、营级武官，有的是吉林、北京的大学生，还有吉林四中的学生，这些人都愿意和我父亲接近。虽然是农村，但新思想、新知识却比较普及。这给我儿童时代开阔不少思路。从新文化到新物质生活，宁安街有什么，西园子就出现什么。我五岁学诗、学算数，七岁学写字、学绘画。七岁背诵一册语文仅用三个小时。

家庭和亲属对我影响至深。我母亲常说，我三岁以后，有时哭闹便送到奶奶怀里，奶奶一讲故事，或者一唱小调，我立刻就不哭不闹，自然而然地入睡了。现在回忆起来，大概从那时候起就和满族民间文化结下不解之缘了。

家穷，礼教却不废。从我记事起，父母亲对老人早晚问候，每逢祖母生日母亲都要献舞。喝粥也要摆四个小碟。教育我们坐有坐样、站有站样，敬祖是我家的大事，绝不能忽视。我五岁先学"回履历"必须能说出"什么旗什么哈拉、什么牛录什么满洲，祖籍在哪"。还得学会问安施礼。对人要有大、有小、有老、有少。村里人都说："人家傅家，虽然穷，屋里屋外干净利索，大人小孩都文质彬彬。"

七岁以前，祖母、母亲、父亲、三祖父，都是当时讲故事的能手。尤其是祖母讲起故事来没完没了，从天上到地下，从神到鬼。听的人越听越迷，甚至连饭都顾不得吃。老人家讲故事在当时闻名于宁安西半城，是有名的故事妈妈。她老人家用故事讲古论今，用故事教育后人。老人家的故事对我影响太深太深了，可以说，我在以后生活中，能够热爱满族文化是和祖母分不开的。

七岁以后，三祖父经常照顾我。这位老人一生没结过婚，成了我家一员。他知道的东西太多了，长篇说部、民间故事、萨满神话、传说历史、风土人情简直无所不通。今天回忆起来，当时我把他视为无所不通的圣人。他对扩大我的思想领域，增长满族文化知识，培养热爱本民族文化，有着不可磨灭的功绩。我满族方面的知识有五分之二都是他老人家口传心授的珍品。三祖父更是我的业师。老人家一直伴随到伪满才离开了人世，我成了他的直传弟子。

父亲专门讲宫廷见闻、官场轶事、文人雅事。母亲专讲一些生活故事，萨满的传说（她是一位老萨满）。

念书期间，这些故事和传闻成了我在同学之间交往的媒介，以此团结了很多同学，甚至成了挚友。

我七周岁那年，村里成立一所官办小学——宁安县（现宁安市）第一学区第十一小学，就读三年被选入宁安县模范高等小学校。

在高小二年的学习过程中，我的视野扩大了，才知道除了国文而外，还有数学、自然、历史和地理，再加上美术课、体育课，简直使我学不胜学，成天埋在书本里。毕业时，我在三个班总考中名列第二。

在校期间，正是九·一八事变前夕，国家正处于多事之秋。兵匪的困扰，市面的混乱，官府的腐化，日、俄的经济侵入，使宁安县城变得五花八门。尤其那些清朝遗老遗少坐吃山空，天天以玩鸟、闲谈、品茶为"业"。我家当然成了他们常来常往的处所。我从小就爱听、爱问。而他们每次闲谈，我总是静静地坐在一边，细细地听。什么历史见闻、古今怪事、满洲兴亡史、故事传说……加之学校得到的知识，我觉得比幼小年代知道得更多了。常常招揽一些小朋友，形成一个课外聚集的故事圈。我们这帮小家伙，不知天高地厚，组成一支镶黄旗小牛录（清代军队基层组织）。专门给种田人家看地，或者拉弓射箭、游山玩水，弄的越来越大。后来被父亲知道了，吓得不知如何是好，禁闭我三天不许出屋。虽然"组织"解散了，我们还是好朋友，以后都成了学习舞蹈、参加扭秧歌的主要骨干。在我的影响下，会讲故事的人越来越多。当时西园子有个顺口溜：

西园子，故事窝儿，
装吧装吧一大车。

老一窝，小一窝，

不老不小又一窝。

这里的"小一窝"就指我们这帮小"牛录兵"。

十二岁，我从高小毕业，参加八个县成立的吉林四中升学考试。结果在四五百人中间，我名列第六。把那些大哥哥们远远地抛在后边。那时候考入中学比现在考大学都困难得多，荣耀得多。

（三）

四中开学那天，校门内外车水马龙，道台、知县、士绅……都参加开学式。新生喜气洋洋，我一看八十名学生中穿得最破的就是我。当时也觉得不得劲儿。一想老罕王十几岁给人家当茶奴，后来却成了一朝人物，就觉得。读书不在穿的好坏。

点名开始了，一听叫我名时，总管老师左一眼、右一眼看了半天。

问："你就是傅英仁？"

我说："是。"

旁边有几位同学，作证说："老师，他是傅英仁，是我校高才生，塔光编辑部编辑。"

"交学杂费。"总管不得已地说。

"多少钱？"

"学费现大洋五元，杂费三元，书费六元，操衣钱十五元，总共二十八元。"

我的天哪。哪来那些钱，我拿出五元诚恳地对老师说："操衣我不要，欠下的钱，我三个月交齐。"

总管老师二话没说，拿起笔就把我的名字除掉了，至今我历历在目。我当时哭了，又一想：满洲巴图鲁不许哭，我擦掉眼泪对大伙说，不收我没关系，我自学也能从中学毕业。我一气之下回到家里，两个多月神经都不正常。从此我告别了学校生活，走向更艰难的征途。今天回忆起来我觉得我一下子变成了大人。

家中人口增加了两个，一个弟弟一个妹妹，生活更贫困了。

九·一八事变使社会起了很大变化，动荡不安，日本人请我父亲画图，我父亲一口拒绝，焚烧了图稿，发誓说，给日本人画一张图就是卖国。毅然决然搬到东园子务农种地去了。从此，我家生活更艰难了。

（四）

从十二岁后半年一直到十八岁前半年，这六年是我艰苦的年代，也是获得各方面知识最多的岁月。我从十三岁开始劳动，种地、打柴、卖零工，什么都干。学习方面，学完了中学课程，读完了论语、中庸、大学和孟子，还练习了书法。更重要的是得到萨满神话真传；得到满族舞蹈和秧歌的传授；得到三祖父三部半长篇满族说部的真传。此外还听到家族外边的一些民间故事。

十二岁以前，祖母和父母以及三祖父是我满族民间文化启蒙师，念书期间打开了新知识窗口。失学以后，在校学习机会没有了，可是求知欲随着年龄增长，越来越浓。没有学习时间，劳动时别人休息我看书，下雨阴天我学习。夜间家穷点不起灯，我到小庙捡香头，七八根捆在一起燃着后用嘴吹，发出亮光照着读书。

同学们借给我书，捡烟盒钉本子，别人剩的铅笔头，捡回来按在笔帽儿上写字。在沙盘上写大楷，在玻璃窗上画山水画。现在回想起来，虽然艰苦一些，但乐在其中，因为学得多，学得扎实。

我有位姨夫是清朝宁古塔副都统衙门的六品笔帖式（衙门秘书）。民国以后在缸窑沟设馆教书。老人家满汉文精通，是清末秀才。他看我聪明肯学，决定免费教我读书。我午前学习，午后干活，一直坚持三年。

这三年，我自学初中课，更重要的是老人家传授我前所未闻的萨满神话，共讲述各姓氏祭祀神一百五十多位（我只能讲出一百二十多位神）。老人家是吉黑两省著名的大萨满，曾两次到吉林、长春（当时叫新京）讲萨满神学。老人临危时，我侍候一旁，他有气无力地对我说："孩子，千万记住我说的祭祀规程和神的来历，这些都是神传下来的祖先业绩。因为你是我的唯一的直传弟子，才全部教给你。"我跪下流泪说："姨夫请安心，我能牢牢记住。"老人故去的年头是1938年，终年七十一岁。至今，老人家的音容笑貌，每当提笔写文章时，经常浮现在我面前。

三年里，用现在话说，采取半耕半读的方法，学习了《千家诗》《论语》《孟子》《中庸》《大学》，初中"国文"、历史、地理等几门文科。水笔字也有较大的长进。

我在三祖父手中，又学到更多的民间文化知识。从十三岁起，就和三祖父在一起劳动，老人家干啥像啥，不但农活是内行，泥瓦活、厨师、看风水、扎针治病，样样都会。讲起故事更是没完没了。夏天我们爷俩在缸窑沟种地，秋天打柴，农闲领着我到各屯说《将军传》《红罗女》《东海窝集传》《罕王出世》《金兀术》几部长篇。一方面挣几个钱或粮食维持生活。另一方面老人家也有这个嗜好，三天不讲就受不了，人送别号"三云"。我到十七岁时，已能把几部长篇通了本，但说起来仍然没有三祖父那么流畅自然。

《将军传》是讲述清初黑龙江首任将军萨布素的一生事迹。记叙了他从一个放牛娃、披甲出身，逐步成为一名著名抗俄将领和他五十多年的戎马生涯，两次击退沙皇侵略武装，赢得了签订《尼布楚条约》的胜利。使北疆国境保持了一百五十多年的和平。《罕王传》写努尔哈赤从十三副铠甲起家，经过四十三年近百次战争，终于抵住明朝的统治，统一了东北女真诸部，壮大了后金的力量。给入主中原打下牢固的基础。《红罗女》又名朝唐演义，说的是渤海时期有位女英雄红罗女忠烈不屈的性格，三次击败了入侵之敌——契丹兵，保卫了家国。《金兀术》是写金朝名将金兀术的生动事迹。以后又于1981年至1989年十年时间，采录了京八旗老人，河北遗留下来的完颜氏后代，阿城完颜氏，赫哲族傅万金同志讲述的故事，使这部传奇式的传说完整化。其他如《金世宗走国》《乌吉国传奇》也从这时开始学习。

三祖父讲一些萨满中流传的天地形成传说，人的来源说以及一些萨满斗法的传说。说也奇怪，他本人就会一些使人看不透的玄奥的怪事，这些事，至今也是个谜。

我舅父郭鹤令也是满汉齐通的人物，是郭姓大萨满，我跟他学一些神咒和北部地区的萨满活动情况。

尤其是我的三祖父崇阿公，在我十三至十五岁时，传授八套满族舞蹈，使濒临灭绝的民间舞蹈，保存下来。

崇阿公在青少年时代，在旗务学堂学习满汉文化，业余学会了八套古代流传下来的舞蹈，当时已成为吉林有名的舞蹈家。十八岁奉旨进宫在西太后驾前侍候，八国联军入侵，西太后逃往长安。老人家回到了宁古塔，在当时衙门里当差。民国以后靠行医维持生计。我十三岁那年，他担心此艺失传，自己出钱招集十二名满族子弟，向他们传授技艺，我和表姑梅素琴也参加学练。因年景荒乱，迁徙无常，只有三四个人坚持学完（表姑、表兄和我），而表姑、表兄又早于我去世，能保留到今天只我一人了，大概关墨卿老人对此事也略知一二。

十七岁那年，我参加全县招聘教员考试，成绩合格，被聘为教辅。

（五）

日语，是一门多么陌生的学问呀！怎么办，只有一条道，就是苦心自学。买了一套《日语速成读本》。拜同院一位丁警尉做老师。从十七岁那年九月开始，向日语进攻。每天四点钟起床，跑步到东花园背诵三个小时日语，写出字块，再拿起扁担上山打柴。利用休息时间复习单词。晚上到丁警尉家学习新课。到十八岁上半年，居然学完了两册。简单日常会话已经不成问题了。

那时日伪军政为了巩固其统治地位，一手抓残酷镇压抗日力量，一手抓各方面组织建设。不断招考青年参加各方面伪组织，如教员、警官、政法职员、金融人员等。丁警尉一直劝我报考警官学校，但由于父亲多次教育："决不当日本走狗，干那些卖国行为。"我便决意再考教员。结果，不但文化知识是前五名，日语也三等合格。别的教员每月二十四元，日语三等合格者每月另发七元补贴。从此我踏上了教员之路，一直干到1945年东北光复。（因为没从正式学校毕业，定为"教辅"候补教员）。二十岁我又考入牡丹江师道学校速成班。因为成绩好又留校复习一年，以本科生资格获得毕业文凭。没经过教员一级，直接评为教谕。

家中挣钱人多了，生活比以前有些上升。有点力量买些喜好的"四书五经"之类的书，可是有关满族文化方面的书刊根本买不到，使我产生一种新的想法：为何不把几年得到的知识用文字记录下来，比那些"三侠剑""青城剑侠""啼笑姻缘"一些市民文化要好得多。整理满族民间文化的想法开始有了萌芽。

我十八岁那年，春节期间我和三祖父到卧龙屯说《萨布素将军》。被当地警察署抓去严斥一顿，并下令不许再讲此类评书。再加之政治犯、经济犯两支铁爪，紧紧地盯着每个人。自从考上教员以后，和三祖父一商议再不能到处乱讲了。好在我有了职业，在屯里我当教员，三祖父和父亲种点儿地也能维持生活。三祖父同意用文字记录这个想法，一再督促我用文字写下来流传后代。从此我一边教书，一边和三祖父整理所有的满族民间文化。事也凑巧，我初任的学校正好是我姨夫关振川老先生所住的村屯缸窑沟。两年里，我不但巩固了旧有知识，又学得一些新内容。老人家在我离开缸窑沟第二年就离开了人世，终年七十二岁。他是满洲镶黄旗瓜尔佳哈拉大萨玛。

开始整理资料很困难，把口头文学变成文字材料，很不容易。尤其用文言写惯了，再用口头语言写材料难度更大了，所以头一年进度不大。到第三年才摸到门路，速度加快了，质量也提高了。到1944年三祖父去世，我已经写出六大厚册资料本，估计有300万字左右。当给三祖父上坟时，我还写一篇祭文，向老人家汇报完成情况。

八年里，在整理资料的过程中，我发现，满族民间蕴藏着极为丰富的文化。它既不同于其他民族，但也和汉族、朝鲜族、赫哲族、锡伯族以及鄂伦春族、鄂温克族、达斡尔族、蒙古族有许多共同点。民间故事、神话传说中有些可以补历史之不足，是有益的借鉴，是我国文化园地中，不可缺少的内容。老一辈先后去世，更感到十几年心血没有白费，终于把老一代珍品保存下来，我内心感到很充实。

解放前我还从官地村韩鑫一老先生那里学习两年绘画。从马河站跟一位日本小职员学习了小提琴初步演奏技法。1943年，转到德家村小学，一人班当教员①。

（六）

祖国解放了，每个中国人都充满了欢腾喜悦的心情。学校自然停办了，在屯里没事可干，我把原有的学生招集起来，在九月末成立一所私塾，没有新教材只好教他们千字文、五经四书，边学算数、珠算，写毛笔字。家长很满意，借此机会可以复习一下古书。白天教课，晚间给老乡讲《萨布素将军》，讲《红罗女》《东海窝集传》和一些民间故事。

紧接着，打土豪分田地，大搞文艺活动。斗地主分果实，一直到1947年。

1947年3月，县政府正式下文承认德家小学为公办学校，从此踏上革命工作的征途。因为我协助二区政府办理全区教育工作，我便成了第二区教员中的佼佼者。1948年末，我被调到温春第四完全小学任教导主任。到1953年暑期，先后升转到四所完全小学校任领导工作。其中有四完小、十二完小任教导主任；民主完小、七完小任校长。这几年虽然校务繁忙，对满族文化有些荒废，可是接触到很多当地老户，他们大部分

---

① 此处应是仅傅英仁先生一个人任教，教一个班的学生。

都是跑关东的后代。我意外搜集到很多很动人的跑关东故事。比如"梦里团圆成事实""东山有宝""小毛驴找家""挑筐说话"，等等。反映出那些逃荒人悲惨苦难的生活和强烈追求美好生活的愿望。

如果说1953年以前是我对满族文化的感性认识阶段，在后来的年代里，是我在理论上逐步成长的时期。

从1953年秋一直到1958年4月，先后担任宁安县教学研究室研究员、一中语文教员、干部学校副校长。党送我到党校学习，成为党的积极分子。

1953年，考入东北师范大学中文专修班。这是全国第一个函授试点班，由苏联专家为顾问，考得严、教得严、毕业更难。每月一次面授，学期抽签考试，寒暑假集中学习，毕业论文答辩。全东北入学五十八名，毕业时，才合格十七名。十二门课程我八门五分，四门四分，是优等生，1956年毕业。

这段学习真是如鱼得水，又如久旱逢甘雨。懂得了文学史、文艺理论、马列主义、文字学、语音学……总之，真像打开了图书馆大门，任我学习。

毕业时，我的论文被杨公骥教授看中，他布置两个较难的论文题目，叫我半年内完成，如合格，可以调到东北师大任讲师。

从党外到党内，从工作到学习，正是"春风得意马蹄疾"的好时光。当时我计划写三部书，"满族神话故事""满族文化概述""满族民俗"，以此作为到大学的见面礼。此后，我的社会职务也多起来了，县文教代表、县体委秘书长、县俱乐部主席，打击经济犯罪工作组副组长。

为三部书奋斗，为大学讲师奋斗！是当时我的主导思想。

（七）

三年别的没有进步，我在满族文化上却收获很大。我眼睛近视不能锄草，让我和老农民使锄草机。劳动比较自由，日子一长，和老农民交成了朋友。互相讲故事传说、讲风俗、讲清朝历史、偷看各户家谱。为此受到三次大会批判，险些升级劳动教养。

三年里，我又搜集六七十个民间故事，十七份满族家谱，五十多则民俗、三家满族家祭仪程。同时，还了解了汉军旗的来历和三家老民的情况。别人改造赤手空拳，而我却满载而归。对我来说劳动改造坏事变成好事。

1961年，摘帽。我被分配到业余教育办公室负责发展农业中学工作。虽然摘帽但不等于不是右派，出版作品根本不可能，上大学任教也化为泡影。我只有一个念头，不管做什么都要做好、做出成绩来。

"文革"期间，我到东京城中学代课，边参加县工作组。结果以右派兼黑工作组分子被揪出，被批斗了一年多。到1968年，又去五七干校劳动改造。

1970年，因教育界清理队伍我被分配到蔬菜公司。这更是一门新课题，一直到1979年6月才调出。

八年时间，我担任着科学种田和外货调入工作。这几年，我差不多走遍半个中国。祖国风光尽收眼底。泰山雄姿，大海的宽大胸怀，江南秀丽山川，新疆别有风味的民情。对一个酷爱中国历史、酷爱民俗民风的我真是平生之幸事。我觉得清代统治者，以一个文化落后、人数很少的民族，竟能统治这么大的国土，这么多的民族，谈何容易。清朝所以统治二百六十多年，其根本原因就是用汉族的传统文化作为统治手段，并且自身也大胆推行着汉文化。出现一批具有高层次的满族人精通汉文化的学者。

八年里，我接触很多北方少数民族文化，如鄂温克族的萨满、赫哲的水上生活习俗。发现这些民族有许多地方被满化的遗迹，如语言、文字、衣着、清代行政组织，等等。满族也吸取一些他们的习俗，我理解到长期以来各民族就是互相交往互相学习的，因而构成各民族风俗，既有本民族特点，又有各民族的共性。

在此期间，我借到北部调运土豆种子之机，搜集许多北部民间传说和民俗，又在河北完颜氏后裔处，搜集一些金兀术传说和守皇陵八旗兵悲惨命运的故事。所有这些，使我不断充实了满族文化的知识。回想起来，满族文化已成了我平生之癖。

掌握这些知识，当时没有出版的奢望总感到失之可惜，准备退休以后，整理成册，藏之秘室传给后人。没想到党的十一届三中全会有如春雷震大地，万物竞繁荣，使我像"海阔凭鱼跃，天高任鸟飞"似的迸发出不可阻止的活力。

（八）

1979年，根据党的十一届三中会议的精神，我终于一洗过去的冤案，彻底平了反。虽然我已花甲之年，确感到年轻二十年，领导找我谈话时，我只表达一个念头，我要奋斗，补上二十年白白浪费的时光。

文教科闻讯找我，让我组织人力修写县志。这也是我几十年夙愿。因为家父临危时还再三嘱咐："有机会应该再续写县志。民国时期的年县志已过时了。"我欣然允诺，1979年6月3日正式成立一个小组。那时，条件很苦，一是没人重视，二是没有经费，三是没有办公地点，东奔西走，借二中旧仓库，两条长凳，一张学生用的桌子，开始办公了。经过半年多奔走，终于感动了县委书记和县长，慨然允诺，一定大力支持编好县志，并任命我为编辑室主任兼主编。

过去只在书本上懂得一些古书的理论，虽然也看过几部县志，但用起来仍感到费力。不管怎么写，搜集材料是第一要素，发动各单位动手是根本保证。查阅有关编写县志的著作，是编好县志的资本。在四年里走访近百名知情老人，成立四十八个编单位志书的小组，查阅五个省市的图书馆、档案馆和考古队、大学、研究所等十三个单位，将近五百万字资料。终于在资料搜集方面，名列全省前茅。省内外四十多个单位八十多人次到我县参观学习。在全省地方志会议上做两次大会经验发言，不但很有成效地进行宁安县志编写工作，也大大影响着兄弟县编志的开展。写到这，想到一位对我帮助最大的省地方志王文举主任（已故），他曾两次来宁安具体指导、协助我找资料找论述，经常鼓励我一定给全省树个样板。五年时间，我终于写出十五册一百多万字的初稿。

1979年，编写县志开始之日，也是进行整理发表满族民间文化起步之时。当年9月省委宣传原部长颜泽民，到镜泊湖找我和马文业探讨出一本镜泊湖民间传说故事。回来后市文联主席栾文海同志，亲自领导抓这项工作。我好像如鱼得水，立即在宁安县成立一个九人组成的民间文艺研究小组。这是全国第一个县级民研小组，中国民研会为此发表通报进行表扬。

当我动笔写第一篇民间故事时，许多朋友，尤其是我的家属，再三提醒我："好容易平了反，再搞一些四旧东西，重犯错误那可就没救了。"我也为此担忧，只选出两个无关大局的故事。专集印成后，省内外颇受欢迎。我心里才有了底，这是我有生以来首次发表的作品，心情很激动。此事引起省民研会的重视。1981年，民研小组扩大为民研协会，会员增到三十多名。

1979年以后，全国，尤其是北京和东北三省掀起一股研究满族文化热潮。他们都缺少第一手材料，因此，我成了引人注目的人物，来访的人源源不断地登门访问，大部分人都得到满足，写出一些文章。

1982年至1984年，东北三省合编两集满族民间故事，其中我的作品占三分之一以上，先后在《黑龙江民间文学》《黑龙江满族故事选》、上海出版的《满族故事选》以及其他刊物上刊登了九十多篇故事和四篇论文，引起国内外研究满族文化学者的注意。县内更是活跃，从九个人组成的民研小组到1984年发展到六十八名会员，发表故事近二百个。就连县长、宣传部长、文化局长都加入这个组织，还亲自整理一些民间故事。

随着作品不断发表，知道我的人也越来越多。一些全国性满族学术讨论会都纷纷邀我参加。我先后参加辽宁、丹东、吉林、北京、海拉尔等七次学术会议，发表七篇论文，又在各种刊物上发表八篇作品，阐述早期满族文化遗存，在研究领域中起了一些作用。

1979至1984年，我每天工作十二三个小时，白天编县志，晚间整理民间文化。除了上述已发表的作品外，我又整理出《萨布素》《红罗女》《金世宗走国》《东海窝集传》五部长篇说部初稿（其中《比剑联姻》是和关墨卿老先生合作）约一百八十多万字。给各地录制二百六十多盘磁带，又写出四篇民俗论文，《金兀术》和《黑妃》两部长篇也正在整理中。

任何人获得知识都是在实践中得来的。我在蔬菜公司八年又加上县志五年，在工作中有机会接触一些各族、各界的人士，无论满族和其他民族都搜集很多有用的素材。比如《金兀术》素材，我青少年时和三祖父学些片段故事，出差到河北省找到完颜氏后裔，得到一批口碑资料，赫哲族傅万金同志给我讲了三天有关金兀术传闻，再加之有些书面记载材料，经过初步整理，可以写成三十回长篇或三十集电视连续剧。

（九）

1985年7月，因诸多方面因素，我辞去县志编辑室一切职务，专心致志地整理满族文化。除了写些书面文章外，自1985年至1986两年中，我的《满族神话故事选》出版了，又被聘为《努尔哈赤》《荒唐王爷》电视连续剧顾问，主持摄制了五部满族民俗专题录像片。指导辽宁排的舞剧《珍珠湖》，丹东的舞蹈《莽式空齐》，扶余县（现扶余市）的满族新城戏《红罗女》，以及牡丹江市和宁安县编排的满族舞蹈。这些剧和舞蹈演出以后受到广大群众的好评。

1987年至1991年几年中，黑龙江省艺术研究所到宁安找我，表示愿意出资把满族舞蹈用录像形式记录下来。文化馆主办，培训20名舞蹈演员，用一个月时间，我传授了莽式、扬烈、拍水、野人等四个舞蹈。1988年，又培训五十多名满族秧歌演员，还录了像，并纳入省舞蹈集成卷中。

这些舞蹈来源很早，我曾和渤海出土文物中"六面石雕"（现存省博物院）上舞蹈对比，竟在莽式舞里都有这些动作。满族秧歌又名达子秧歌，除技巧与一般秧歌不同外，其反映的内容也有表现女真人抗辽国统治者的"打女真"，抢女人的反压迫的民族精神。总之这些舞蹈能够传下来，是我平生一件快事，我觉得来之于先民，传授于后代，是我神圣的职责，是我恩师再三嘱托的大事。

在此期间我又整理出一百三十多个民间故事准备出版，摄制三部民俗片。1989年，被吉林省民族研究所聘为兼职研究员。1991年，又担任《黑土》电视连续剧顾问。截止到1991年上半年，已将《朝唐演义》（又名《比剑联姻》）、《红罗女》《金世宗走国》初稿完成。《金兀术》的资料稿也归纳完毕。

我体会到这些作品都是在党的十二届三中全会的精神指引下完成的。即使在清朝时期，满族文化也没有像今天这样繁荣昌盛。这是党的民族政策、文化政策作用的结果。我深深体会到，没有中国共产党，我就没有机会拿出这些先民的遗存资料。

十二年付出的汗水没有白流，党和各级领导始终对我大力支持、关怀和鼓励。曾四次荣获全国奖、三次省级奖、三次市级奖。

十二年里，我曾被选为县人大常委、两届政协常委，一直到今天（1992年）仍然是牡丹江市人大代表、政协成员。1991年，我光荣地被评为全国老干部先进个人，参加全国表彰大会，受到党中央最高领导的接见。

我虽然年逾古稀，但总觉得在党的阳光雨露中永远是年轻的。我将一如既往，再做贡献，生命不息，战斗不止！

傅英仁

1992年3月21日完稿